W0310696

James Herbert est le best-seller britannique de la terreur, traduit en trente-trois langues dès son premier roman, *Les Rats*. Ses dix-neuf romans se sont vendus à plus de cinquante millions d'exemplaires dans le monde. Parmi eux figurent des classiques, souvent adaptés au cinéma.

Du même auteur, aux éditions Bragelonne :

Le Secret de Crickley Hall (2008)
Les Rats – L'intégrale de la trilogie (2008)

www.milady.fr

James Herbert

Survivant

Traduit de l'anglais (Grande-Bretagne) par Dominique Mols

Milady

Milady est un label des éditions Bragelonne

Titre original : *The Survivor*

Illustration de couverture :
Sarry Long

ISBN : 978-2-8112-0042-8

Bragelonne – Milady
35, rue de la Bienfaisance - 75008 Paris

E-mail : info@milady.fr
Site Internet : http://www.milady.fr

Prologue

Le vieil homme resserra son écharpe et releva le col de son lourd pardessus. On voyait s'exhaler son souffle chaud que l'air glacé de la nuit condensait instantanément au sortir de sa bouche. Pendant quelques secondes, il battit des pieds sur la dure surface bétonnée du pont métallique, puis, s'interrompant pour prendre une position plus confortable, il alla appuyer son corps de vieillard au solide parapet. Levant les yeux vers le sombre ciel d'octobre, il jouit de la sensation de petitesse que provoquait en lui la vue de l'immensité. Un croissant de lune, aigu et comme tracé à la lame de rasoir, y était épinglé, clair et lointain, semblable à une idée de dernière minute ajoutée en surimpression aux ténèbres de l'empyrée.

Avec un profond soupir, il baissa les yeux vers le fleuve. Les eaux noires étaient parsemées de brusques reflets qui ne cessaient de se rejoindre et de se séparer en une éblouissante magie de lumières. Il regarda vers les rives, vers les petits bateaux et les barques qui y dansaient mollement au gré du courant, vers les boutiques et les restaurants vivement éclairés, et vers l'auberge tout au bout : comme les lumières de la nuit donnaient aux choses un air de netteté ! Les grisailles de la journée faisaient place aux contrastes sans compromis de la lumière et de l'ombre.

C'est merveilleux, se dit-il. Merveilleux, ce moment de la nuit, cette époque de l'année. Il était tard, et il n'y avait donc presque plus de passants. Il faisait froid, et dès lors les promeneurs eux-mêmes ne s'attardaient guère sur le pont, qui n'offrait aucun abri. La plupart des touristes avaient quitté Windsor, à présent que la saison avait rendu son dernier souffle. Les excursionnistes s'étaient dépêchés de réintégrer leurs autocars et leurs voitures pour s'enfuir dans le bref crépuscule d'automne. Les pèlerins seraient de moins en moins nombreux à emprunter le pont pour aller de Windsor à Eton, sa ville, afin d'y visiter le célèbre collège, sa cour Tudor et sa ravissante chapelle du XVe siècle, d'admirer les façades du XVIIIe et les demi-boisages des constructions médiévales, et enfin d'aller fureter dans les nombreuses échoppes d'antiquités qui abondaient dans l'étroite grand-rue. La beauté de sa ville natale, à vrai dire, ne lui était apparue que quelques années auparavant, après la lecture du guide touristique officiel d'Eton. Avant cela, une vie entière d'accoutumance l'y avait rendu insensible. Maintenant qu'il avait pu disposer de quelques années de calme pour regarder autour de lui, pour réfléchir à lui-même et à ce qui l'entourait, il s'était intéressé plus profondément au passé historique et au caractère unique de la cité. Il avait passé ces quatre dernières années – depuis sa mise à la retraite et la fin de sa maladie – à se documenter sur Eton. Et il était devenu un véritable expert, à tel point que tous les touristes qui l'arrêtaient dans la rue pour lui demander le chemin se trouvaient embarqués dans une série d'explications savantes et apparemment intarissables, car le vieil homme ne les laissait pas partir avant de leur avoir au moins dispensé un cours d'histoire complet sur la ville. Néanmoins, vers la fin de l'été, il avait commencé à se lasser des touristes et du désordre dans lequel ils plongeaient sa ville, tellement paisible sans eux. Et c'est avec joie qu'il voyait venir les journées froides et les soirées sombres.

Tous les soirs, vers huit heures et demie, il sortait de sa jolie petite maison d'Eton Square, marchait jusqu'au collège, puis remontait par la grand-rue vers le pont, sur lequel il s'attardait au moins vingt à trente minutes, par n'importe quel temps ; pour regarder couler la Tamise, qui se divisait en deux autour de l'île de Romney. Ce n'était pas qu'il se livrât à de profondes méditations : simplement, il aimait à s'imprégner de l'atmosphère du soir. De temps en temps, surtout en été, d'autres personnes se joignaient à lui – des étrangers, des connaissances – et il bavardait quelques instants avec elles avant de retomber dans son mutisme pensif. Puis, il prenait le chemin du retour, s'arrêtait au bar *Christopher Courage* pour boire un seul brandy (l'un des rares luxes qu'il s'accordait), et enfin rentrait chez lui et se mettait au lit.

Ce soir, pensait-il, *serait un soir comme tous les autres.* Soudain, il entendit le ronronnement des moteurs d'un avion. Cela n'avait rien d'inhabituel, Eton se trouvant sur une des routes aériennes qui partaient de l'aéroport de Heathrow, non loin de là – les habitants d'Eton et de Windsor s'en plaignaient d'ailleurs assez ! –, et cependant, le vieil homme se mit à scruter le ciel pour trouver d'où venait le bruit. Il aperçut d'abord le feu arrière, puis l'énorme masse de l'avion lui apparut, une fois que ses yeux se furent habitués au noir d'encre de la nuit.

C'en est encore un gros, songea-t-il. *Drôlement embêtants, tous ces avions. Surtout les gros. Un chahut d'enfer. Faut croire que c'est un mal nécessaire.* Il voulut détourner le regard, d'autant plus que l'inconfort de sa position commençait à provoquer une tension désagréable dans les muscles de son cou, mais, de façon inexplicable, il ne put parvenir à baisser la tête. La gigantesque carlingue, déjà à très basse altitude, la lumière rouge, le vrombissement, tout cela exerçait sur lui une étrange fascination. Il avait vu trop de ces monstres pour que celui-ci en particulier puisse représenter un intérêt quelconque, et pourtant voilà qu'il était incapable d'en détacher son regard. Il y avait quelque chose qui ne tournait pas rond. Comment le savait-il, cela il n'en avait pas la moindre idée, mais il y avait quelque chose là-haut qui ne tournait pas rond.

L'avion avait l'air de virer. En soi, c'était assez inhabituel, car la plupart des avions survolaient généralement Eton en ligne droite. L'aile droite semblait s'abaisser. Oui, oui, il tournait effectivement.

Tout à coup, il vit l'avion se couper en deux. Il entendit le bruit sourd de l'explosion, mais ses sens ne l'enregistrèrent pas consciemment, inhibés qu'ils étaient par l'horreur du spectacle qui s'offrait à eux. L'avion ne s'était pas totalement disloqué et la carlingue tombait comme une masse vers le sol. Des objets s'en échappaient en cours de chute, des objets qui ne pouvaient être que des sièges, des valises et… des corps !

— Oh, mon Dieu ! s'exclama l'homme, tandis que le bruit pénétrait à présent jusqu'à son cerveau. Ce n'est pas possible ! Aidez-les, mon Dieu ! Aidez-les !

L'assourdissant mugissement couvrit ses cris. L'avion passait juste au-dessus de lui, survolait la grand-rue presque au ras des maisons. Les quatre moteurs et le vent réunis produisaient un vacarme terrible, et ce n'est que grâce à la force des moteurs que l'avion ne tombait pas tout simplement à la verticale. Le vieil homme put voir flamboyer des lueurs rouges derrière les hublots de l'avant, et des langues de feu s'échappaient de l'énorme crevasse tout le long de l'appareil, aplaties aussitôt par le vent. L'avion ne tenait presque plus ensemble. L'arrière du bolide pendait de plus en plus, comme sur le point de se séparer à chaque instant du corps principal.

L'avion disparut derrière les hangars à bateaux, qui dissimuleraient à la vue du vieil homme l'inévitable désastre final. Il sembla y avoir une pause, un moment de silence, quelques secondes pendant lesquelles on aurait pu croire que rien ne s'était passé… puis ce fut l'explosion. Le ciel rougeoya, des flammes s'élevèrent, toutes proches, juste derrière les hangars. Le vieillard tomba sur les genoux en entendant le bruit, et il lui parut que le pont lui-même était ébranlé par le souffle de la déflagration. Le son résonnait dans sa tête et, plaquant ses deux mains sur les oreilles, il se plia en avant au point de toucher du front ses genoux. Malgré cela, le bruit continuait à pénétrer dans sa boîte crânienne et à s'y répercuter. La douleur physique était telle que son cerveau, monopolisé, laissait provisoirement en suspens le choc psychologique de ce qui venait de se produire. Finalement, le son diminua peu à peu. Cela n'avait duré que quelques secondes, mais des secondes figées, éternelles.

Lentement, il leva la tête, les deux mains toujours sur les oreilles, les yeux écarquillés par la peur. À part les lueurs palpitantes et les bouquets de fumée, tout était calme. Il vit des gens dans la grand-rue : leurs visages étaient autant de taches blanches dans la bizarre lumière rouge de la nuit. Tous semblaient cloués sur place, épouvantés, incapables de faire un pas. La vitrine d'un restaurant au bout du pont tomba en morceaux et le silence fut rompu. Le vieil homme remarqua que toute la rue était jonchée de débris de verre étincelants. Les habitants commencèrent à sortir sur le pas de leur porte ou aux fenêtres ; des appels retentirent. Personne n'avait l'air de savoir exactement ce qui était arrivé. Il se releva en titubant et se mit à courir en direction des champs où il savait que l'avion était tombé.

En passant devant les hangars, le vieil homme constata qu'ils brûlaient à l'arrière. Il atteignit une petite allée qui conduisait aux champs. Sa respiration se faisait plus pénible à chaque pas. Jetant un coup d'œil par-dessus son épaule, il constata qu'il y avait plusieurs petits incendies dans les bâtiments qu'il venait de dépasser. Au détour d'un coin, il s'immobilisa en bordure du champ, une main sur la poitrine, épuisé, les épaules soulevées par l'effort qu'il faisait pour respirer.

Stupéfait, il contempla l'atroce spectacle de l'épave illuminée par ses propres flammes. Le corps de l'avion était écrasé, son nez tordu et aplati. La seule aile visible gisait le long de la partie arrière, qui avait fini par se séparer totalement du reste de la carlingue. La queue seule s'élevait au-dessus des décombres, majestueuse, pratiquement intacte – presque indécente dans son inaltérabilité. Elle resplendissait, provocante, tout entourée des reflets rouges du brasier, luisante à présent jusqu'à la laideur.

Le terrain environnant était couvert de morceaux de métal tordu, de toutes sortes de matériaux qui avaient été éparpillés, projetés au loin au moment de l'impact. Le vieil homme s'engagea dans le champ, à contrecœur, mais poussé par l'idée qu'il pourrait peut-être venir en aide à quelqu'un. Cela semblait peu probable, mais il fallait pourtant aller voir. Tandis qu'il avançait, il perçut des cris et des bruits de pas derrière lui. D'autres personnes arrivaient sur les lieux du désastre. Ardemment, il souhaita qu'il fût encore possible de faire quelque chose. Il progressait avec prudence, contournant les pièces métalliques qui rougeoyaient encore sur le sol, parfois au point de roussir l'herbe autour d'elles. Soudain, l'odeur lui parvint. Il ne la reconnut pas tout de suite, parce qu'elle se mélangeait à la fumée et aux relents du métal en fusion. Mais bientôt il comprit d'où elle venait. C'était une odeur de chair brûlée.

Il eut un haut-le-cœur et faillit tomber de nouveau sur les genoux. Combien de passagers ces grands avions pouvaient-ils transporter ? Certainement plus de trois cents. Oh, grands dieux, ce n'était pas étonnant que l'odeur soit aussi forte.

Brusquement, le vieil homme se sentit mal. Pas seulement à cause de cette odeur pestilentielle : la chaleur elle aussi était intolérable, et il venait seulement de réaliser qu'elle était atrocement vive. Il fallait qu'il s'en aille. À quoi bon ? Personne ne pouvait avoir survécu à ce carnage. Il regarda tout autour de lui, désespéré, et constata avec répulsion que certains des objets qu'il avait pris pour du métal tordu étaient en réalité des corps tordus. Il y en avait partout. Il se trouvait au milieu d'un champ d'êtres humains mutilés, déchirés. Il se cacha précipitamment les yeux pour chasser cette vision, mais il était trop tard pour oublier ce qu'il avait déjà vu. Lentement, il retira les mains de son visage et regarda alentour avec le faible espoir de découvrir une personne encore vivante. Il ferma son esprit à la vue de tous ces membres disloqués, de ces corps calcinés – de ces corps qui avaient l'air de bouger, à cause de la lumière vacillante qui dansait sur eux. Il aperçut soudain quelque chose de petit, de rose, quelque chose de nu et d'apparemment intact. C'était assez petit pour être… un enfant ? Un bébé ? Seigneur, que celui-ci ait une chance de survivre ! Il se précipita, en évitant les obstacles, humains ou autres. L'enfant avait la face contre terre, son petit corps était tout raide. L'homme prononça une prière à voix haute, l'entrecoupant de sanglots, et s'agenouilla auprès du corps pour le retourner.

Des yeux immenses, sans regard, se fixèrent soudain sur lui. Les petites lèvres souriantes paraissaient remuer dans la lumière tremblotante. Toute une moitié du visage de la poupée avait fondu et il n'en restait plus qu'une surface horrible, lépreuse, dont le sourire ne faisait qu'augmenter la hideur. Le vieillard poussa un cri et jeta l'objet loin de lui. Puis, dans son trouble, il courut en trébuchant dans la direction du brasier, de l'épave même. L'intensité de la chaleur ne suffit pas à l'avertir de ce qu'il faisait, mais un grand fragment de métal encore chaud le fit heureusement tomber et l'arrêta dans sa course folle. Il se retrouva à plat ventre dans la boue fraîche, tremblant de tous ses membres, les doigts labourant le limon. Le choc commençait à le marquer. Il était âgé, il n'avait plus la force d'endurer un châtiment comme celui-là. La terre qui lui entrait dans la bouche le faisait suffoquer et ce n'est que grâce à cet inconfort physique qu'il put forcer son esprit affolé à fonctionner de nouveau normalement. Relevant la tête, il se haussa sur les coudes et regarda vers les flammes. La chaleur lui brûla les pupilles et l'obligea à refermer aussitôt les yeux. Mais il avait eu le temps d'enregistrer quelque chose. Une forme, une silhouette venait vers lui, se découpant en ombre chinoise sur l'incendie. Il risqua un nouveau coup d'œil, en se protégeant cette fois autant que possible avec une main.

C'était un homme ! Un homme, qui venait de l'avion ! Du feu ! C'était impossible. Personne ne l'avait devancé. Et personne ne pouvait avoir échappé à un tel désastre. Ou du moins, pas sur ses deux jambes !

Le vieil homme, plissant les paupières, tâcha d'observer plus précisément le personnage. Même ses vêtements avaient l'air intacts. C'était un costume sombre – ou bien était-ce une impression due à la violence de la lumière derrière lui ? Cela avait l'air d'un uniforme. L'homme marchait vers lui, lentement, avec aisance. Il s'éloignait des flammes, de l'avion détruit. De la mort.

La vue du vieillard se brouilla et un éclair lui transperça la tête. Juste avant de perdre connaissance, il entrevit l'homme qui se penchait vers lui, la main tendue.

Chapitre I

Keller enfila Pococks Lane à petite vitesse. Il s'interdisait d'appuyer sur l'accélérateur et s'efforçait de jouir des symphonies d'ors et de roux automnaux qui paraient les plaines de jeux des environs. Néanmoins, il ne parvenait guère à éloigner ses pensées de sa destination : la petite ville qui se trouvait un peu plus loin. Il prit à gauche la route de Windsor, passa un petit pont et se retrouva au milieu des hauts et respectables bâtiments du collège d'Eton. Ne prenant même pas le temps de les admirer, il s'engagea dans la grand-rue et s'arrêta pour s'orienter. Il avait encore des difficultés à se concentrer pendant trop longtemps.

Se remettant en route, il prit la grand-rue jusqu'au bout pour arriver au pont dont des poteaux métalliques interdisaient l'accès aux véhicules. Il tourna à droite, passa devant les hangars incendiés, puis à droite encore et déboucha sur les champs qu'il cherchait. D'après son plan, il aurait pu prendre un chemin plus direct, en évitant la grand-rue, mais il avait eu envie de voir un peu la ville elle-même. Sans savoir exactement pourquoi.

Le policier le regarda garer sa voiture bleu nuit. *Encore un*, se disait-il. *Voilà encore un de ces satanés voyeurs. Un chasseur de sensations. Qu'est-ce qu'on en a vu, depuis cet accident !* Une ruée pure et simple sur les lieux du crash. De véritables goules. C'était toujours pareil, après chaque événement suffisamment tragique – et surtout après les catastrophes aériennes –, ils arrivaient par milliers, attirés par le sang, et ils bloquaient les routes, encombraient la circulation… Si cela n'avait tenu qu'à lui, il les aurait tous envoyés paître. Le pire avait été quand les marchands ambulants s'étaient amenés avec leurs cacahouètes, leurs crèmes glacées et leurs limonades. Ça l'avait rendu malade. Le problème, c'est qu'on était tellement près de Londres : ça faisait une excursion idéale pour les citadins.

L'agent ajusta sa jugulaire et raffermit la position de sa mâchoire. *Eh bien ! celui-ci va trouver à qui parler*, se promit-il – mais à ce moment-là, Keller sortit de sa voiture et le policier changea d'avis. *Ça a l'air d'un journaliste. Faut faire gaffe à ce qu'on leur dit, à ceux-là. Ils sont encore pires que les simples voyeurs, ils fouillent tout et quand ils ne trouvent rien, ils inventent des histoires, rien que pour faire vendre leurs feuilles de chou !* Il avait même eu des démêlés avec certains d'entre eux, au cours du mois précédent. On aurait pu croire qu'ils allaient laisser tomber, maintenant. Après tout, cela faisait presque quatre semaines que c'était arrivé. Mais non, ils ne laissaient jamais rien reposer, ces reporters. Tout au moins pas tant que l'enquête n'était pas terminée. Il ne se serait pas douté que cela pouvait prendre tellement de temps de découvrir les causes d'un accident d'avion. Il suffisait de trouver la boîte noire, comme ils appelaient ça, et on savait exactement comment tout s'était passé. Du moins, c'est ce qu'il s'était toujours imaginé. Et pourtant il y avait un temps fou qu'ils étaient occupés à décortiquer ce grand champ, à en emporter des petits morceaux, à en fouiller le moindre recoin. Le Champ du Sud, celui qui était juste derrière la grand-rue. Ils avaient même dragué la petite rivière, affluent de la Tamise, qui traversait le champ. On y avait trouvé quelques cadavres, qui avaient sans doute été éjectés au moment de l'impact, par-dessus la route et au-delà du Brocas, en plein dans la rivière. Seigneur, ça n'avait pas été joli à voir. Trois jours, qu'il avait fallu, pour trouver tous les corps et les repêcher. Ou plutôt, ce qu'il en restait.

— On ne passe pas par là, monsieur ! dit-il à Keller d'un ton désagréable.

Keller s'arrêta mais, sans voir le policier, continua à regarder derrière lui, vers le champ. Il apercevait les vestiges de l'avion, ou la plus grosse part de ce qu'ils en avaient laissé. C'était une énorme coquille noircie, en forme de cône parce que le ventre était aplati. Plus rien qu'une carcasse honteuse. Tout l'intérieur devait déjà se trouver dans les laboratoires, pour y être reconstitué, analysé, testé. Il voyait des personnages munis de blocs-notes se mouvoir sur toute la surface du champ, s'accroupissant, ramassant des objets, examinant des traces dans le sol. Le caractère sinistre de leur travail contrastait étrangement avec la clarté, la vive lumière de cette journée, la fraîcheur du champ, la paix de l'atmosphère.

Le policier observait attentivement Keller. Son visage lui était familier.

— Désolé, monsieur, dit-il, mais on ne peut pas passer.

Keller finit par arracher son regard au champ et regarda l'agent de police.

— Je voudrais voir Harry Tewson, lui dit-il. C'est un des officiers chargés de l'enquête.

— Ah oui, M. Tewson. Euh, je ne suis pas sûr de pouvoir le déranger pour le moment. C'est pour une interview ?

Les sourcils de l'agent se soulevèrent d'un air interrogatif.

— Non. Je suis un ami.

Le policier parut soulagé.

— Bien, je vais voir ce que je peux faire.

Keller le regarda traverser le champ. Il n'était pas à quarante mètres qu'il se retourna pour lui demander :

— Oh, à propos, quel nom faut-il annoncer ?

— Keller. David Keller.

Le policier resta immobile l'espace de quelques secondes, comme cloué sur place, le visage exprimant une grande perplexité. Puis il se retourna et se remit en marche, ses bottes de caoutchouc s'enfonçant dans la boue à chaque pas. Lorsqu'il arriva auprès d'un groupe de personnes accroupies à côté de la carcasse vide et brisée de l'appareil, il se pencha pour parler à l'une d'entre elles. Cinq têtes se tournèrent vers Keller. Un des personnages se leva et, se détachant du groupe, se mit à marcher vers Keller aussi vite que la boue le lui permettait. De loin, il lui fit un petit signe de la main. L'agent de police suivait, cinq pas en arrière.

— Dave ! Que diable fais-tu ici ?

Tewson souriait, mais son sourire était légèrement crispé. Néanmoins, sa poignée de main fut aussi chaleureuse qu'à l'habitude.

— Je voudrais te parler, Harry, dit Keller.

— Avec plaisir, Dave. Mais tu ne devrais pas venir ici, tu le sais bien ; d'ailleurs, je te croyais en congé !

Tewson retira ses lunettes et se mit à les frotter avec un mouchoir chiffonné, sans toutefois quitter Keller des yeux.

Ce dernier grimaça un sourire :

— Officiellement, c'est exact, je suis en congé. Officieusement, je suis congédié.

— Quoi ? Voyons, je suis sûr que ce n'est pas pour longtemps. Tu sais bien qu'ils sont toujours pressés de vous refaire voler après ce genre de mauvaise expérience.

— Ils ont déjà essayé, Harry. Ça n'a pas marché.

— Eh bien, c'est qu'ils ont voulu essayer beaucoup trop tôt, voilà tout.

— Non. C'était ma faute. C'est moi qui avais insisté.

— Mais après tout ce que tu as encaissé, il faut quand même un bon bout de temps avant que tes nerfs se remettent.

— Ce n'étaient pas mes nerfs, Harry. C'était moi. J'étais incapable de voler. Incapable de me concentrer.

— C'est le choc, Dave, ça passera.

Keller haussa les épaules.

— Est-ce qu'on pourrait se parler ?

— Oui, bien sûr. Écoute, je peux me libérer d'ici une dizaine de minutes. Je te retrouve au *George*, dans la grand-rue. Il est presque l'heure de casser la croûte, de toute façon.

Il donna une petite tape amicale sur l'épaule de Keller puis, faisant demi-tour, il retourna vers l'épave, l'air préoccupé.

Keller marcha jusqu'à sa voiture, en ferma les portes à clé et se dirigea vers la grand-rue.

L'agent de police le regardait faire en se grattant la joue d'un air pensif. Keller. Mais oui, David Keller. Il me semblait bien que je connaissais cette tête. C'était le copilote de l'avion, du Jumbo. De celui-ci. Et il a été le seul à en réchapper. Sans la moindre égratignure. L'unique survivant.

Keller commanda une bière et se dénicha une table dans un coin tranquille. Le barman l'avait à peine regardé, et il lui en était reconnaissant. Ces quatre dernières semaines n'avaient été pour lui qu'un cauchemar de questions, de sous-entendus, de regards fixes et de silences pesants. Chez *Consul*, la compagnie aérienne pour laquelle il volait, la plupart de ses collègues et de ses patrons s'étaient montrés gentils et compréhensifs, à l'exception de quelques-uns qui l'avaient regardé d'un air étrangement soupçonneux. Et puis, il y avait eu les journalistes, qui avaient gonflé l'affaire. Si dramatique, si catastrophique qu'il eût été, l'accident à lui seul ne les avait pas satisfaits. Ils proclamèrent comme un miracle le fait qu'un homme ait pu sortir sans mal de ce carnage, sans même un accroc à son uniforme. Les examens médicaux les plus approfondis ne firent état d'aucune lésion interne ; pas non plus de brûlures ; ses nerfs étaient en bon état. Il semblait en parfaite forme physique à tous les points de vue, sauf... une seule chose. L'amnésie. Keller était frappé d'une amnésie totale pour tout ce qui touchait à l'accident et aux événements qui l'avaient provoqué. Naturellement, c'était une conséquence du choc, disaient les médecins. Le moment venu, quand son esprit serait assez rétabli pour se souvenir – pour lui permettre de se souvenir –, tout lui reviendrait. Évidemment, il restait toujours possible que son esprit ne se rétablisse jamais.

L'histoire du miracle avait eu un grand succès. Mais, petit à petit, Keller avait pris conscience d'un ressentiment qu'éprouvaient à son égard non seulement le public, mais encore quelques-uns de ses propres collègues. Pas beaucoup, mais assez pour faire naître en lui un sentiment de culpabilité. Aux yeux des gens, il n'aurait pas dû survivre. Il était pilote, il représentait la compagnie, c'était son devoir de mourir avec les passagers. Et, incroyablement, certains de ses collègues pilotes semblaient en penser autant. Il n'avait pas le droit de vivre alors que des hommes, des femmes et des enfants innocents – trois cent trente-deux en tout – avaient péri dans des circonstances aussi tragiques. En tant que membre de l'équipage, en tant que représentant de la compagnie, il méritait un blâme. Jusqu'à ce que l'on découvre les causes du drame, c'était le pilote qui pouvait en être tenu pour responsable. Il était copilote, il devait assumer sa part de responsabilité.

Moins de deux semaines après l'accident, il avait fait un essai de vol dans un avion privé, et cela avait été désastreux. Il s'était senti paralysé dès qu'il avait posé les mains sur les commandes. Le pilote, un vétéran qui avait joué un grand rôle lors de son apprentissage, avait effectué le décollage, dans l'espoir qu'une fois en vol l'instinct naturel de Keller reprendrait le dessus. Mais il en avait été autrement : son esprit n'avait pas voulu se concentrer, s'appliquer. Il ne savait tout simplement plus piloter.

La compagnie, fort soucieuse de l'opinion publique et se rendant compte qu'aux yeux des gens un pilote comme Keller risquait de flancher à tout moment, décida de le mettre « en congé » pour une longue période. Le licencier, outre le fait que cela aurait été une injustice, n'aurait eu pour effet que d'agiter plus encore les rumeurs publiques et de susciter davantage de publicité, toutes choses qui ne pouvaient être que préjudiciables à leur réputation de compagnie aérienne nationale. Le dossier de Keller était irréprochable, et ils veillèrent à bien souligner la chose dans toutes les déclarations qu'ils firent – mais il semblait mériter une longue période de repos, après une expérience aussi violente, aussi traumatisante.

Les ruminations de Keller furent interrompues par l'arrivée d'Harry Tewson, qui se planta devant lui en souriant :

— Qu'est-ce que tu prends, Dave ?

— Non, laisse-moi…

Tewson l'interrompit en levant la main.

— Je vais manger quelque chose aussi, dit-il, et il disparut dans la foule en direction du bar.

Manger, murmura Keller entre ses dents. *Je n'ai pratiquement rien avalé depuis l'accident. À peine de quoi me sustenter.* Il se demandait s'il allait un jour retrouver de l'appétit. À ce moment-là, Tewson déposa sur la table une montagne de sandwiches et repartit aussitôt, pour revenir avec les boissons.

— Ça me fait plaisir de te revoir, Dave, dit-il en s'installant sur une chaise.

Il avait été pilote, lui aussi. Il avait fait son entraînement de base en même temps que Keller, mais tout à coup, pour des raisons inexplicables, sa vue avait commencé à baisser. Il avait fini par devoir porter des lunettes en permanence. Alors, pour ne pas laisser se perdre toute son expérience et les connaissances techniques remarquables qu'il possédait, il avait été engagé dans la Commission d'enquête sur les accidents[1] au ministère du Commerce. Il s'agissait d'un groupe de pilotes et d'ingénieurs chargés d'enquêter sur tous les accidents d'aviation civile survenant en Grande-Bretagne, ainsi que sur tous ceux dans lesquels était impliqué un appareil britannique à l'étranger. Tewson s'était rapidement fait remarquer pour la mystérieuse perspicacité avec laquelle il découvrait les causes des accidents : il lançait des hypothèses puis tâchait d'en apporter la preuve en faisant le travail d'expertise en sens inverse. Le système ne jouissait pas de l'adhésion totale de ses collègues – et cependant, jusqu'à ce jour, il ne s'était pas souvent trompé.

Il prit une énorme bouchée de son sandwich, puis une gorgée de bière.

— Qu'est-ce que je peux faire pour toi ? demanda-t-il lorsqu'il eut avalé le tout.

Keller sourit. Pas la peine de tourner autour du pot, avec Harry. Allons droit au but.

— Je voudrais savoir ce que tu as découvert à propos du crash, dit-il.

— Voyons, Dave. Tu sais bien que tout cela doit être collationné, puis soumis à l'enquête officielle. D'ici là, comme tu le sais, nous sommes tenus au secret absolu.

— Je dois savoir, Harry.

— Écoute, commença Tewson non sans gentillesse, cela n'a plus rien à voir avec toi, Dave…

— Rien à voir avec moi ? (La voix de Keller restait calme, mais son regard pénétrant glaça l'enquêteur.) Est-ce que tu te rends compte de ce que je ressens, Harry ? J'ai l'impression d'être un monstre. Un paria. Les gens me reprochent d'être vivant alors que tous ces gens sont morts. C'est comme si j'étais un capitaine qui avait déserté son bateau en train de

1. Accidents Investigations Branch (A.I.B.).

couler et qui s'était sauvé en laissant tout le monde se noyer. Ils me condamnent tous, Harry. Le public, la compagnie, et…

Il se tut et se mit à fixer son verre.

Il y eut un silence, bref mais accablant, puis Tewson répondit :

— Qu'est-ce qui te prend, Dave ? Personne ne te condamne, et certainement pas la compagnie. Quant au public, il apprendra les causes de l'accident dès que nos conclusions seront publiées – et d'ailleurs je ne crois pas que tu aies raison d'imaginer qu'ils te reprochent d'être en vie ! Enfin, en ce qui concerne… quelqu'un d'autre, eh bien tu souffres en ce moment d'un trop-plein de culpabilité et d'amertume mal placées. Allons, reprends-toi et écluse ta bière !

— C'est tout ? demanda Keller sans hausser la voix.

Tewson reposa son verre juste au moment où il allait y poser les lèvres.

— Non, ce n'est pas tout ! Ça fait un bon bout de temps que je te connais, Dave. Tu as été un excellent pilote, et tu le redeviendras dès que tu oublieras tout cela et que tu regarderas vers l'avenir. (Sa voix s'adoucit.) Je sais que toi-même tu as perdu quelqu'un dans l'accident, Dave. Mais dis-toi qu'elle n'aurait pas aimé que tu te laisses aller comme cela.

— Tu savais, à propos de Cathy ? dit Keller d'un air surpris.

— Oui, bien sûr que je savais. Ce n'était d'ailleurs pas un grand secret, n'est-ce pas ? Et il n'est pas rare pour un pilote d'avoir une hôtesse de l'air comme petite amie.

— C'était un peu plus qu'une petite amie.

— Je n'en doute pas, Dave. Écoute, mon vieux. Je ne veux pas te brusquer, mais on raconte que tu es fini, que tu ne voleras plus jamais aussi bien qu'avant. Et à voir la façon dont tu sembles broyer du noir sans cesse, je dois dire que ces rumeurs ne m'étonnent pas. Mais moi, je te connais mieux que ça. Tu as beaucoup en toi, Dave, plus que la plupart des gens. Et je crois, moi, que dans quelques semaines tu redeviendras toi-même. À présent, tu permets que je boive un peu ?

Keller but, lui aussi, à petites gorgées. Il sentait les yeux de Tewson qui l'observaient par-dessus le bord de son verre.

— Je te remercie pour ce que tu essaies de faire, Harry, mais cela ne vaut pas la peine. C'est vrai que je suis triste, mais ça n'a rien à voir avec une dépression nerveuse. C'est plutôt comme une grande lassitude au fond de mon esprit. Je vais peut-être te paraître fou, mais je sens que je dois faire quelque chose. Il faut que je trouve ce que c'est – et la solution se trouve ici, à Eton. Je ne peux pas l'expliquer. Et je ne peux pas y résister, si je veux guérir un jour. Il y a quelque chose de plus, et je n'arrive pas à mettre le doigt dessus. C'est peut-être un souvenir, je ne sais pas. Mais tôt ou tard, ça reviendra, et peut-être qu'à ce moment-là je pourrai t'aider. En attendant, c'est moi qui te demande ton aide.

Tewson poussa un gros soupir et déposa son verre sur la table. Pendant quelques instants, il resta perdu dans ses pensées, son menton touchant presque sa poitrine. Tout à coup, il se redressa. Sa décision était prise.

— OK, Dave. Que ceci reste strictement entre toi et moi. Si jamais Slater découvrait que je t'ai parlé, il se débarrasserait de moi en un rien de temps. Nous ne nous entendons déjà pas tellement bien.

Keller acquiesça. Slater était l'enquêteur responsable sur cet accident. Il était chargé d'organiser, de mener et de contrôler l'enquête. C'est lui qui constituait les groupes de travail pour les différentes phases de recherches. C'était un homme froid, méthodique. Keller n'ignorait pas qu'il n'avait guère d'estime pour la façon dont Tewson travaillait, rapidement et en mettant la charrue avant les bœufs.

— Bon. (Avant de commencer, Tewson ingurgita une énorme gorgée de bière, comme pour se donner du courage.) Comme tu le sais, la première chose que l'on recherche dans des accidents de ce genre, c'est l'enregistreur de vol. Nous l'avons trouvé, mais toute la surface extérieure de la boîte métallique présentait des traces de fusion. La partie la plus endommagée était l'avant, et la fine bande d'aluminium sur laquelle sont enregistrées en code les données provenant des différents instruments de vol n'était plus protégée.

» Elle était couverte de suie, mais pas totalement détruite. Nous l'avons retirée de la boîte et l'avons expédiée aux laboratoires pour qu'ils la décodent. Eh bien, quoique l'enregistrement de votre décollage ait été presque totalement perdu, on peut supposer que toi, en tant que copilote, tu as effectué tous les contrôles de la liste normale avec le technicien de bord, dès que la tour de contrôle a donné au commandant Rogan l'autorisation de faire démarrer les moteurs.

— Je ne m'en souviens absolument pas, Harry, dit Keller, soucieux.

— Non, je sais. Mais puisque le fait de brancher l'enregistreur faisait partie de la liste de contrôles, il est logique de présumer que vous avez fait les vérifications.

Keller hocha la tête.

— Continue, dit-il.

— L'enregistreur consigne cinq paramètres : les forces gravitationnelles positives ou négatives mesurées par l'un des gyroscopes de l'appareil ; l'orientation magnétique d'après la boussole ; la vitesse de l'air, l'altitude de vol, d'après les altimètres de pression ; et l'heure en secondes, sans rapport avec l'heure du jour. Toutes ces données ont été portées en graphique et comparées avec le graphe d'un autre 747 qui avait décollé dans des conditions similaires – heure, météo, charge, etc. – quelques jours auparavant. On a pu en conclure que tout avait été normal, à l'exception d'un détail : l'orientation magnétique a commencé à différer par rapport aux autres 747 avant même que la vitesse de croisière ait été atteinte. En d'autres mots, le commandant Rogan a changé de cap. Peut-être voulait-il retourner vers Heathrow. Il n'y a pas moyen d'en être sûr, parce que c'est alors que les instruments ont commencé à ne plus fonctionner normalement.

— Mais il doit avoir appelé la tour de contrôle pour les avertir de son changement de route, dit Keller, se penchant par-dessus la table, les yeux rivés à ceux de Tewson.

— Il a essayé de le faire, mais ce qui est arrivé est arrivé très rapidement. Il n'a pas eu le temps de relayer le message.

Keller resta silencieux. Il cherchait désespérément à se rappeler. Mais son cerveau n'était qu'un trou noir. Il se rejeta en arrière sur son siège.

— Notre équipe avait déjà commencé l'examen du cockpit, reprit Tewson. Il était presque totalement détruit, mais il a néanmoins été possible de déterminer la position d'un bon nombre de commandes et de contacts. Même dans le cas de ceux qui étaient complètement calcinés, on a pu établir lesquels étaient branchés ou non, d'après leur position…

— Est-ce que les corps de l'équipage se trouvaient encore dans le cockpit ? coupa Keller.

— Euh, oui. Impossible d'identifier parfaitement, évidemment, mais…

— Alors, comment en suis-je sorti ? Pourquoi mon cadavre à moi n'y était-il pas ? Pourquoi n'ai-je pas été tué ?

— Manifestement, tu as dû quitter la cabine avant l'accident, Dave.

— Mais pourquoi ? Pourquoi aurais-je quitté la cabine si peu de temps après le décollage ? Je…

Un éclair subit. Un souvenir qui revient presque à la surface. Une image, l'image figée du commandant, la bouche ouverte, qui lui crie quelque chose. Avec de l'angoisse dans les yeux. La peur.

Et puis, plus rien. Au moment où son esprit se ruait pour le rattraper, le souvenir s'était évanoui, caché dans quelque recoin obscur.

Le vide. Et soudain, la voix de Tewson qui retentit :

— Qu'est-ce que tu as, Dave ? Tu en fais, une tête ! Tu t'es souvenu de quelque chose ?

Keller passa une main tremblante sur ses yeux.

— Non, ce n'est rien. Un instant, j'ai cru que j'allais me souvenir. Mais c'est parti. Je ne sais rien…

— Ça reviendra, Dave, dit doucement Tewson. Prends patience. Ça reviendra.

— Peut-être que je n'ai pas envie de me souvenir, Harry. Peut-être qu'il vaut mieux que je ne me souvienne pas.

— C'est possible, dit Tewson en haussant les épaules. Tu veux que je continue ?

Keller fit signe que oui.

— Il a fallu cinq jours pour relever et noter les positions de tous les instruments du cockpit. Heureusement, beaucoup de cadrans sont construits de façon à garder la trace de ce qu'ils indiquaient au moment du choc. Une fois que tout a été relevé, il apparut que rien ne se trouvait dans une position incorrecte. On n'a pas non plus découvert de faille électrique importante qui ait pu contribuer à provoquer la panne.

» Tous les rapports de maintenance de l'appareil ont été saisis et on est occupé en ce moment à les analyser de fond en comble. Jusqu'à présent, on n'a rien trouvé d'important, à part qu'au dernier contrôle une vis manquait à l'amortisseur de la jambe gauche du train d'atterrissage – mais elle avait bien entendu été remplacée immédiatement, avant que le Jumbo soit remis en service.

» Les rapports techniques remontant à l'année dernière et allant jusqu'à la veille de l'accident ne font état d'aucun problème majeur à propos de l'appareil. On a pris les moteurs pour les démonter et à ce jour on n'a découvert aucun indice permettant de prouver qu'ils fonctionnaient mal avant l'accident. En fait, si ma théorie est exacte, c'est même grâce aux moteurs que l'avion n'est pas tombé comme une pierre.

— Ta théorie ? demanda Keller, sachant bien que les « théories » de Tewson étaient très souvent exactes – assez mystérieusement d'ailleurs.

— Attends, j'y arrive. Rien n'a encore été prouvé. (Il but une longue gorgée et fit la grimace : sa bière commençait à perdre son pétillant.) Il faisait froid cette nuit-là, donc on a vérifié le système d'antigel. Là encore, tout était correct. Les restes du système d'approvisionnement en carburant sont encore en cours d'analyse : jusqu'à maintenant, rien à signaler.

» Reste le facteur humain. Toi, seul survivant, tu ne peux nous être d'aucune aide.

Cette brusquerie sans le moindre mot d'excuse était habituelle chez Tewson. Il était trop absorbé par des considérations d'ordre technique pour se préoccuper de ménager les sensibilités personnelles.

— On a inspecté les rapports d'écolage de chacun des membres de l'équipage, poursuivit-il, ainsi que leur anamnèse médicale complète. Toi-même, tu as été soumis à des examens médicaux approfondis immédiatement après l'accident. Et on ne s'est pas borné à voir si tu n'avais pas de lésions internes. On a fait des analyses de sang et d'urine. On a vérifié la somme de travail que toi et le commandant aviez effectuée au cours des derniers mois, et on s'est assuré que vous aviez tous les deux pris un repos suffisant avant de partir pour ce vol. On a retrouvé les vestiges de vos bagages respectifs dans le cockpit, et ils étaient encore suffisamment bien conservés pour que l'on puisse constater qu'aucun des deux ne contenait de drogues ni de médicaments. Pas de problème. Tous vos tests de capacité – tant les tiens que ceux du commandant Rogan – étaient excellents depuis un an au moins. Tout, jusqu'à présent, est positif. Sauf qu'il est impossible que tu te sois trouvé à la place à laquelle tu aurais dû être, au moment de l'accident.

» Bien. Je continue. On a porté sur un graphique les positions respectives de tous les cadavres, tant à l'intérieur qu'à l'extérieur de l'avion. Nous avons même retrouvé quelques malheureux au fond de la rivière qui coule près du champ. Un élément intéressant : on a trouvé dans l'appareil une forte concentration de corps *superposés*. Ils étaient brûlés au point qu'on n'a pas pu les identifier, et tellement mutilés qu'ils doivent avoir été exposés à une terrible déflagration.

Keller frissonna et se demanda si Tewson ne ressentait vraiment aucun sentiment à l'égard de tous ces infortunés. Mais son compagnon était à présent trop emporté par l'excitation de l'enquête pour se soucier de l'élément humain.

Déjà Tewson reprenait :

— J'ai contacté les bureaux de topographie. Nous avons établi un plan précis de tout le terrain, en utilisant des photographies aériennes et des cartes, et nous avons les positions exactes du sinistre et des traces laissées par l'appareil dans sa chute. Ce qui a permis de déterminer plus ou moins l'ordre dans lequel le 747 s'est démembré, ainsi que la ou les parties de l'appareil qui ont joué un rôle dans l'accident. La première zone atteinte se trouvait quelque part à l'avant de l'avion.

Il souriait à présent, et Keller dut détourner le regard. Le besoin qu'il avait d'effacer ce sourire du visage de Tewson devenait insoutenable. Mais l'enquêteur ne se rendit compte de rien.

— En examinant l'aile gauche, dit-il, j'ai découvert des griffes à peine visibles qui se prolongeaient sur toute la longueur de l'aile. Au microscope, j'ai vu qu'il y avait d'infimes traces de peinture bleue et jaune au fond de ces griffes.

Il s'appuya au dossier de sa chaise, l'air satisfait.

— Et alors ? dit Keller.

— Et alors, quelle est la couleur du logo de ta compagnie ?

— Bleu et jaune.

— Parfait. Et ce logo est peint sur le fuselage. Il commence près du nez et il va jusque tout près de l'aile. J'attends les résultats de l'analyse chimique, ne serait-ce que pour confirmer la chose, mais je sais que je ne me trompe pas.

— Mais qu'est-ce que cela signifie ? demanda Keller avec impatience.

— Ça signifie, mon vieux, que la paroi de la cabine a été soufflée avec une violence terrible. Par une explosion. Et une explosion d'une telle force ne peut avoir été provoquée que par une bombe.

Keller était blême. Tewson lui adressa un sourire mauvais.

Chapitre 2

La petite voiture noire stoppa après une brusque embardée. Ken Paynter avait fait le maximum pour s'arrêter le plus près possible de la haie.

— Nous n'allons pas rester embourbés, hein ? demanda la fille qui était assise à son côté, en scrutant nerveusement les ténèbres par sa fenêtre.

— Non, ne t'en fais pas, dit Ken, rassurant, en tirant avec force le frein à main – lequel était démoli, comme il le savait parfaitement. Le chemin est plus qu'assez large et assez dur. Pas de danger qu'on soit bloqués.

Il éteignit ses phares et l'obscurité, soudaine et complète, les surprit tous les deux. Ils gardèrent le silence pendant quelques instants, tandis que leurs yeux s'habituaient à la nuit. Ken était satisfait de sa petite Mini, achetée d'occasion un peu plus de trois mois auparavant. Au garage où il travaillait, il fallait ouvrir l'œil pour dénicher les bonnes affaires qui se présentaient de temps à autre. Celle-ci était arrivée juste au bon moment. En tant qu'apprenti mécanicien, il ne gagnait pas grand-chose – pas encore, s'entend –, mais son patron avait accepté de lui retenir une partie de son salaire, chaque semaine, pour payer les quelques centaines de livres que la bagnole avait coûté. Ouais, il était content de sa voiture. Elle lui permettait d'aller dans de jolies petites allées sombres comme celle-ci – car quand on n'a pas d'appartement à soi, rien de tel qu'une voiture et une bonne petite allée bien sombre.

Ce dont il était moins content, par contre, c'était Audrey. Elle commençait à l'emmerder. Il avait plein de petites amies qui étaient très contentes de quitter les sentiers battus, mais Audrey s'amenait toujours avec des histoires romantiques, des je-me-garde-pour-l'homme-qui-sera-mon-mari, des affaires de gravité et de signification-profonde-de-l'amour-physique, tout un tas de balivernes, quoi ! Eh bien, ce soir, ce sera sa dernière chance. *Si elle ne passe pas aux actes, elle n'a qu'à aller se faire voir ailleurs. J'en ai marre de me faire de la bile pour une telle planche à repasser. Bien que, du côté des jambes, elle soit pas moche.*

Audrey se tourna vers lui et tâcha de discerner ses traits dans l'obscurité. Elle savait qu'il l'aimait, elle en était certaine. Elle sentait cela à cette réaction chimique que tous les véritables amoureux connaissent bien, ces battements de cœur, cette chaleur qui l'envahissait tout entière chaque fois qu'ils se rencontraient. Évidemment, il était parfois assez brutal, mais c'était sa façon d'être, cela ne voulait rien dire. Il y avait longtemps qu'elle le tenait en haleine – au point même qu'elle avait cru le perdre, quelquefois. À présent, il était arrivé à bout de l'épreuve ! S'il avait attendu aussi longtemps, c'est qu'il l'aimait vraiment. Et, maintenant qu'elle était sûre de lui, il était peut-être temps de lui accorder une petite récompense. Une toute petite. Juste assez pour aiguiser son intérêt, pour raviver son attention ! Elle se pencha vers lui pour lui embrasser la joue. Mais lui se pencha au même instant, en allongeant le bras pour lui poser la main sur la jambe, et le petit baiser manqua son but. Ken se redressa pour essuyer son œil, qui était tout mouillé.

— Désolée, dit-elle plutôt cérémonieusement.

Il marmonna quelque chose d'incompréhensible et s'avança de nouveau vers elle. Cette fois, leurs lèvres se rencontrèrent et ils s'embrassèrent : elle avec extase, lui en y mettant le maximum de force, pour montrer sa virilité.

Au bout de quelques secondes d'écrasement, elle se retira.

— Tu me fais mal, Ken, dit-elle d'un ton plaintif.

— Mille excuses, mon cœur, dit-il. Mais tu sais bien quel sentiment tu m'inspires ! (*L'envie de baiser*, précisa-t-il intérieurement.)

— Oui, je sais, Ken. Tu m'aimes vraiment, n'est-ce pas.

Vas-y, songeait-il, *gobe-toi !*

— Bien sûr que je t'aime, ma chérie, dit-il. Je crois que je t'aime depuis toujours, depuis que je te connais.

Elle soupira et se blottit contre son épaule. *Laisse-la souffler*, se disait-il, *ne perds pas ton avantage.*

— J'ai froid, Ken, dit-elle.

Dégageant son bras, il le passa par-dessus le dossier du siège et le posa sur ses épaules.

— Je vais te réchauffer dans une minute, dit-il pour tâter le terrain. Et il l'entendit rire doucement. *Seigneur, il y a de l'espoir !*

Soudain, il la sentit se raidir. *Ça y est, ça recommence !* Déjà il desserrait son étreinte.

— Où sommes-nous, Ken ? demanda-t-elle en se redressant, et elle se mit à essuyer le pare-brise qui se couvrait de buée.

— Hein ?

— Où sommes-nous ? répéta-t-elle.

— Dans ma voiture.

— Ce n'est pas cela que je te demande. Nous sommes tout près du Champ du Sud, non ?

— Ouais, juste derrière. Et alors ?

— Oh, comment as-tu pu venir ici, derrière le pré où cet avion s'est écrasé !

— Grands dieux ! Il y a des semaines de ça ! D'ailleurs, on n'est même pas tout près de l'endroit où il est tombé.

— Tout de même, ça me donne la chair de poule. Je trouve qu'on devrait s'en aller. C'est sinistre, ici.

— Ne sois pas sotte, chérie. De toute façon, on ne peut pas faire des kilomètres, je n'ai pas beaucoup d'essence dans le réservoir.

Et je n'ai pas l'intention de faire tout le tour de la région à la recherche d'un coin tranquille pour tes beaux yeux et ton beau cul, ajouta-t-il en lui-même.

— En tout cas, j'ai froid. On est trop près de la rivière.

— Eh bien, je te disais justement que j'allais te réchauffer, répondit-il en l'attirant vers lui.

Elle se détendit et se pelotonna contre lui.

— Je t'aime, Ken. Nous deux, c'est pas pareil, n'est-ce pas ?

— Bien sûr, Audrey, dit-il. Et il se mit à embrasser le haut de sa tête.

La jeune fille leva vers lui son visage :

— Tu ne me quitteras jamais, n'est-ce pas, Ken ?

Il voyait ses deux yeux grands ouverts qui cherchaient à percer l'obscurité.

— Jamais, répondit-il, tout en changeant de position pour pouvoir atteindre plus aisément sa bouche.

Et il embrassa son front, son nez. Puis ses lèvres. Cette passion qui brûlait déjà en lui, il la sentait à présent s'éveiller en elle. C'était la minute de vérité. Sa main gauche, qui était refermée sur son bras, commença à se déplacer lentement, prudemment, vers sa poitrine. Combien de fois n'en était-il pas arrivé là avec Audrey ! Et chaque fois, elle l'avait repoussé énergiquement, en pleurnichant. Mais ce soir, il le sentait, ce serait différent. Elle avait enfin accédé à la société de la permissivité ! Ses doigts, frémissant d'excitation, trouvèrent des seins, souples et doux sous le chandail de laine.

— Oooh, mon amour, l'entendit-il murmurer dans un souffle, tandis que ses doigts lui labouraient l'épaule. Dis-moi que tu m'aimes.

— Je t'aime.

Ce n'était pas très difficile à dire.

— Tu ne m'abandonneras pas.

— Je ne t'abandonnerai pas.

Dans l'ardeur du moment, il était presque sincère.

— Oui, mon amour, chuchota-t-elle tandis qu'il tirait doucement le bas de son pull.

« Oui ». Ce simple petit mot, et son pouls se mit à battre frénétiquement. Le contact de ses doigts froids sur l'estomac nu d'Audrey la fit serrer les cuisses en un élan de délicieuse excitation. À tâtons, il atteignit son soutien-gorge. Sa main passa outre, se dirigea vers une des bretelles qu'elle n'eut aucune peine à faire glisser sur le bras, puis revint prestement vers ce qui était à présent son bien. Il posa sa paume sur un des seins et jouit pendant quelques secondes de sa douceur charnue, de son petit mamelon durci – mais déjà son esprit avide volait vers d'autres régions.

Tout à coup, elle se raidit de nouveau.

— Qu'est-ce que c'était ? haleta-t-elle.

Furieux, il se demanda s'il allait la tuer ou tout simplement la pousser dans la haie et filer. Au lieu de cela, il répondit platement, sans lâcher prise :

— Quoi ?

— Il y a quelqu'un dehors. J'ai entendu quelque chose, dit-elle tout bas.

Sa main se retira bien à contrecœur et il se tourna vers les fenêtres embuées.

— Eh bien, on n'y voit foutrement rien, vu l'état des fenêtres.

— Écoute, Ken, écoute ! supplia-t-elle.

Immobile, les yeux rivés au pare-brise opaque, il fit un effort pour écouter. Mais le tumulte de ses passions déçues l'empêchait de se concentrer sur autre chose.

— Il n'y a rien, dit-il avec lassitude – néanmoins, tout en parlant, il tâcha de se rappeler s'il avait ou non fermé les portières à clé.

Avec la manche de son manteau, il entreprit d'essuyer le pare-brise. Lorsqu'il eut nettoyé un espace suffisant pour regarder au travers, il se pencha en avant, jusqu'à ce que son nez se trouve à quelques centimètres à peine de la vitre.

—Non, dit-il avec humeur, on n'y voit rien.

—Allons-nous-en, Ken. Tu ne sens pas comme il fait froid ?

Il le sentait. Et ce n'était pas simplement la froidure de l'automne. C'était un froid qui semblait couler jusque tout au fond de lui-même. Et soudain, il entendit quelque chose.

On aurait dit un murmure, assez semblable au bruissement des branches dénudées de la haie, mais il pressentait que ce n'était pas un bruit naturel. C'était un son qui avait quelque chose d'humain. Tout en n'ayant pas l'air d'origine humaine. Le murmure se fit entendre de nouveau, grave et haletant.

Audrey se cramponna à son bras, sans quitter le pare-brise des yeux.

—Allons-nous-en, Ken, allons-nous-en tout de suite !

Sa voix était mal assurée et tout son corps tremblait légèrement.

—Sûrement quelqu'un qui fait l'imbécile, dit-il sans conviction – mais en tendant néanmoins la main vers la clé de contact.

Le cœur serré, il entendit le moteur dérailler puis s'arrêter en gémissant. Sentant qu'Audrey se tournait vers lui avec angoisse, il s'interdit de la regarder, de peur que son propre visage trahisse l'effroi qu'il ressentait lui aussi. Il remit le contact. Cette fois, il sembla que le moteur allait prendre, mais il recommença à tousser et s'arrêta une deuxième fois dans un pitoyable soupir. Après une troisième tentative, il sut que sa vieille batterie aurait besoin d'un bref répit avant qu'il puisse refaire un essai. Immobiles dans le silence noir et profond qui les enveloppait, tous deux tendaient l'oreille, à l'affût du moindre bruit et cependant priant intérieurement pour qu'il ne se fasse plus entendre. Mais il revint. Toujours ce même murmure, grave, chuchoté. Tout près. Tout près... et plutôt du côté de la jeune fille.

Ken regarda derrière elle, vers la fenêtre latérale. La chaleur de leurs corps avait tout recouvert d'une buée grise et opaque. Pourtant, il crut distinguer une ombre plus claire de l'autre côté de la vitre. Une ombre qui grandissait petit à petit, comme sous l'effet d'une haleine chaude sur le verre. Les contours étaient mal définis, c'était un nuage gris qui s'avançait. Ken ouvrit la bouche mais ne put prononcer un mot. Le haut de sa colonne vertébrale et ses épaules semblèrent brusquement paralysés. Ses cheveux se dressèrent sur son crâne, et tous ses poils le long de son épine dorsale. L'ombre cessa de croître et Ken réalisa que la chose se trouvait juste derrière la vitre, à quelques centimètres de la tête d'Audrey, qui était tournée vers lui. À ce moment-là, la jeune fille se rendit compte qu'il regardait derrière son épaule et elle sentit son cœur chavirer en voyant la terreur se peindre sur son visage.

Lentement, comme mue par une mécanique, elle le quitta des yeux et, remplie de crainte, elle tourna la tête vers la fenêtre. Puis, par un simple réflexe, elle leva la main et la passa sur la vitre pour en essuyer la buée. Et, tout de suite, elle poussa un cri. Un hurlement qui monta du plus profond de son être et remplit à la fois l'intérieur de la voiture et la tête du garçon.

Deux grands yeux sombres étaient fixés sur elle à travers le verre. Leur regard était si intense qu'elle était incapable de s'y soustraire. Ils semblaient la pénétrer, comme pour fouiller son esprit et atteindre son âme. Et dans sa terreur, elle savait – tous ses sens le criaient – que la chose qui était là, dehors, n'était pas humaine. Que ce n'était pas une créature vivante. Ces yeux immenses, fixes, cette petite figure blanche, ces minuscules lèvres souriantes, cette étrange tache sur la joue… c'était une tête de poupée ! Et pourtant, ces yeux vivaient, ils la brûlaient jusqu'au fond d'elle-même. Une fois encore, elle entendit le chuchotement, qui résonna dans son cerveau sans qu'elle puisse comprendre les mots. Ils n'avaient pas de signification.

Son cri brisa le maléfice qui paralysait Ken. En proie à une panique absolue, le jeune homme se jeta sur la clé de contact et la fit tourner tout en appuyant à fond la pédale d'accélérateur. La voiture commença à se balancer, d'abord tout doucement, puis plus fort, plus violemment. Le pied de Ken glissa de la pédale et le moteur se tut, à l'instant où il allait partir. Ken se sentit précipité vers le milieu de l'habitacle : la voiture était complètement soulevée de son côté et quittait des deux roues le sol boueux du sentier. Audrey, projetée contre la fenêtre, n'était plus séparée des terribles yeux sombres que par l'épaisseur de la glace. À ce moment-là, elle vit la misère, la détresse totale que ces yeux reflétaient. Et aussi la rancune.

Puis ce fut son côté à elle qui se souleva et elle tomba de l'autre côté. Et cette fois, elle s'accrocha à Ken en criant comme une hystérique. Le balancement se faisait plus prononcé et bientôt la voiture se mit à vibrer, à trembler, à se secouer avec une violence inouïe.

— Qu'est-ce qui se passe ? Qu'est-ce qui se passe ? criait la fille.

Mais, même si ses paroles avaient pénétré dans l'esprit ébranlé de Ken, celui-ci n'aurait rien eu à lui répondre. Brusquement, la voiture retomba sur le sol avec une violence telle qu'elle faillit se casser en deux… puis ce fut le silence, seulement troublé par les sanglots de la jeune fille éperdue. Sans réfléchir, Ken se libéra de son étreinte, agrippa la poignée de la portière, l'actionna et l'ouvrit d'un coup d'épaule, puis il sortit, non sans mal, dans les branches acérées et sans feuilles de la haie. Les baguettes pointues lui écorchaient la peau, mais lui, insensible à la douleur, se frayait un chemin entre la voiture et le buisson. Les broussailles s'accrochaient à ses vêtements et, dans sa frayeur, il crut sentir des mains tâcher de le retenir, il se mit à crier et à se débattre de plus en plus sauvagement, frénétiquement, jusqu'à ce qu'il soit parvenu à s'extraire de l'étroit passage.

Sans un regard autour de lui – il n'avait aucune envie de voir quoi que ce soit –, il se mit à courir dans l'allée obscure, l'esprit mobilisé par une seule chose : son épouvante. Seules les zones les plus reculées de sa conscience enregistrèrent les appels pitoyables de la jeune fille qui l'implorait de revenir, de ne pas la laisser là toute seule.

Il courut sans s'arrêter, trébuchant, tombant dans les ténèbres. Une seule chose comptait : s'éloigner de cette voiture ! S'éloigner de ces endroits maléfiques !

Chapitre 3

Avec une profonde inhalation, Keller envoya la fumée de sa cigarette dans ses poumons, avant de la chasser en un long filet rectiligne. Il était assis dans l'obscurité, affalé dans son unique fauteuil, et regardait fixement le plafond.

Un peu plus tôt dans la soirée, il était rentré vers son appartement, à Londres, l'esprit bouillonnant sous l'effet de ce que lui avait révélé Tewson. Après avoir jeté son pardessus au hasard, il avait desserré sa cravate et s'était versé une rasade de Glenfiddich. Lui qui n'était pas du tout buveur – l'alcool et le pilotage n'ont jamais fait bon ménage –, il avait appris, au cours de ces dernières semaines, à apprécier les vertus tranquillisantes de la boisson. Il s'était laissé tomber dans son fauteuil et, déposant la bouteille sur un des accoudoirs, il avait déboutonné ses manches et les avait retroussées jusqu'au-dessus du coude. Il s'était allumé une cigarette. Et il était resté là plus de deux heures déjà, perdu dans ses pensées, troublé, inquiet.

Une bombe! Était-ce possible? Les règlements étaient tellement stricts, de nos jours. Les valises et les bagages à main faisaient l'objet d'une surveillance approfondie, et chaque passager était fouillé, rapidement mais soigneusement, avant d'embarquer. Et malgré tout, cela pouvait encore arriver. On trouvait *encore* des bombes à bord, des gens parvenaient *encore* à sortir des armes d'on ne sait où, en cours de vol... La sécurité ne pouvait jamais être garantie à cent pour cent.

Mais pourquoi aurait-on pu vouloir détruire cet avion-là en particulier ? D'après la liste des passagers, s'il ne se trompait pas, il ne se trouvait à bord aucun homme politique important, ni britannique ni étranger ; il n'y avait pas non plus de groupements religieux. Seulement des hommes d'affaires anglais et américains et des touristes de diverses nationalités. Aurait-il pu s'agir d'un geste irréfléchi, d'un acte de démence ? Mais un fou lui-même, lorsqu'il provoque un désastre d'une telle ampleur, doit malgré tout avoir une raison, aussi spontanée et vague soit-elle. Or, à sa connaissance, la police n'avait découvert aucun indice dans ce sens.

Keller avait soulevé cet argument devant Tewson, mais ce dernier lui avait répliqué que, dans un groupe de près de trois cent cinquante personnes, il devait inévitablement s'en trouver quelques-unes qui avaient des ennemis. Mais, de toute façon, comment cette bombe avait-elle pu être introduite à bord ? Le 747 avait été fouillé à fond avant le départ, comme le sont tous les appareils, sans exception. D'ailleurs, comment diable un passager aurait-il pu tromper l'énorme dispositif de sécurité dont on entoure les vols – et plus particulièrement les courriers importants, tels que celui-là ? Tewson avait été fort téméraire d'oser parler de bombe et, regrettant déjà de s'être laissé enthousiasmer par l'idée de sa propre perspicacité, il avait fait jurer le secret à Keller avant de le quitter. Quoi qu'il en soit, ce dernier avait encore une autre raison de ne plus songer à ces histoires d'explosifs.

C'était l'éclair subit qui avait traversé sa mémoire. Cette image figée qui s'était brusquement allumée dans son esprit. Le visage du commandant, la bouche ouverte comme pour crier sous l'effet de la peur… Ou de la colère ?… Cette pensée le fit se redresser d'une pièce. Cette expression qu'il avait revue sur le visage du commandant Rogan, peut-être n'était-ce pas de la peur : peut-être était-ce de la fureur – *contre lui !* Ils avaient eu une discussion – il s'en souvenait fragmentairement, à présent – avant le vol. Était-ce le jour même ou le soir précédent ? Non, c'est la veille qu'ils s'étaient disputés. Les pièces du puzzle trouvaient leur place, petit à petit, et une image se dessinait. Cela avait été une dispute violente. Pas physiquement, il en était certain, mais verbalement. Il revoyait la figure blême du commandant, ses lèvres serrées de colère contenue, ses poings crispés, ses deux bras tendus le long du corps comme pour soutenir l'immense effort de ne pas se jeter à la gorge de Keller. Il revoyait sa propre colère. Il se souvenait qu'il n'était pas resté muet face à la diatribe du commandant. Il avait frappé à son tour, toujours en paroles, bien sûr, mais les mots font autant de mal que les coups. Et peut-être même plus.

Cela pouvait-il avoir joué un rôle quelconque dans la destruction du 747 ? L'affrontement s'était-il prolongé jusqu'à l'intérieur de l'avion ? Avait-il pu provoquer une erreur de jugement chez le chef des pilotes ? Non, tous deux étaient beaucoup trop professionnels pour cela. Pourtant, ce regard du commandant Rogan, juste avant qu'ils s'écrasent…

Et voilà qu'une autre pièce du puzzle venait de tomber à sa place.

Le souvenir qui lui était revenu était celui d'un moment qui avait *immédiatement* précédé leur chute. Il revivait l'atmosphère qui régnait dans le cockpit : les lumières des tableaux de bord, les ténèbres de la nuit au-dehors, les minuscules bouquets de clarté qu'étaient les villes au loin, le visage blanc du commandant qui lève les yeux vers lui. Comme si lui, Keller, s'était levé de son siège. Que dit-il ? Quels sont les mots qui sortent de la bouche de Rogan, à son intention ? Des mots criés. Par frayeur, ou par colère. Comment savoir ? L'image était tellement claire, à présent. Si seulement les mots pouvaient revenir !

L'image commença à disparaître et il sut qu'il l'avait perdue. Sentant la chaleur de sa cigarette, il l'écrasa avant qu'elle lui brûlât les doigts. Il prit une petite gorgée de scotch et tourna la tête vers le buffet sur lequel la photo de Cathy gisait, retournée. S'extrayant du fauteuil, il marcha vers elle, hésita un instant et la ramassa. La photographie était restée retournée depuis l'accident. C'est la première chose qu'il avait faite lorsqu'on l'avait laissé rentrer chez lui : il était allé droit vers la photo et l'avait posée à plat sur le buffet, le visage caché. Ce visage qu'il ne voulait pas voir. Maintenant, il prenait la photo et regardait cette image d'un sourire. Il n'avait pas de larmes, le temps des pleurs était passé, le laissant seul avec sa vaine tristesse. Une tristesse étrange, très calme. Reposant la photo sur son pied, il songea à Cathy. Ce portrait n'était qu'une réplique superficielle de quelqu'un qui avait un jour existé, il ne pouvait donner qu'une faible idée de ce qui avait vécu derrière ces yeux rieurs.

Elle n'était venue vivre avec lui que trois mois avant le jour fatal, mais ils avaient commencé à sortir ensemble un an auparavant. En copains, d'abord – pour elle comme pour lui –, puis, progressivement, c'était devenu autre chose. Irréversiblement. Quelque chose de plus exigeant et solide qu'ils ne l'auraient cru possible. Ils avaient commencé à s'attacher l'un à l'autre le jour où, alors qu'elle passait précisément son test pour devenir chef de cabine, elle avait dû faire face à un brusque arrêt cardiaque à bord. Il était allé l'aider et, à deux, ils étaient parvenus à maintenir en vie le passager – un homme assez âgé – jusqu'à leur arrivée à destination. Avant ce vol-là, il l'avait déjà rencontrée un certain nombre de fois et, bien sûr, il l'avait trouvée attirante ; mais il avait d'autres attaches sentimentales à l'époque et il ne s'était donc pas donné la peine de faire plus ample connaissance. Mais le fait d'avoir été impliqués à deux dans le sauvetage d'une vie humaine avait coupé court à toute autre considération.

Très vite, il s'était formé entre eux une relation affectueuse et sans contrainte qui, petit à petit, à mesure qu'ils apprenaient à mieux connaître leurs sensibilités et leurs personnalités mutuelles, s'était muée en un amour profond et inconditionnel. Ils avaient tenu leur relation plutôt secrète, car leur compagnie aérienne, sans voir d'un mauvais œil les amours qui se nouaient entre les membres de leurs équipages, s'arrangeait toujours pour envoyer les amoureux sur des lignes différentes. Les émotions de ce genre ne trouvaient pas leur place à trente-trois mille pieds au-dessus du niveau de la mer : il y avait trop de problèmes qui pouvaient se présenter et réclamer une concentration et une attention totales. C'est pourquoi ils avaient été discrets, de peur de rater l'occasion de visiter ensemble tous les endroits merveilleux où les menait le hasard des escales. Évidemment, il leur avait été impossible de se cacher de leurs collègues les plus proches, d'autant plus que le soudain désintérêt de Keller pour toutes les autres femmes ne pouvait manquer d'éveiller l'attention. Mais les équipages de vol s'entendent à garder le secret autour de ce genre d'affaires.

Cathy avait emménagé avec lui au moment où c'était devenu la seule chose naturelle à faire, tout le reste semblant à la fois faux et ridicule. Manifestement, l'étape suivante devait être le mariage, et tous deux savaient qu'ils y viendraient naturellement, sans la moindre pression de l'un ni de l'autre.

Il fit quelques pas vers la fenêtre et regarda l'intense circulation qui encombrait Cromwell Road. Ils avaient formé le projet d'acheter une petite maison quelque part à la campagne, pas trop loin de l'aéroport. Il sourit avec amertume : ils avaient même envisagé de choisir la région d'Eton ou de Windsor. Et c'est là que leurs rêves s'étaient effondrés. Dans un paisible champ à Eton !

S'éloignant de la fenêtre, il alluma une autre cigarette, l'esprit de nouveau agité de mille pensées. Eton ! Était-ce pour cela qu'il se sentait poussé à retourner là-bas, parce qu'ils avaient projeté d'y vivre ? Était-il tout simplement en train de courir à la recherche d'un passé enfui, de leurs promenades dans la petite ville ? Ou bien sentait-il confusément qu'une réponse l'y attendait ?

Ce désir qu'il avait eu de retourner sur les lieux de l'accident avait été presque insoutenable. Après avoir lutté de toutes ses forces contre cette impulsion, car il ne voulait pas être confronté physiquement avec cet endroit qui lui rappelait d'aussi tragiques événements, il avait été irrésistiblement attiré là-bas, contre sa volonté, contre son entendement. Il ne voulait pas y aller, et cependant un instinct, une voix accablante au fond de lui-même lui répétait qu'il ne trouverait pas la paix tant qu'il n'y serait pas retourné. C'était à la fois inexplicable et inexorable.

Peut-être que le fait d'y retourner réveillerait un tout petit nerf parmi les cellules de sa mémoire. Peut-être se souviendrait-il de l'accident et des événements qui y avaient conduit. Peut-être se rappellerait-il la façon dont il en était ressorti sain et sauf alors que tous les autres occupants avaient été brûlés vifs ou atrocement mutilés. Des témoins avaient dit qu'il était sorti de la carlingue déchirée de l'avion, mais ces déclarations avaient été faites sous le coup du choc, l'immensité du désastre ayant rendu les gens à moitié hystériques. Il était plus vraisemblable qu'il avait été projeté loin de l'appareil sur le sol boueux et qu'il était resté inconscient quelques minutes avant de se relever et de s'éloigner de l'épave en flammes. Il savait qu'au moment même il n'avait ressenti aucune émotion. Il avait admis le fait que tout le monde à bord était mort, y compris Cathy, et qu'il ne servait à rien de retourner vers l'incendie. Plus tard, seulement, les larmes et les regrets étaient venus, quand l'effet du choc avait disparu.

Il se rappelait clairement le vieil homme qu'il avait trouvé étendu dans la boue. Lui, peut-être, pourrait l'éclairer davantage. Il l'avait trouvé frissonnant de peur, couché à plat ventre sur la terre fraîche, levant vers lui des yeux remplis de terreur. S'il le retrouvait, peut-être que cet homme pourrait lui raconter ce qu'il avait vu. Dieu sait si cela allait être d'une quelconque utilité ! Mais il n'y avait pas grand-chose d'autre à faire.

À ce stade de ses réflexions, Keller entendit un léger coup frappé à la porte. Trop absorbé dans ses pensées, il ne fut pas sûr, tout d'abord, d'avoir bien entendu – mais on frappa de nouveau. Un tout petit coup, comme avec les ongles uniquement. Il jeta un coup d'œil à sa montre : 22 heures passées. Qui donc pouvait venir le voir à cette heure de la nuit ? Il traversa la pièce et se rendit compte, tout à coup, que les lumières de son appartement étaient toutes éteintes. Il hésita un moment avant de saisir le bouton de porte. Sans savoir pourquoi, il avait une soudaine appréhension. On frappa encore et, se décidant, il ouvrit la porte d'un seul coup. Un homme se tenait dans la faible lumière du palier ; il discernait à peine ses traits, à cause de la pénombre. L'homme se taisait, mais Keller sentit ses yeux le percer comme des vrilles. Rapidement, il tourna son interrupteur et un flot de lumière inonda le palier.

Le visiteur était petit et assez replet. Un visage arrondi, un crâne déjà assez dégarni. Ses mains s'enfonçaient dans les poches d'un imperméable râpé qui avait été fauve, le col de sa chemise était légèrement froissé. Rien ne l'eût empêché, au milieu d'une foule, de passer inaperçu – sauf un détail extrêmement gênant : ses yeux. Des yeux vifs, pénétrants, en quelque sorte desservis par le corps courtaud qu'ils habitaient. Des yeux du gris le plus pâle, d'une intensité de glace et cependant pleins de compassion. Keller nota tout cela pendant ces premières secondes de silence, puis il vit que l'étrange et troublant regard se teintait de perplexité. Aucun trait du visage n'avait bougé : les yeux seuls exprimaient l'hésitation – et la curiosité.

Keller fut contraint de parler le premier.

— Oui ?

La bouche subitement sèche, la main crispée sur la poignée de la porte, il n'avait pas réussi à articuler autre chose.

L'homme garda le silence pendant quelques instants, toujours sans quitter Keller des yeux. Puis il battit des paupières et ce geste minuscule parut ranimer le reste de son corps. Il s'avança – de trois centimètres, peut-être – et dit :

— Vous êtes Keller, n'est-ce pas ? David Keller ?

Le copilote acquiesça.

— Oui, je vous reconnais. J'ai vu vos photos dans la presse, dit l'homme, comme si la confirmation de Keller n'avait pas réellement compté.

De nouveau muet, il se mit à considérer le copilote des pieds à la tête, puis, au moment où Keller commençait à sentir l'impatience monter en lui et sur le point d'éclater, il parut se reprendre tout à coup :

— Excusez-moi, dit-il. Je m'appelle Hobbs. Je suis spirite.

Chapitre 4

Ah, voici vraiment le meilleur moment de la journée! songea George Bundsen, un sourire de satisfaction largement étalé sur son visage. L'eau clapotait autour de sa petite barque, lui imprimant un léger balancement des plus relaxants. Il alluma sa pipe et scruta les humides brumes matinales qui flottaient sur la Tamise. Il faisait sacrément froid, mais ça valait le coup puisqu'il était enfin seul. La voix aiguë d'Hilaria lui résonnait encore dans les oreilles: « Et débrouille-toi pour être rentré à l'heure d'ouverture! Je n'ai pas l'intention d'ouvrir le magasin toute seule, une fois de plus! Tu y vas bien assez comme ça, sur ta maudite rivière! Un de ces jours tu tomberas dedans et, avec le poids que tu pèses, aucune chance que tu en sortes jamais! »

Il avait eu un mal fou à se retenir de lui lancer sa tasse de thé au lait à la figure. Mais il y était tout de même parvenu et, en lui tendant la tasse sur sa soucoupe, il s'était borné à lui répondre:

— Je ne resterai pas longtemps, chérie. Laisse-moi m'offrir ce petit plaisir.

— Et mon petit plaisir à moi? avait-elle rétorqué tout en s'asseyant dans son lit, en empoignant l'oreiller qui se trouvait de son côté à lui et en le bourrant par-dessus le sien, derrière son dos. Quand m'as-tu sortie, moi, pour la dernière fois?

Elle lui arracha des mains la tasse et la soucoupe, de sorte que le thé déborda et tomba en grosses gouttes sur la courtepointe blanche.

— Regarde ce que tu as fait, maintenant ! s'écria-t-elle.

Se précipitant vers la salle de bains, il en rapporta en toute hâte une serviette de toilette avec laquelle il se mit en devoir de frotter vigoureusement les taches brunâtres.

— Ce n'est pas grave, chérie, ça part, dit-il.

Hilaria leva les yeux au ciel. Qu'allait-elle faire de ce balourd qui prétendait être un homme ? Il se montrait cependant tellement sympathique, tellement serviable avec les clients du petit bureau-de-tabac-confiserie-magasin-de-journaux qu'ils possédaient depuis une quinzaine d'années à Windsor. Il n'avait pas l'air préoccupé de savoir que les jours des petits commerçants étaient comptés, que les « grandes surfaces » étaient en train d'envahir le marché. Les boutiques du genre de la leur, toutes celles qui faisaient du commerce diversifié, n'étaient que les derniers des quelques survivants. Bouchers, boulangers, maraîchers, tous avaient à faire face à la dure concurrence des grands magasins à succursales multiples. Et son cornichon de mari, lui, ne pensait qu'à aller à la pêche ! Bien sûr, il faisait son boulot au magasin, en ce qui concernait les clients, mais *qui* préparait les livraisons de journaux, les donnait aux livreurs et les faisait partir ? *Qui* devait toujours ouvrir le magasin, prendre note des stocks, *qui* servait, le matin, à l'heure de pointe, tous les faiseurs de navette qui couraient vers la gare ? Mézigue, voilà qui.

— Allons, fiche le camp ! lui dit-elle d'une voix glaciale. Et sois rentré pour 7 heures pile !

— Oui, chérie, marmonna-t-il avec soulagement tout en s'empêtrant dans un immense pull qui fit de son mieux pour couvrir son vaste estomac et ses nombreux mentons.

Il enfila ses bottes en caoutchouc, fit disparaître les croûtes de boue séchée qui en tombaient en les poussant du pied sous le lit, et y enfonça les jambes de son pantalon. Après avoir complété sa tenue par une grosse veste doublée de fourrure, il resta immobile au pied du lit, comme s'il attendait d'être congédié.

— Eh bien, qu'est-ce que tu attends ? Fiche le camp ! Et tâche au moins de prendre quelque chose, aujourd'hui !

Elle but une gorgée de thé qui, déjà tiède, lui fit faire la grimace. Sans un mot, Bundsen se dirigea vers la porte. Puis, se retournant, il arrondit les lèvres et fit mine d'envoyer un baiser à sa femme. Celle-ci n'eut pour réponse qu'un rire plein de mépris.

Il alla chercher son matériel de pêche dans la cabane au fond du jardin puis se mit à dévaler la longue colline arrondie qui descendait vers la rivière. Il traversa le petit pont et marcha vers les hangars à demi brûlés. Sa barque à lui, qu'Arnold lui louait pour trois fois rien presque tous les matins, était amarrée à la jetée. *Sacré vieil Arnold*, se dit-il. Ces vieux hangars qui avaient tellement besoin de réparations, maintenant une compagnie aérienne allait les lui payer, en compensation des dégâts causés par le Jumbo qui était tombé. Cela avait été une catastrophe terrible, mais n'empêche… Dans les pires désastres, il y a toujours quelqu'un qui fait son beurre, et cette fois-ci, c'est Arnold qui avait touché le gros lot. Comme le copilote, d'ailleurs. Si ça, ce n'est pas un coup de pot…

À longs coups de rames lents et paresseux, Bundsen remontait le courant, passait le coude du fleuve, poussait au-delà du pont de chemin de fer et allait s'enfoncer dans les roseaux qui entouraient une petite île. C'était un endroit assez calme – à part les trains qui traversaient de temps en temps le pont, un peu plus bas, mais ils n'avaient jamais paru effrayer les poissons. Ceux-ci arrivaient, portés par les courants qui se formaient à cause du coude, et son appât les attirait comme un aimant. Hilaria n'avait pas été juste, quand elle s'était moquée de lui en prétendant qu'il ne prenait jamais rien. En fait, il rencontrait presque toujours des amis, sur le chemin du retour, qui ouvraient leurs magasins. Le temps de bavarder un peu, de raconter quelques blagues, et il se retrouvait délesté de plusieurs poissons, victime de sa propre générosité. En outre, il ne manquait *jamais* de faire une halte chez la fleuriste et de donner l'une ou l'autre de ses prises à Mlle Parsons. Voilà une gentille personne. Gentille et calme. À se demander pourquoi elle ne s'est jamais mariée. *Faut dire qu'il y a de quoi se demander pourquoi* moi, *je me suis marié.*

Tout en tirant sur sa pipe, il continuait à ruminer son sujet favori, les yeux fixés sur le petit bouchon blanc qui dansait au bout de sa ligne. Tout s'était bien passé – on n'aurait pu rêver mieux, même – pendant les huit premières années. Mais tout avait changé à cause d'une petite imprudence qu'il avait commise. Une toute petite, minuscule imprudence. Il n'avait même pas emmené la fille au lit. Ça s'était fait en vitesse, comme ça, à l'arrière du magasin, un jour où Hilaria était censée rendre visite à sa sœur. Grands dieux, quelle frousse il avait eue quand il avait entendu la clé tourner dans la serrure, puis la sonnette retentir tandis que la porte s'ouvrait. C'était un jour où on fermait tôt, l'après-midi. La fille, qui avait été la dernière cliente de la journée, s'était attardée exprès jusqu'à l'heure de la fermeture. Plusieurs fois, il avait bavardé avec elle quand Hilaria n'était pas là, et il avait bien vite compris à quoi elle pensait. Évidemment, il était beaucoup plus mince à l'époque. Et il ne souhaitait qu'une chose, être agréable aux clients. Et surtout aux clientes.

Il s'en souvenait comme si cela s'était passé la veille. Son cœur glacé d'effroi lorsqu'un coup d'œil par-dessus le comptoir lui avait fait voir Hilaria, l'air furieux, marchant à grandes enjambées vers lui. Elle venait de se disputer avec sa sœur. Et son air furieux s'était encore accentué quand elle avait vu qui était couchée par terre derrière le comptoir, essayant à grand-peine de remonter le long d'une paire de cuisses rebondies une petite culotte de dentelle. Si seulement ils étaient montés à l'étage, peut-être aurait-il pu la cacher et la faire filer en douce plus tard, mais il avait préféré ne pas faire d'embarras, y aller rapidement. Juste cinq minutes, le temps de tirer son coup. Mais voilà, pas d'échappatoire possible : lui, à genoux, tâchant vainement de remonter son pantalon qui était bloqué parce qu'il était à genoux dessus ; et elle, rampant à quatre pattes, affolée, désireuse, surtout, de ne pas se faire voir par-dessus le comptoir. Tous deux s'étaient immobilisés dans leurs efforts au moment où Hilaria s'était penchée au-dessus du meuble. Les traits rectilignes de sa face n'avaient pas tardé à gondoler puis à se briser à mesure que la colère avait monté en elle.

Les cinq minutes qui avaient suivi s'étaient imprimées dans sa mémoire de la façon la plus indélébile : les cris, les doigts agrippant avec frénésie le dossier de la chaise, les sanglots de la pauvre fille qui, toujours par terre, essayait désespérément de couvrir sa nudité. Il avait déguerpi vers la porte de l'arrière-boutique, gêné dans sa course par son pantalon, toujours à la hauteur de ses genoux, puis il avait grimpé l'escalier et s'était réfugié dans leur chambre à coucher, où il s'était enfermé à clé. En bas, les cris avaient encore continué un moment, interrompus de temps en temps par un sanglot plus sonore. Puis il avait entendu la sonnette, le bruit de la porte qu'on fermait avec violence, et enfin le claquement de talons hauts sur le trottoir. Ensuite, divers bruits s'étaient fait entendre : des pas dans le salon, une bouilloire qu'on remplissait à la cuisine. Il avait supposé que c'était l'autre femme qu'il avait entendue courir dans la rue.

Il était resté dans la chambre, tremblant, tapi à côté du lit, jusqu'au moment où il avait commencé à faire sombre. Alors, il s'était glissé jusqu'à la porte et l'avait déverrouillée.

Après avoir tendu l'oreille quelques minutes, il s'était déshabillé et mis au lit. Jusqu'à 22 heures il était resté immobile, frissonnant de peur, les couvertures tirées jusqu'au menton. C'est alors qu'avait résonné un pas pesant qui montait l'escalier. Elle était entrée dans la chambre et, sans tourner l'interrupteur, s'était dévêtue dans l'obscurité. Puis elle avait grimpé dans le lit et s'était étendue, toute raide, à ses côtés. Trois semaines durant, elle ne devait pas lui adresser un seul mot – ni un seul regard, pendant au moins deux semaines. Jamais le sujet de son infidélité n'avait été évoqué. Mais les choses avaient bien changé. Seigneur, qu'elles avaient changé !

Bundsen soupira et déplaça son corps massif, ce qui fit bouger dangereusement sa barque. À partir de ce jour-là, il était devenu de plus en plus gros, et elle, de plus en plus criarde. En outre, son corps était devenu intouchable. À part, peut-être, une ou deux fois par an – à Noël ou à Pâques, quand elle avait bu quelques sherries –, mais sûrement pas davantage. Heureusement, Windsor comptait un certain nombre de veuves qui avaient parfois besoin de réconfort. Et puis, cette Mlle Parsons était extrêmement gentille, et réellement très séduisante. Oui, de ce côté-là les choses évoluaient plutôt agréablement. Lentement, sans doute, mais à quarante-cinq ans on a appris à ne pas bousculer les événements.

Soudain, il fut arraché à ses pensées : son flotteur venait de s'enfoncer dans l'eau. Ah ah, j'en tiens un ! Un sourire aux lèvres, il serra les dents sur sa pipe et commença à taquiner sa ligne. Bizarre, il y avait quelque chose d'anormal. Au lieu de tressauter comme d'habitude, la ligne était tirée fermement vers le fond, comme si le poisson voulait emporter l'appât vers le lit du fleuve. Bundsen commença à résister à la traction et à bobiner la ligne. La canne plia, tandis que la ligne sortait de l'eau toute droite, tendue au maximum. *Tonnerre,* se dit-il, *c'en est un énorme!* Brusquement, la ligne se cassa net et il tomba lourdement en arrière dans la barque, les quatre fers en l'air, les jambes par-dessus son siège. Prenant appui sur ses coudes de chaque côté de la petite embarcation, il put lever la tête et regarder la surface brumeuse de l'eau. Au moment où il était sur le point de retrouver une position plus normale, le bouchon revint à la surface.

— Ça, c'est vachement bizarre, dit-il en retirant sa pipe de sa bouche et en fixant niaisement les yeux sur le flotteur. Il devait vraiment être immense!

Maudissant sa malchance, il entreprit de rembobiner jusqu'au bout sa ligne brisée. Cela suffisait pour aujourd'hui. Et c'est alors qu'il entendit le chuchotement, qui venait vers lui en flottant au-dessus de l'eau. Était-ce un seul chuchotement, ou avait-il perçu plusieurs voix étouffées parlant entre elles? Ou bien n'était-ce pas tout simplement le bruissement des roseaux au bord de l'eau?

Il l'entendit de nouveau. Une voix d'homme? Ou bien de femme? Trop peu audible pour le savoir. Puis vint un autre son, qui lui fit courir un frisson le long de l'épine dorsale: on aurait dit un petit rire. Un rire tout calme, mais plein d'ironie, et qui avait résonné tout près, pratiquement au bout de la barque.

— Qu-qui est là? dit-il d'une voix mal assurée. Cessez cette plaisanterie. Je sais que vous êtes là.

Nerveux, il regarda autour de lui: mais il n'y avait plus rien à entendre, sinon sa propre respiration, haletante. Il décida que cela avait assez duré et, au moment où il se penchait pour prendre une rame, un nouveau bruit lui parvint. Comme si on traînait quelque chose dans l'eau. Ce n'était pas quelqu'un qui nageait: c'était plutôt un bruit mouillé, glissant, qui s'interrompait parfois quelques secondes et repartait, dans un gargouillis. Mais aucune bulle d'air ne parvenait à la surface.

Effrayé, il se pencha de nouveau, empoigna la rame qu'il se hâta de placer dans le tolet, et, se baissant, il chercha à tâtons la seconde rame au fond du bateau. Soudain, la première rame lui échappa, comme si une force invisible la lui avait arrachée de la main. Se redressant d'un coup, il eut juste le temps de la voir s'enfoncer tout droit dans les eaux boueuses. Il attendit, pensant la voir remonter à la surface, mais elle ne reparut pas. Plus aucune trace d'elle nulle part.

Encore quelqu'un qui veut me faire marcher, se dit-il sans conviction. *Un de ces types qui font de la plongée. Mais comment se fait-il qu'on ne voie pas de bulles d'air ?*

Brusquement, un coup fut frappé sous la coque de la barque. Le cœur battant, il baissa les yeux vers ses pieds, tout en se cramponnant à son siège des deux mains, les articulations blanchies par l'effort. Il y eut un nouveau coup et, n'osant pas toucher le plancher de bois de l'embarcation, il déplaça ses pieds vers les côtés de la coque. Alors, la barque commença à se balancer. Tout doucement, d'abord, puis de plus en plus violemment.

— Arrêtez ! Arrêtez ! criait-il.

La pipe lui tomba de la bouche. Le balancement continuait à s'amplifier, au point que les bords latéraux de la barque touchaient pratiquement l'eau, menaçant de le faire culbuter dans les troubles profondeurs du fleuve. Enfin, alors qu'il pensait que son bateau allait chavirer, le mouvement s'arrêta et l'embarcation reprit sa position normale sur l'eau. Bundsen se mit à pleurnicher de soulagement et des larmes de terreur lui embuèrent les yeux. Néanmoins, il se sentit entouré d'un souffle glacial, d'un froid qui lui perçait les chairs.

Brusquement, la barque fut prise d'un tremblement. Bundsen poussa un cri. Le tremblement s'amplifiait, lui aussi, et il dut de nouveau se tenir à son siège. Le bateau était de plus en plus secoué et le malheureux pêcheur avait la vue de plus en plus troublée, à la fois par les larmes et par les vibrations. Il crut de nouveau entendre des rires, de petits ricanements étouffés, plus animaux qu'humains – et cependant teintés de malice. Pendant ce temps, le tremblement le traversait tout entier, ébranlait son propre corps d'obèse, se propageait jusqu'à son cerveau. Il voulut crier, hurler, pour lâcher la bonde à la terreur qui gonflait en lui. À cet instant, il vit la chose abominable qui faillit arrêter son cœur et le faire éclater.

De longs doigts pointus se déposaient sur le rebord de la barque, près de l'arrière. La vue brouillée, Bundsen crut les voir ramper sur les parois de l'embarcation comme de longs vers blancs, s'agitant indépendamment les uns des autres, comme animés d'une vie propre. La barque vacilla et le reste de la main apparut, se glissant vers le fond de la barque, suivie d'un bras, suivi lui-même de… rien du tout. Il n'y avait plus rien au-delà du coude. Et pourtant, elle avançait, elle se tendait lentement vers lui. Alors, il perçut de nouveau le chuchotement, mais cette fois, il résonnait tout à côté de lui, près de son épaule gauche, et il sentit sur sa joue une haleine froide, tellement froide ! Une haleine qui semblait s'exhaler d'un corps gelé. Il voulut tourner la tête, cherchant malgré sa frayeur à voir ce que c'était – mais son cou ne pivota pas, sa tête refusa de bouger.

Finalement, un cri s'échappa, se libéra de ses poumons, s'enfonça dans l'air glacé, et cela lui rendit la faculté de bouger, de fuir cette chose monstrueuse qui s'approchait, et il se mit à reculer par-dessus le siège. Indifférent aux égratignures qu'il se faisait aux tibias, il agissait avec une célérité comme seule la peur peut en engendrer. Il enjamba le bord de la barque et descendit dans les roseaux. Les eaux brunâtres lui montèrent jusqu'à la taille. Luttant contre les hautes herbes, il se fraya un chemin vers la rive, avec d'autant plus de peine que le fond boueux retenait ses pieds, comme pour l'empêcher d'avancer, ou même pour l'attirer vers le bas. Bundsen croyait vivre un cauchemar : ses jambes étaient changées en plomb et il n'arrivait pas à s'enfuir, à s'échapper.

Pataugeant, il continuait sa pénible progression, s'agrippant aux roseaux, à n'importe quoi qui pût l'aider à se hisser vers l'avant. Pendant ce temps, il entendait toujours les chuchotements, et ils semblaient de plus en plus frénétiques, de plus en plus sinistres. Bundsen suffoquait, à présent, de petits bruits aigus s'échappaient de sa bouche et des larmes d'apitoiement sur son propre sort ruisselaient le long de ses joues rebondies. Avec violence, il attrapa une branche qui surplombait l'eau. L'espace d'un instant de frayeur, elle plia sous son poids, l'entraînant tout entier sous l'eau. Puis elle remonta, le ramenant avec elle, et il se mit à se traîner vers le haut en s'aidant des deux mains, s'écorchant les paumes jusqu'au sang.

Finalement, il sentit le fond accuser une pente plus raide et il comprit qu'il était arrivé au bord. Avec des sanglots de soulagement, il lâcha la branche et commença à se hisser en s'accrochant aux racines, aux touffes d'herbe, à tout ce qu'il pouvait trouver à portée de main. Mais la rive, boueuse, était terriblement glissante et la vase sous ses pieds n'offrait aucun point d'appui suffisamment ferme pour grimper. Il se coucha de tout son long sur la berge, trempé jusqu'aux os, épuisé, haletant.

Tout à coup, il sentit des doigts froids s'enrouler tout autour de sa cheville et se mettre à tirer fortement son corps vers les profondeurs glaciales et fuligineuses. Aussitôt il enfonça ses doigts le plus profondément possible dans la terre pour se retenir, mais il ne réussit qu'à y creuser deux larges sillons, car la force qui l'attirait procédait lentement mais sûrement. Tout en hurlant, il donna des coups avec son autre pied, mais la poigne se resserra encore davantage et continua à l'entraîner, inexorablement, comme un animal qui emmène sa proie jusque dans son repaire.

Et c'est alors que son cœur finit par éclater réellement. La tension avait été trop forte. Ce cœur qui peinait depuis tant d'années pour garder en mouvement une telle corpulence, ce cœur finit par abandonner la partie. Bundsen était déjà mort lorsque l'eau boueuse commença à pénétrer dans sa bouche ouverte et dans ses narines, pour obscurcir bientôt ses yeux écarquillés et déjà sans regard, tandis qu'il s'enfonçait plus bas… encore plus bas… dans les profondeurs accueillantes de la rivière glacée.

Chapitre 5

Keller s'éveilla en sursaut. L'instant d'avant, il dormait – et brusquement, il se retrouvait complètement éveillé, sans être passé par les stades intermédiaires du retour à la conscience. Pendant quelques secondes, ses yeux restèrent fixés sur le plafond, puis ils se dirigèrent prestement vers sa montre qu'il avait déposée sur la table de nuit. Sept heures précises. Qu'est-ce qui l'avait éveillé aussi brusquement ? Un rêve ? Jusqu'à l'accident, il avait toujours été habitué à rêver beaucoup et à se souvenir de façon précise, vivace, de ce dont il avait rêvé – c'en était presque fatigant. Depuis lors, plus rien. Bien sûr, il savait que c'était impossible : tout le monde rêve, qu'on en soit conscient ou non. Mais, tout au long de ces dernières semaines, il avait toujours eu l'impression de tomber endormi instantanément et de se réveiller tout aussi rapidement en ne conservant qu'une sensation de vide, comme s'il n'avait fermé les yeux que l'espace d'un battement de paupières. Sans doute était-ce pour son esprit une façon de le protéger en maintenant le cauchemar caché dans les profondes circonvolutions de son subconscient et en effaçant les moindres traces avant qu'il s'éveille.

Cette nuit, pourtant, n'avait pas été pareille aux précédentes. Il chercha à se concentrer, mais les visions imprécises lui échappèrent en se riant de lui. La seule chose dont il se souvenait, c'est qu'il y avait eu des voix. Des chuchotements. Était-ce Hobbs qui avait provoqué ces rêves ? De toute évidence, le petit homme l'avait troublé.

— Puis-je entrer ? avait demandé le spirite.

Et, sans un mot, Keller s'était écarté pour lui laisser le passage.

Après avoir fermé la porte, il s'était tourné vers le petit homme à l'air inoffensif qui avait marché jusqu'au milieu de la pièce et était à présent occupé à regarder autour de lui, non par curiosité, mais avec un intérêt véritable. Ses yeux étaient tombés sur la photo de Cathy et il l'avait examinée pendant quelques secondes avant de se retourner vers Keller.

— Je suis désolé de vous déranger à une heure aussi tardive, monsieur Keller. (Sa voix était douce, mais ferme. Aussi ferme que son regard.) J'ai essayé de vous appeler, mais j'ai cru comprendre que vous aviez fait déconnecter votre téléphone. Comme je devais vous parler, j'ai pris votre adresse dans l'annuaire.

Le copilote resta silencieux quelques instants encore. Il ne comprenait pas bien pourquoi il ressentait cette sorte de crainte.

— Que voulez-vous ? dit-il avec peine.

— C'est… c'est un peu difficile à expliquer, monsieur Keller. (Pour la première fois, l'homme baissa les yeux.) Puis-je m'asseoir ?

Keller lui indiqua le fauteuil d'un geste de la tête. Lui-même resta debout. Hobbs s'installa dans le fauteuil et leva les yeux vers lui.

— Tout d'abord, monsieur Keller, je ne suis pas fou, commença-t-il, bien que je n'aie pas d'autre preuve à vous donner que ma parole. J'ai travaillé comme médium jusqu'il y a quelques années et, s'il m'est permis de le dire moi-même, j'avais énormément de succès. Trop, en fait. Je commençais à être trop pris par les émotions de mes clients… et de mes esprits. Cela m'épuisait, voyez-vous, cela me prenait toutes mes forces. Ce n'est plus en tant que médium véritable que j'agissais, c'est-à-dire en tant qu'intermédiaire. J'ai pressenti que je risquais de me perdre dans le monde de mes esprits. D'être utilisé non plus comme simple instrument de communication, mais comme agent de contact physique. (Il sourit comme pour s'excuser, à la vue du pli d'incrédulité qui se marquait sur le visage du copilote.) Excusez-moi. Je tâche de vous convaincre que je ne suis pas un fou, et voilà que je m'embarque dans des considérations avec lesquelles vous n'êtes sûrement pas très familiarisé. Je me bornerai à vous dire que, depuis quelques années, je m'efforce consciemment d'éviter toute communication avec l'autre monde. Néanmoins, pour un véritable percipient, il est pratiquement impossible de se fermer totalement, quelles que soient les raisons qu'on ait de le vouloir. Car, quant à moi, j'avais une raison impérieuse d'arrêter tout commerce avec l'autre monde. Cependant, les médiums sont un peu comme des récepteurs de radio qu'on ne peut pas débrancher : les esprits continuent à me visiter et à parler au travers de moi. Mais je ne me laisse faire que par les esprits amicaux. Pour les autres... j'essaie de fermer mon esprit à leur voix, ou du moins de la garder à l'intérieur de moi-même. Ce qui n'est pas toujours facile.

En dépit de son malaise, Keller sentait son incrédulité arriver à son comble.

— Écoutez, monsieur Hobbs. Je ne sais pas exactement où diable vous voulez en venir. (Il parlait sans brutalité, mais le ton de sa voix indiquait clairement qu'il prenait Hobbs pour un détraqué.) Je ne connais rien au spiritisme, et, très franchement, je n'y crois même pas. Au cours des dernières semaines, j'ai été importuné par la presse, les autorités, les familles des victimes de l'accident, des gens qui réclamaient mon propre sang, des amis bien intentionnés mais épuisants, des ecclésiastiques désireux de me transformer en miracle ambulant, des hommes et des femmes à l'esprit mal tourné qui voulaient connaître les détails les plus sinistres, et... (il fit une pause délibérée) par des imbéciles porteurs de messages d'outre-tombe !

Le petit homme sursauta :

— Quelqu'un d'autre a déjà essayé de vous apporter un message ?

— Cinq, jusqu'à présent, dit Keller avec lassitude. Et je présume que vous serez le sixième.

Hobbs s'avança tout au bord de son siège, visiblement excité :

— Quels messages avaient-ils ? Que vous ont-ils dit ? Qui étaient-ils ?

— Deux d'entre eux ont dit être des satanistes, deux autres m'apportaient des messages de Dieu, et le cinquième prétendait être Dieu lui-même. Et vous, qui êtes-vous ? Ne dites pas que vous êtes le Diable ?

Hobbs se rassit au fond de son fauteuil, l'air déçu, mais absolument pas atteint par les paroles blessantes de Keller. Pendant quelques instants, il parut réfléchir, puis il dit calmement :

— Non, monsieur Keller. Je ne suis rien de tout cela. Je vous l'ai dit, je suis un spirite. Je vous en prie, ayez la patience de m'accorder cinq minutes. Après quoi, si vous le souhaitez toujours, je m'en irai.

Keller prit sa bouteille de whisky et un verre et se laissa tomber lourdement sur le sofa. Sans rien offrir à Hobbs, il se versa une rasade, et lui dit :

— Allez-y. Cinq minutes.

— Savez-vous ce qu'est le spiritisme ? lui demanda Hobbs.

— C'est parler avec les fantômes, non ?

— C'est une définition approximative, et pas tout à fait exacte. C'est une sensibilité, c'est le fait de pouvoir enregistrer des vibrations, des radiations ou des fréquences que nos sens normaux ne peuvent pas capter. Un médium est un intermédiaire – comme je vous le disais tout à l'heure, c'est une espèce de radio humaine, de téléviseur humain capable de se régler sur un autre monde qui est invisible et inaudible pour le reste de l'humanité. Mais, comme tous les postes de radio ou de télévision, chaque médium a un champ de réception limité. Et, contrairement aux machines, les médiums peuvent augmenter leurs capacités de réceptivité en développant leurs pouvoirs. Quant à moi, je me suis rendu compte que mon développement devenait... (Il détourna le regard.) Disons... euh, disons qu'il était trop important. Au point de devenir dangereux. (Il se passa une main sur la joue, jusqu'au menton.) Pourrais-je avoir quelque chose à boire ?

Keller faillit sourire. Un spirite qui a un problème de boisson ? Cette pensée le rendit curieusement plus tolérant à l'égard du petit homme, et il lui demanda :

— Que voulez-vous ?

— La même chose que vous, s'il vous plaît.

Keller remarqua la façon dont Hobbs regardait le scotch pendant qu'il le servait. *Bon sang,* se dit-il, *il a réellement un problème de ce côté-là.* Il lui tendit le verre et ne fut presque pas étonné de voir la moitié de son contenu disparaître d'un coup dans le gosier du petit homme.

— Voulez-vous autre chose avec cela ? demanda-t-il doucement.

Hobbs le regarda de nouveau avec un sourire d'excuse :

— Pardonnez-moi. Non, merci beaucoup.

Eh bien, au moins cela lui donne un aspect plus humain, songea le copilote en se rasseyant sur le sofa.

— Si nous en venions au fait, à présent ?

— Bien sûr. (Hobbs but une gorgée plus modérée et se redressa de nouveau sur son siège.) Comme je vous l'ai dit, j'essaie depuis quelques années d'arrêter mes progrès en ce qui concerne ces pouvoirs particuliers, mais je suis incapable d'empêcher les esprits de me contacter lorsque leur volonté est assez forte. Néanmoins, je refuse de transmettre des messages, et je crois qu'ils commencent à admettre cela comme un fait accompli.

Keller se reprit, mentalement. Tonnerre, on dirait que je commence à y croire. Il se rendit compte que c'était parce que le petit homme parlait d'une façon tellement réaliste, sans la moindre trace de gêne ou d'embarras.

— Cependant, il y a deux semaines, une voix nouvelle – des voix, plus exactement – commencèrent à communiquer avec moi. Elles étaient troublées, fâchées et, je pense, extrêmement tourmentées. C'étaient des chuchotements, des murmures effrayés, des voix étouffées qui sonnaient comme dans un vaste hall sombre, et qui voulaient savoir où elles se trouvaient, ce qui leur était arrivé. Oh, elles paraissaient tellement esseulées, tellement craintives...

De nouveau, Keller sentit la tension monter en lui. L'atmosphère qui flottait entre les deux hommes s'était chargée d'électricité. Hobbs but – une plus longue gorgée, cette fois – et Keller remarqua que sa main tremblait légèrement.

— Petit à petit, continua-t-il, des voix plus péremptoires se firent entendre. Voyez-vous, monsieur Keller, leur monde n'est pas tellement différent du nôtre : où que ce soit, ce sont toujours les personnalités les plus fortes qui prennent la tête. Mais ces voix-là n'étaient pas bienveillantes. Elles semblaient... rancunières. L'état émotionnel qu'elles me faisaient ressentir était un mélange de saisissement intense et de haine.

De propos délibéré, Keller voulut briser l'atmosphère, ce lien magnétique que le médium avait tissé entre eux. Se levant, il se dirigea vers la fenêtre, son verre à la main.

— Écoutez, euh, monsieur Hobbs..., commença-t-il, mais le médium lui coupa la parole.

— Je vous en prie, écoutez-moi. Je sais ce que vous alliez me dire : vous ne croyez pas à la survie après la mort, et même si vous y croyez, vous trouvez tout ceci tiré par les cheveux. Soit. Quand j'aurai terminé, je vous promets de partir et de ne plus vous importuner, si tel est votre désir. Mais laissez-moi parler, pour ma propre tranquillité d'esprit. Car elles ne me laisseront pas en paix tant que je ne vous aurai pas tout dit. Comprenez-vous, après un accident de cette sorte, il arrive que les esprits ne réalisent pas ce qui leur est arrivé. Ils sont en état de choc émotionnel. Ils ne savent pas qu'ils sont morts ! Ils deviennent ce que *vous* appelleriez des fantômes et continuent à hanter ce monde, en tâchant de prendre contact avec quelqu'un pour faire savoir qu'ils sont encore vivants. Ou bien, ils sont parfois liés par certaines situations, certaines émotions ; ils peuvent souhaiter parfaire quelque chose ici-bas, une tâche qu'ils ont négligée pendant leur vie. Ou encore, il arrive qu'ils veuillent se venger.

Keller se retourna d'un bloc. Les derniers mots du médium avaient touché quelque chose de très profond en lui, un point extrêmement sensible. Ces mots lui faisaient peur.

— Parfois, les véritables percipients peuvent aider ces esprits, apaiser ces âmes torturées et les faire passer en paix dans l'autre monde. Pour cela, nous leur permettons d'arranger tout ce qui les préoccupe sur cette terre, tout ce qui les retient ici. Malheureusement, dans le cas présent, elles sont encore trop troublées pour que je puisse communiquer convenablement avec elles.

— Et de toute évidence, vous imaginez que ces âmes sont celles des passagers de l'avion accidenté, dit Keller d'une voix dure et sceptique.

— Je *sais* que ce sont elles ! Tant d'âmes terrifiées à la fois, rassemblées au même endroit ! Et puis, il y a autre chose, monsieur Keller.

Le copilote se raidit. Il pressentait ce qui allait suivre :

— Les voix… les chuchotements… C'est vous qu'ils appellent.

Il y eut un nouveau silence. Keller avait envie de se moquer des paroles du médium, de le renvoyer avec mépris comme n'importe quel autre charlatan, mais, pour une raison quelconque, il n'y parvenait pas. Pas seulement à cause de son évidente sincérité ; cela avait quelque chose à voir avec la rencontre que lui-même avait faite avec la mort. En quelque sorte, cette expérience l'avait rendu plus réceptif. Mais malgré tout, le côté plus pragmatique de sa nature luttait dans l'autre sens.

— C'est ridicule, dit-il.

— Je vous assure que non, répliqua Hobbs. Au début, les voix étaient totalement confuses ; elles criaient au secours, elles appelaient des êtres chers. J'ai vu des visages – tant de visages ravagés – et leurs images ne cessaient de s'effacer, de réapparaître, suppliant, implorant… Puis, au fil des jours, les esprits sont devenus plus concertés, plus contrôlés. Ils étaient toujours en proie à la panique, mais ils avaient l'air dirigés. Et c'est alors qu'ils ont commencé à prononcer votre nom, à le répéter sans cesse.

— Pourquoi ? Pourquoi feraient-ils cela ?

— Je… je ne sais pas, monsieur Keller. Comme je vous l'ai dit, ils sont troublés. Leur message n'est pas encore très clair. Mais… (de nouveau, il baissa les yeux) bon nombre d'entre eux sont fâchés. (Ses yeux perçants revinrent se fixer sur ceux de Keller.) Connaissez-vous quelqu'un du nom de Rogan ?

L'espace d'une seconde, le copilote se figea. Puis il réalisa qu'Hobbs avait sûrement appris ce nom par la presse.

— C'était le commandant du 747, comme vous devez l'avoir lu dans les journaux.

— Ah, oui, sans doute l'ai-je lu. J'avais oublié – mais vous ne me croirez évidemment pas.

— Effectivement, je ne vous crois pas. À présent, vos cinq minutes sont passées. Je voudrais que vous vous en alliez.

Keller marcha vers le médium, qui sauta sur ses pieds.

— Vous vous êtes disputé avec le commandant Rogan, n'est-ce pas ?

Keller s'immobilisa.

— Comment savez-vous…

— Cela avait un rapport avec sa femme.

Hobbs prononçait cette phrase comme une affirmation, non pas comme une question.

Keller eut un nouvel éclair de mémoire. Rogan criait vers lui, et son visage était tout près, à quelques centimètres à peine du sien. Il n'entendait pas les mots, mais il voyait la colère, la violence qui brûlait dans ses yeux. Où se trouvaient-ils ? Pas dans l'avion. Non, c'était dans un des hangars. Il n'y avait personne avec eux. Il faisait nuit, cela, il en était certain. Était-ce la fameuse nuit, celle de la catastrophe ? Il n'en était pas sûr. Ils avaient eu un bref affrontement et il avait poussé Rogan. Il revoyait clairement le commandant par terre, levant vers lui un regard furibond. Il s'était détourné et s'était éloigné de ce pilote qui était son aîné, et qu'il laissait là, gisant par terre, criant des injures. Soudain, il se rappela l'objet de leur différend. Oui, cela avait un rapport avec Beth Rogan, la femme du commandant.

— C'est exact, n'est-ce pas ?

Les mots d'Hobbs vinrent briser sa vision.

— Comment l'avez-vous su ?

— Le commandant Rogan ne parvient pas à l'oublier.

— C'est impossible.

— Oui, monsieur Keller.

Le copilote s'assit avec lassitude sur le bord du sofa.

— Comment diable avez-vous pu savoir tout cela ?

— Tout ce que je vous ai dit est vrai. Je ne prétends pas vous y faire croire, mais du moins réfléchissez-y. Vous êtes la clé, monsieur Keller. J'ignore comment, j'ignore pourquoi, mais c'est vous qui détenez la réponse pour tous ces infortunés et vous devez leur venir en aide.

Keller leva la tête d'entre ses mains.

— Ils veulent ma peau, n'est-ce pas ? demanda-t-il sans regarder le médium.

— Je… je ne sais pas. Je n'en suis pas certain, dit Hobbs.

— Je le sens. Ils ne sont pas au complet. J'en suis sorti indemne, et maintenant ils me réclament. J'aurais dû mourir.

— Je ne pense pas que ce soit la bonne réponse, monsieur Keller, dit Hobbs.

Mais le manque d'assurance de sa voix le trahissait.

Keller se leva et alla rapidement jusqu'au buffet. Prenant la photographie de Cathy, il demanda :

— Avez-vous vu ce visage parmi eux ?

Hobbs la regarda attentivement, les yeux rétrécis par l'effort de concentration.

— Non, je ne crois pas, finit-il par dire. J'ai remarqué cette photo tout à l'heure, en entrant, mais elle n'a éveillé aucun souvenir en moi. Je ne crois pas qu'elle était parmi eux.

— Eh bien, si ce que vous dites est vrai, elle devait y être. Elle a été tuée dans l'accident ! dit Keller, plein de colère et de nouveau sceptique.

Hobbs leva la main comme pour le calmer.

— Monsieur Keller, les visions sont parfois faibles, et de temps en temps fortes. Et elles sont tellement nombreuses ! À ce stade-ci, il m'est impossible de dire si elle se trouve ou non avec eux. Et il se peut parfaitement qu'elle soit passée sans heurts d'un monde dans l'autre, ainsi que quelques-uns, laissant derrière eux un certain nombre d'infortunés.

Keller regarda avec intensité le visage de Cathy, puis il replaça le portrait sur le buffet. Changeant d'humeur, il se tourna vers le médium avec dégoût :

— Tout cela a assez duré. Il me semble que vous feriez mieux de partir, à présent.

— De quoi avez-vous peur ?

La question était posée sans détours ni ménagements.

— Que voulez-vous dire ?

— Redoutez-vous d'avoir été, d'une façon ou d'une autre, responsable de l'accident ? Suite à votre conflit avec le commandant Rogan, peut-être auriez-vous commis une erreur de jugement qui aurait conduit au désastre ? Avez-vous peur de découvrir la vérité ?

— Sortez.

La voix de Keller était sourde et pleine de colère.

— Je m'en vais. Mais, je vous en prie, pensez à tout cela. Il n'y aura de paix ni pour vous ni pour eux tant que la réponse n'aura pas été trouvée. Et je suis inquiet, monsieur Keller, très inquiet. Voyez-vous, il y a autre chose encore, à propos de ces esprits. Quelque chose d'extrêmement étrange. Et d'extrêmement mauvais. J'ai peur de ce qui pourrait se passer s'ils n'étaient pas délivrés de leur tourment.

Et, après avoir griffonné son adresse sur un bout de papier froissé, il était parti. Keller, se sentant subitement vidé de toute énergie, s'était déshabillé et mis au lit pour tomber aussitôt endormi et s'enfoncer dans un sombre univers de chuchotements. À présent, il s'efforçait de se rappeler son rêve, le premier qu'il eût fait depuis des semaines, mais en vain. Son esprit s'y refusait.

Il éteignit sa cigarette et repoussa les couvertures. Marchant jusqu'à la salle de bains, il se passa de l'eau fraîche sur la figure puis, toujours nu et cependant insensible au froid, il alla à la cuisine et se fit du café fort. Ensuite, il repassa au salon avec sa tasse et, sans le vouloir, il posa les yeux sur la photo de Cathy. Et c'est à ce moment qu'il se rendit compte de sa nudité. Bien souvent, au cours des mois d'été, ils s'étaient promenés tout nus dans l'appartement. Ils aimaient à se voir l'un l'autre dans les positions les plus naturelles, les plus détendues – son corps à lui, ferme et solide, et le sien à elle, doux, mince, avec de longues jambes effilées et de petits seins d'adolescente. Ils jouissaient ensemble de ce sentiment de liberté, et leur nudité était le symbole de leur intimité. Il retourna à la chambre à coucher et enfila son peignoir.

Tandis qu'il buvait son café, son regard fut attiré par le bout de papier chiffonné sur lequel se trouvait l'adresse d'Hobbs. Il était par terre, car il avait été soufflé par un courant d'air au moment où la porte s'était refermée sur le médium, la veille au soir. Keller ne s'était pas donné la peine de le récupérer, puisqu'il n'avait aucunement l'intention de recontacter le petit homme. À présent, il le ramassa, cependant, et le lissa sur la table, devant lui. C'était une adresse à Wimbledon : Keller ne put s'empêcher de sourire à l'idée d'un petit bonhomme de la banlieue qui communiquait avec des esprits de l'autre monde. Pourtant, c'était précisément l'air ordinaire de cet homme qui avait rendu son histoire plausible. S'il avait été vêtu d'une cape noire et qu'il avait parlé avec grandiloquence et fanatisme, tout cela eût paru absurde. Mais le petit air calme et presque humble d'Hobbs n'avait fait qu'ajouter à son autorité. Il ne semblait pas attacher d'importance au fait d'être cru ou non : il énonçait simplement des faits. Le seul détail étrange de sa personne était son regard. Un regard qui dépassait celui de Keller et pénétrait au plus profond de son être. Pourquoi Hobbs avait-il eu l'air tellement perplexe lorsqu'il avait ouvert la porte ?

Et comment avait-il appris qu'il s'était disputé avec Rogan ?

Le copilote ne se souvenait toujours pas du moment où la discussion avait eu lieu. Sentant que cela devait être important, il voulut forcer son cerveau à se souvenir. Mais, comme cela lui arrivait la plupart du temps lorsqu'il repensait à l'accident, plus il se concentra, plus les réponses lui échappèrent. Il existait évidemment une personne qui serait sans doute à même de le renseigner : Beth Rogan. Il répugnait à la revoir après ce qui s'était passé entre eux, mais il avait l'impression de ne pas avoir le choix. Il *fallait* qu'il sache.

Continuant à boire son café noir à petites gorgées, il contempla mentalement l'image de Beth. À trente-six ans, elle était encore une très belle femme. C'était comme si la maturité conférait à sa beauté un plus grand épanouissement. Comment réagirait-elle en le voyant si peu de temps après la mort de son mari ? Le blâmerait-elle, elle aussi, comme tous les autres ? Ou serait-elle heureuse qu'il ait survécu ? Il y avait un bon moment qu'ils ne s'étaient vus, et il ne pouvait absolument pas prévoir quelle serait sa réaction.

Il avait encore autre chose à faire, en relation avec la théorie de l'explosion développée par Harry Tewson. Il savait que Tewson lançait souvent des conjectures au hasard, à propos des causes de ce type d'accidents ; il faisait en quelque sorte un bond mental et devait revenir en arrière pour établir les preuves de ce qu'il avançait. La plupart du temps, il voyait juste. Dans ce cas, pour quelles raisons avait-on placé une bombe dans l'avion ? Et comment avait-on pu l'introduire à bord ? Il fallait qu'il consulte la liste des passagers : il savait exactement qui pourrait la lui procurer. Bien entendu, il pouvait aussi bien ne rien entreprendre et attendre le rapport de l'A.I.B. sur la cause du sinistre ; si l'on subodorait quelque chose de louche, la police reprendrait l'enquête pour trouver le coupable et ses motivations. Mais cela prendrait des mois. Et il avait le sentiment de ne pas disposer de beaucoup de temps.

Chapitre 6

Le révérend A.N. Biddlestone était profondément troublé. La tête basse, les épaules arrondies, les bras croisés et les mains sous les aisselles, il clopinait avec peine sur le sentier boueux qui longeait le champ. Son haleine sortait en nuages givrés dans l'air du petit matin. Bien qu'il eût l'air plongé dans la contemplation de ses propres pas, il avait en réalité l'esprit concentré sur des problèmes beaucoup plus importants. Il était préoccupé par le changement survenu dans la ville depuis l'affreux accident.

On aurait presque dit qu'un voile gris s'était abattu sur Eton. Un voile de misère, de dépression. Sans doute était-ce normal, après une catastrophe de telles proportions, et le fait que la plupart des cadavres avaient dû être ensevelis dans une fosse commune n'avait pu qu'alourdir encore l'atmosphère. Seuls les corps facilement identifiables avaient pu être rendus aux amis ou aux familles respectifs, pour être enterrés dans des tombes privées. L'ambiance s'allégerait, il en était certain, dès que la ville pourrait commencer à oublier. Et tout redeviendrait normal. Quant à lui, il savait qu'il n'oublierait jamais cette nuit-là. Elle lui avait fait vivre des atrocités auxquelles les habitants de la ville n'avaient heureusement pas pu assister – contrairement à lui, dont cela avait été le devoir. En compagnie de son homologue de l'église catholique voisine, il s'était promené au milieu des cadavres mutilés pour leur donner les derniers sacrements ; détournant les yeux de ces formes ravagées, à peine humaines, tous deux avaient dû faire des efforts, tout en priant, pour lutter contre les nausées que provoquaient les odeurs mêlées d'huile et de chair brûlée. Non, ces souvenirs s'estomperaient avec le temps, mais ils ne disparaîtraient jamais totalement. En l'espace d'une nuit, il avait appris davantage sur la fragilité de la vie qu'en vingt-deux ans de sacerdoce.

Il atteignit la grille du long jardin étroit qui bordait son église paroissiale et, la franchissant et se retournant pour la fermer, il regarda de loin l'épave du 747. Son grand corps maigre frissonna à cette vue lugubre. Quel sinistre monument ! Plus tôt ces derniers débris disparaîtraient, plus vite les habitants de la ville pourraient reprendre une vie normale. L'épave servait encore de mausolée macabre vers lequel accouraient, comme pour un morbide pèlerinage, des foules de voyeurs, des masses de curieux alléchés par l'odeur du sang et qui ne s'intéressaient même pas aux bâtiments anciens de la ville. Cela ne faisait pas de tort aux affaires, bien sûr, mais malgré tout cela mécontentait les habitants. La plupart d'entre eux, il en était certain, souhaitaient oublier l'accident. Au début, toute l'histoire avait excité en eux un petit côté pervers, tout en leur faisant peur, et la présence des reporters et des enquêteurs ne leur avait pas déplu. Mais il s'attendait, à mesure qu'ils s'intéresseraient moins à l'accident, à voir la bonne humeur revenir parmi les habitants de la ville : alors, ils redeviendraient eux-mêmes. Néanmoins, ce n'était pas encore arrivé. Peut-être était-il encore trop tôt. Peut-être aussi tout cela n'était-il que le produit de son imagination – et cependant l'incident de la veille avait démontré à quel point les nerfs des gens étaient à vif.

Il était environ 22 heures. Il rentrait de l'hôpital de Windsor où il avait été rendre visite à une vieille paroissienne malade dont on tâchait d'adoucir au maximum le passage d'une vie dans l'autre. Et c'est alors qu'il avait entendu crier au loin. S'immobilisant sur le large chemin pavé qui menait à l'église, il avait tendu l'oreille, ne sachant pas exactement ce qu'il avait entendu. Et les cris avaient de nouveau retenti, très éloignés, mais assez aigus pour percer nettement l'air froid de la nuit. En toute hâte, il s'était remis en marche, avait traversé le jardin dans lequel s'élevait le monument aux morts de la guerre, était passé devant la haute église de pierre grise aux gargouilles grimaçantes, et s'était dirigé vers la grille de fer, à l'arrière du jardin, qui conduisait aux champs. Les cris, quoique toujours faiblement audibles, avaient tout à coup semblé plus urgents, plus pitoyables, et il avait pressé le pas. Comme il se mettait à courir en arrivant dans les champs, il avait eu la frayeur de voir une forme noire marcher sur lui avec précipitation, puis on lui avait braqué une torche électrique en plein visage et – à son grand soulagement – il avait reconnu la voix familière de l'agent Wickham. Ce dernier, qui était de garde ce soir-là avec un autre policier pour protéger l'épave du Jumbo contre le vandalisme des chercheurs de souvenirs, avait également été alerté par les cris.

Heureux, l'un et l'autre, de ne plus être seuls, le pasteur et le policier étaient repartis ensemble pour aller voir ce qui se passait. Dans l'allée qui bordait le côté opposé du champ, ils avaient trouvé une petite voiture sombre, garée tout contre la haie, avec, à l'intérieur, une jeune fille toute tremblante, hystérique, recroquevillée sur le sol. Lorsqu'ils avaient ouvert la portière, sa terreur avait atteint un paroxysme absolu : elle avait tout fait pour leur échapper, arrachant même de ses mains nues le revêtement du sol de la voiture. Le policier lui avait donné un violent coup pour la calmer et elle était tombée, inerte et frissonnante, entre ses bras. La seule chose qu'ils avaient pu discerner au milieu des phrases presque inintelligibles qu'elle prononçait dans son délire était le fait que quelqu'un s'était enfui en l'abandonnant. Tout faisait croire à une simple querelle d'amoureux, sauf cette terreur vive qui s'était exprimée dans ses hurlements et qui continuait à percer dans sa voix et les violents tremblements de son corps. Sans hésiter, ils l'avaient amenée à l'hôpital où on lui avait administré un bon sédatif.

Cet incident était en quelque sorte significatif de l'atmosphère qui planait sur la ville tout entière : on aurait dit un sentiment d'hystérie refoulée qui n'attendait qu'un coup de pouce pour sortir et s'exprimer avec force. Manifestement, cette fille avait été prise par cet étrange état d'esprit qui régnait à Eton, et il avait suffi d'un choc minime – qui sait si cela n'avait pas été, simplement, un animal qui était passé dans les buissons – pour la jeter dans cet état de folie. Et puis, il y avait eu ce corps, que l'on avait retrouvé près de la rivière, le matin même.

Tandis qu'il était sorti pour son habituelle promenade matinale le long de la rivière, le pasteur avait aperçu un attroupement près de la rive ; la plupart des gens qui étaient là étaient revêtus de l'uniforme bleu de la police, et ils avaient l'air occupés à sortir quelque chose de l'eau. Il s'était approché pour offrir son aide : la seule chose qu'on pouvait encore faire pour ce pauvre type, lui avait-on dit, c'était prier pour son âme – et il avait alors vu le corps rebondi qui gisait sur la berge. Il ne s'agissait pas d'un de ses paroissiens, mais il l'avait reconnu, pour l'avoir vu, bien souvent, au petit matin, assis dans une barquette que son ventre énorme faisait paraître encore plus petite. Chaque fois, ils se saluaient du geste et se souhaitaient une bonne journée. Quand la barque n'était pas trop loin du bord, ils faisaient même une petite causette. Le pêcheur s'appelait Bumpton, ou quelque chose comme ça, et il avait une boutique à Windsor. C'était un homme de forte taille, mais, pour autant que le révérend Biddlestone pût en juger, très doux de caractère.

Des gens qui passaient en vedette avaient vu dériver une embarcation vide et s'étaient mis à en chercher le propriétaire. Bientôt, ils avaient repéré un bras qui sortait de l'eau, la main encore cramponnée aux roseaux qui poussaient près de la rive. D'après la police, soit l'homme avait perdu l'équilibre, était tombé à l'eau et s'était noyé, soit il avait eu une crise cardiaque et était ensuite tombé dans la rivière. La coloration violacée de ses joues et ses lèvres bleuâtres semblaient corroborer cette seconde théorie – l'autopsie révélerait la vérité.

Après avoir prié quelques instants auprès de la dépouille, le pasteur était retourné tristement vers son église, l'esprit profondément troublé par les événements. Existait-il une relation entre ces deux accidents ? D'abord, cette fille, littéralement folle de peur, ensuite cet homme, probablement mort d'une attaque. Quelle avait été la cause de sa crise cardiaque ? Un effort, ou bien… la frayeur ? Ou alors tout cela n'existait-il que dans son imagination ?

Avec un soupir, le pasteur se détourna de ce champ de malheur et prit le petit chemin qui conduisait à l'avant de l'église. Il aurait pu entrer par une porte latérale, mais le matin, il aimait à prendre la porte principale et à être submergé d'emblée par toute la splendeur de l'église, et par son humble solitude. En quelque sorte, le fait d'approcher l'autel de cette façon-là, en marchant tout le long de la nef jusqu'au chœur, était pour lui une préparation, un temps de purification avant la confrontation avec le Tout-Puissant.

Il était en train de chercher dans ses poches la grande clé qui ouvrait les lourds portails de bois lorsqu'il entendit un bruit. On eût dit que quelqu'un avait frappé à la porte de l'intérieur. Surpris, il recula d'un pas et regarda l'entrée. Il était beaucoup trop tôt pour que cela puisse être Mme Squires, qui nettoyait l'église et veillait à ce qu'il y ait toujours des fleurs fraîches. D'ailleurs, elle n'aurait pas pu pénétrer dans l'église sans sa clé. En fait, personne d'autre que lui ne pouvait entrer s'il n'ouvrait pas la porte. Intrigué et un peu irrité, il fit un pas en avant, la clé à la main. Il ne lui paraissait pas impossible qu'un des garçons du collège se soit laissé enfermer pour la nuit pour s'amuser, ou suite à un pari avec un de ses camarades. Ce ne serait pas la première frasque qu'ils feraient dans l'église ou près de l'église. Mais cette fois, ils ne s'en tireraient pas avec une simple réprimande. Il porterait l'affaire devant leurs supérieurs, et cela leur servirait de leçon.

Avant qu'il ait pu tourner la clé dans la serrure, deux grands coups firent trembler la porte sur ses gonds et, de nouveau, il recula en sursautant, stupéfié surtout par la violence des coups.

— Qui est là ? cria-t-il. (Puis, approchant son visage de la fente centrale, il répéta sa question.) Allons, qui est là ? Si vous êtes un des élèves du collège, vous feriez mieux de répondre tout de suite !

Mais il savait parfaitement que des jeunes garçons n'auraient jamais eu la force d'ébranler les portes de la sorte.

Bientôt le silence commença à l'énerver, autant que les coups l'avaient fait quelques instants auparavant. Et il tendit la main vers la clé qui était toujours dans la serrure.

À ce moment précis, cela recommença : mais au lieu de s'arrêter au bout de deux coups, cela se prolongea en un tambourinement ininterrompu, de plus en plus sonore, qui remplit bientôt sa tête au point qu'il dut se boucher les oreilles. La porte vibrait, la masse de bois semblait gonfler et s'agiter sous la véhémence des battements. Elle allait sûrement se fendre, se désagréger ! Le martèlement semblait réellement pénétrer à l'intérieur de son crâne. En trébuchant, il s'écarta de la porte. Il leva les yeux vers l'édifice et les horribles gargouilles grises elles-mêmes parurent lui destiner leurs grimaces. Regardant de nouveau le portail, il crut le voir sur le point de se rompre. Il ne comprenait pas comment un aussi vieux verrou avait déjà pu résister à une telle poussée pendant tout ce temps. Le vacarme continuait à s'intensifier, il atteignait à présent un maximum.

Ouvrant la bouche, il hurla :

— Arrêtez ! Au nom de Dieu, arrêtez !

À ce moment-là, il crut – mais sans en être sûr, et par la suite il devait en être moins sûr encore – entendre un rire. Plus exactement, un petit ricanement étouffé, mais incompréhensiblement audible au milieu du tumulte. Incapable d'en supporter davantage, le pasteur allait s'enfuir, quand, brusquement, le terrible bruit cessa. Le calme qui s'ensuivit lui donna un choc presque aussi violent que le bruit lui-même. La porte était immobile à présent, aussi solide qu'à l'accoutumée, absolument intacte. Pendant quelques instants, le pasteur douta même que quelque chose se fût passé, tant le silence semblait paisible. Circonspect, il s'approcha de la porte et y posa une oreille, prêt à sauter en l'air au moindre bruit. Se trompait-il, de nouveau, ou… avait-il entendu des chuchotements ?

Le révérend Biddlestone n'était pas particulièrement courageux, mais en revanche c'était un homme sensé. Il pouvait difficilement aller expliquer à la police qu'il y avait quelqu'un qui cherchait à *sortir* de son église. On lui demanderait sans doute, avec un petit sourire, pourquoi il ne voulait pas le laisser sortir. Et puis, il y avait les coups : ces coups si violents et si bruyants, ils étaient plus ou moins étouffés – comme si on n'avait pas frappé avec un objet dur. Il était impossible que des forces humaines aient ébranlé de la sorte ces énormes portails de chêne. En homme raisonnable, équilibré, il trouvait cela difficile à expliquer. Or, s'il ne pouvait pas se l'expliquer à lui-même, comment aller en parler à la police? Néanmoins, il y avait quelqu'un – *ou quelque chose* – à l'intérieur. Dans la maison de Dieu. Cette maison dont lui, en tant que membre du clergé, avait reçu la garde. Il tourna la clé.

Le pasteur attendit quelques secondes avant de pousser la porte. Il y avait un petit hall d'entrée, sombre, séparé de l'église proprement dite par deux portes. Il était désert.

Il ouvrit tout grands les deux battants de la double porte, afin de faire pénétrer le plus de lumière possible, puis fit prudemment un pas vers l'intérieur. Tendant l'oreille quelques instants, il se dirigea ensuite vers l'une des deux portes qui donnaient dans la nef. Il l'ouvrit et risqua un coup d'œil.

Le soleil brillait à travers un haut vitrail et dardait à l'intérieur de l'église des rayons colorés dans lesquels on voyait jouer d'infimes particules de poussière – mais à part cela, de nombreux recoins étaient perdus dans des ombres épaisses, impénétrables. Il entra et la petite porte, en se refermant derrière lui, fit naître une nouvelle zone d'obscurité. Il regarda autour de lui, d'un mur à l'autre, mais tout semblait parfaitement normal. Il marcha vers l'autel, ses pas résonnant lugubrement dans l'immensité de l'édifice glacé. Après avoir franchi quelques mètres à peine, il vit une forme noire agenouillée sur un banc à l'avant de l'église, non loin de l'autel. Un rayon de lumière vive passait justement entre lui et la silhouette, et il ne la distinguait qu'avec peine à travers le léger voile de poussière volante. Le personnage semblait vêtu d'une cape ou d'un épais manteau – à cette distance, il était difficile d'en être certain. Sans un mot, il continua à s'avancer vers lui, s'attendant à le voir se retourner au son de ses pas. Mais il ne broncha pas.

Le pasteur approchait de plus en plus, mais l'autre côté du rayon de soleil était toujours embrumé, et il se demandait à présent s'il y avait effectivement une silhouette. Il faisait tellement sombre. Il traversa la lumière qui descendait du vitrail et, ébloui, dut battre des paupières pour accoutumer ses yeux à la soudaine obscurité. La vue encore légèrement brouillée par le changement d'éclairage, il s'arrêta derrière le personnage agenouillé et tendit la main pour lui toucher l'épaule. Alors, il commença, lentement, à tourner la tête vers lui.

Soudain, le pasteur sentit un froid intense, beaucoup plus vif que le froid qu'il était habitué à trouver dans l'église au petit matin, un froid qui le perça jusqu'aux os et lui glaça les yeux dans leurs orbites. En même temps il perçut un son grave, faible, une sorte de grondement : un rire, à peine reconnaissable. Et la tête se tournait vers lui. Et les deux cavités noircies qui auraient dû être des yeux rencontrèrent les siens.

Alors, toute conscience l'abandonna. Le révérend Biddlestone s'évanouit et s'effondra comme une masse sur les dalles de l'église.

Chapitre 7

La voiture de Keller s'engagea dans l'allée privée, s'annonçant par le crissement des pneus sur les graviers. Dans la boîte à gants se trouvait la liste complète des passagers du fameux 747. Keller l'avait obtenue du jeune responsable de la coordination qui avait été de garde la nuit en question. Le jeune homme s'était d'abord montré réticent, mais Keller avait usé de persuasion (de toute façon, avait-il argué, il l'obtiendrait de n'importe quel journal), et avait fini par recevoir, outre la liste même, quelques renseignements supplémentaires sur les passagers. C'était évidemment ce que le copilote souhaitait.

Keller comptait passer la liste en revue, soigneusement, plus tard dans la journée. Il ne savait pas exactement ce qu'il espérait trouver, mais il fallait bien commencer quelque part.

En attendant, il avait autre chose à faire, dans l'immédiat : rendre visite à Beth Rogan, la femme du pilote mort. L'idée ne lui souriait guère : il faudrait remuer le passé, rouvrir des blessures anciennes…

La maison se trouvait à Shepperton, tout près du lac de plaisance. Il savait que le yachting était un des passe-temps favoris du commandant Rogan. Sans être ni grande ni petite, la maison avait un air d'élégance simple et sans prétention. Au moment où il arrêtait sa Stag, il vit la porte d'entrée s'ouvrir et Beth Rogan apparaître sur le seuil.

La dernière fois qu'il l'avait vue, aux obsèques collectives des passagers et de l'équipage, elle lui avait paru pâle et, en quelque sorte, écrasée. Plus d'une fois, au cours du long service, il l'avait surprise en train de le regarder – mais son visage était vide de toute expression et lui-même était encore trop en état de choc à l'époque pour tenter un quelconque geste de sympathie. À présent, elle était plus belle et vive que jamais et la blancheur de son chemisier et de son pantalon contrastait avec la tenue de deuil dans laquelle il l'avait vue pour la dernière fois. Sa longue chevelure brune était attachée d'un côté, ce qui la rajeunissait, lui donnait presque un air d'adolescente. Elle le salua d'un geste de la main, et il remarqua que de l'autre elle tenait un verre contenant un liquide sombre.

Il sortit de la voiture et dit :

— Bonjour, Beth.

— Dave, répondit-elle.

Ils se regardèrent en silence pendant quelques instants et, à présent qu'il était tout près d'elle, il remarquait les minuscules rides révélatrices qui commençaient à apparaître autour de ses yeux, les légers plis de son cou qui n'étaient pas aussi marqués autrefois. Mais elle était encore très belle. Ses sombres yeux bruns, si profonds, si humains, étaient fixés sur les siens avec une fière intensité.

— Pourquoi n'es-tu pas venu me voir ? demanda-t-elle.

— Désolé, Beth. J'ai cru que cela valait mieux, répondit-il.

Sa réponse alluma une étincelle de colère dans ses yeux, un léger reflet tout au fond d'un puits. Elle s'écarta de lui et rentra dans la maison. Le conduisant à travers le salon, elle l'amena jusqu'au bar.

— Tu veux boire quelque chose, Dave ? demanda-t-elle en se resservant de sherry.

— Pas tout de suite, Beth. Du café, peut-être ?

Elle passa à la cuisine, ce qui lui donna l'occasion de s'asseoir dans le canapé recouvert de tissu fleuri, et de regarder autour de lui. La dernière fois qu'il avait vu cette pièce, elle était remplie de monde, bourdonnante et enfumée. Il se revit, assis dans ce même canapé, les yeux brouillés par la boisson, tout seul. Il revit Beth le regardant au travers de la foule avec un sourire significatif et sans détours. Un sourire et un regard qui étaient adressés à lui seul. Et qu'il était libre d'interpréter à sa guise. Et voilà qu'elle revenait vers lui, lui tendant son café à bout de bras, avec un sourire à peu près identique.

Il prit la tasse en la remerciant et la déposa par terre à côté de ses pieds. Pendant ce temps, elle alla s'asseoir dans un fauteuil en face de lui et, tout en l'observant attentivement, elle se mit à faire glisser son doigt le long du pied élancé de son verre, de haut en bas, de bas en haut, sans arrêter. Elle attendait qu'il parle le premier.

— Comment te portes-tu, Beth ? dit-il finalement.

— Pas mal.

Ses yeux perdirent leur air amusé.

— Cela a dû être un choc terrible...

— Tu sais que nous étions sur le point de nous séparer ? coupa-t-elle.

Il la considéra avec stupeur.

— Je savais que vous aviez des problèmes, mais...

Cette fois, c'est d'un éclat de rire bref, méprisant, qu'elle l'interrompit.

— Des problèmes ! Mais tu dois en savoir quelque chose, Dave. Après tout, tu en étais un toi-même !

— Beth, cela remonte à des mois. Et c'était sans conséquence.

— Cinq mois, pour être précis. Et Peter n'a jamais cru que c'était sans conséquence.

— Comment l'a-t-il su ?

— C'est moi qui le lui ai dit, évidemment.

— Pourquoi ? Pourquoi lui as-tu dit cela ? (La voix de Keller s'était un peu durcie.) C'était tout à fait accidentel. Et d'ailleurs je n'étais…

Il se tut et détourna le regard.

— Qu'une passade parmi beaucoup d'autres ? C'est cela que tu allais dire, Dave ?

Il ne répondit rien.

— Oui, j'en ai eu… quelques autres encore.

Mécontente, elle but une gorgée rapide. Pendant quelques instants, elle se tint toute raide, puis la colère sembla la quitter et ses épaules s'affaissèrent. Ses yeux se fixèrent sur le sol entre eux deux. Quand elle se remit à parler, sa voix était empreinte de lassitude :

— Quelques jours avant le vol, je lui avais donné la liste de mes amants.

— Mon Dieu ! Pourquoi, Beth ?

Se redressant, elle braqua son regard vers lui. Et maintenant, c'est de l'amertume qui perçait dans sa voix :

— Pour le faire revenir vers moi. Il y a des années – il *y avait* des années – que notre mariage était chancelant, Tu me connais, Dave. Je ne suis pas faite pour attendre éternellement un mari qui passe son temps à voler autour du monde.

Elle se leva et marcha vers la fenêtre, les bras croisés mais toujours son verre à la main. Lui tournant le dos et regardant vers la pelouse, elle reprit :

— Tout le monde savait comment je vivais, sauf lui. Toi, par exemple, je crois que tu t'en es rendu compte la première fois que tu m'as rencontrée.

C'était vrai. Il se souvenait de la première fois qu'il avait posé les yeux sur elle, deux ans auparavant : elle l'avait dévisagé froidement, un sourire légèrement moqueur aux lèvres, et sa main avait retenu la sienne exactement l'espace d'une seconde de trop. Dès les présentations, elle le mettait au défi. À la compagnie, il avait entendu quelques insinuations à son propos, quelques allusions désobligeantes faites par des gens qui connaissaient à la fois Rogan et sa femme – mais d'une façon générale, on évitait plutôt, entre pilotes, de parler des femmes des autres. Car les pilotes mariés savent tous qu'ils encourent le même risque, étant donné qu'ils sont tous constamment absents de chez eux. En outre, Rogan était profondément respecté par ses collègues et même quelque peu redouté par les pilotes plus jeunes. Il avait des façons dures, brusques, qui ne le rendaient pas populaire, mais il avait la réputation de quelqu'un sur qui on peut compter en cas de coup dur. Il avait survécu à deux accidents qui auraient facilement pu tourner au désastre sans son savoir-faire et son inébranlable sang-froid. Dans le premier cas, huit ans plus tôt, le train d'atterrissage de son Viscount avait refusé de descendre et il avait réussi un atterrissage presque parfait sur le ventre. Il n'y avait pas eu un seul blessé. La seconde fois, l'année suivante, deux moteurs de son Argonaut étaient tombés en panne à vingt secondes d'intervalle, à cause d'un levier d'avance transversale défectueux qui avait provoqué un dérèglement du transfert de carburant en vol. Là encore, il était parvenu à poser l'avion sans mal, sur les deux moteurs restants.

En tant que pilote moniteur de la compagnie *Consul*, Rogan s'était révélé un professeur sévère mais excellent, et Keller avait profité à fond de son expérience et de son savoir technique. Leur relation avait quelque chose de plus qu'un simple rapport de mentor à étudiant : le commandant Rogan avait décelé en Keller un talent naturel, un instinct inné du pilotage que toute l'expérience du monde ne pourrait jamais insuffler à personne. Un instinct que bon nombre de commandants, même les plus vétérans, ne possédaient pas – ils compensaient alors par leur habileté technique.

Alors qu'il n'avait que trente ans, Keller en était déjà à sa dernière année en tant que copilote. Rogan avait demandé sa promotion comme commandant ; et les quelques derniers tests qu'il avait passés dans ce but avaient été positifs. En fait, le commandant avait reconnu en lui une réplique de lui-même – plus jeune, et peut-être encore meilleur –, et dès lors il s'était intéressé tout spécialement à sa carrière de copilote. Bien souvent, il traitait le jeune homme avec davantage de rigueur qu'il n'en avait pour ses collègues du même âge, et il exigeait de lui un maximum. Mais il était toujours prêt à revenir en arrière lorsque son élève avait dépassé les limites de ses possibilités. Heureusement, Keller comprenait les intentions du commandant et, bien que de temps en temps il semblât exister une certaine hostilité entre eux, en réalité les deux hommes s'aimaient et se respectaient sincèrement.

Jusqu'au jour où Beth avait parlé à son mari de leur faux pas.

Les Rogan avaient organisé une réception – chose extrêmement rare, car le commandant n'était guère friand de mondanités – et, au dernier moment, la compagnie avait désigné Rogan pour remplacer un collègue tombé malade, dans un vol vers l'aéroport Dulles à Washington. Le commandant, secrètement soulagé de pouvoir échapper à cette soirée – qu'il appréhendait d'autant plus qu'elle se passait chez lui –, avait accepté de faire ce remplacement, ce qui n'avait pas beaucoup plu à Beth. De son côté, Cathy avait également été inscrite pour ce vol, comme hôtesse, et Keller avait donc dû se rendre tout seul à la réception. Un concours de circonstances l'avait entraîné à aller au lit avec Beth : il avait eu ce jour-là une vive discussion avec Rogan à propos d'un détail technique d'aérodynamique (par la suite, il s'était révélé que c'était Rogan qui avait raison) ; il ressentait une certaine aigreur vis-à-vis de Cathy qui l'avait laissé seul pour la soirée ; et il avait trop bu, chose à laquelle il n'était pas habitué. Enfin, bien entendu, Beth Rogan avait décidé de le séduire.

Pendant toute la soirée, elle lui avait fait des avances, subtiles, au début, et de plus en plus criantes à mesure que l'heure avançait. Lui, de son côté, était parvenu à garder ses distances pendant une grande partie de la réception, mais plus il buvait, moins ses réticences étaient sincères. Peut-être était-ce de propos délibéré qu'il s'était mis à boire, afin de se donner un prétexte pour ne pas rester vigilant, pour devenir irresponsable ? Peut-être sa nature véritable, consciemment tenue en échec pendant si longtemps, s'était-elle carrément révoltée ? Ou peut-être ne fallait-il voir là qu'un simple désir de luxure.

Quelles qu'aient été les excuses qu'il s'était trouvées *a posteriori*, le mal avait été fait. Et il savait parfaitement qu'il y aurait un prix à payer. Mais ce qu'il voulait savoir, *maintenant*, c'était le montant exact de l'addition.

Keller se rappelait qu'au cours de la soirée il s'était brusquement senti mal. Il était monté à l'étage, ne sachant pas très bien s'il allait être malade ou s'il voulait seulement uriner. Il s'était passé de l'eau froide sur la figure et, en entrant dans la salle de bains, il avait trouvé Beth en train de l'y attendre. Elle l'avait conduit vers une des chambres d'amis et lui avait conseillé de s'étendre jusqu'à ce que son malaise ait passé. Elle était sortie de la chambre en fermant doucement la porte derrière elle, et il s'était à moitié assoupi, les rumeurs de la réception ne filtrant plus qu'au travers des brumes de l'alcool. Quand il s'était réveillé, la chambre était plongée dans l'obscurité. Du rez-de-chaussée ne montait plus le moindre bruit. Il était sous les couvertures, on lui avait retiré ses chaussures, et des mains fraîches lui touchaient le corps. Avec un sursaut, il s'était tourné vers la forme qui était allongée à ses côtés, tandis que sa main y trouvait un corps doux, nu. Il avait tout de suite su qui c'était. Elle s'était serrée contre lui, sa jambe s'était glissée entre les siennes, sa cuisse s'était frottée tout contre son ventre. Il n'avait même pas essayé de résister – quel homme normalement constitué l'eût fait ? – et il lui avait fait l'amour avec une passion furieuse qui, au lieu de la dominer, l'avait jetée dans des transports rageurs qui avaient régalé et même dépassé sa propre excitation.

Après quoi, épuisé, il avait sombré dans un sommeil profond. À son réveil, le lendemain matin, il s'était retrouvé tout nu dans un lit, Beth blottie contre lui. Et cela avait été le moment de vérité : il était sobre, satisfait, il n'avait donc plus d'excuse. Il aurait pu se lever sans la réveiller, quitter la maison et tâcher de faire comme si rien ne s'était passé. Au lieu de cela, il l'avait éveillée gentiment, en l'embrassant avec tendresse et sensualité, et ils avaient de nouveau fait l'amour, lentement, langoureusement. Elle jouissait de son corps jeune et ferme et lui faisait apprécier son indubitable expérience.

Et ce n'est qu'après cette seconde fois qu'il avait compris l'ampleur de sa trahison : il avait trahi la femme qu'il aimait et, en même temps, l'homme qu'il admirait. Se rhabillant, il avait dit à Beth que cela ne se reproduirait jamais. Il ne s'était pas montré désagréable avec elle, ce n'aurait pas été son genre de réagir de la sorte, mais elle l'avait néanmoins écouté avec un sourire plein d'amertume et une pointe de mépris. Sans dire un mot, elle l'avait regardé s'habiller, assise dans le lit, sans même prendre la peine de se couvrir. Et c'était la dernière image qu'il avait gardée d'elle. Son sourire cynique, son corps splendide. Et à présent qu'il l'observait, cette vision était violemment présente dans sa mémoire. Le sourire était le même. Elle avait seulement un peu vieilli.

— Tu aurais pu me contacter, Dave, dit-elle. Si pas avant l'accident, du moins après.

Il la regarda avec un sentiment de culpabilité.

— Je suis désolé, Beth. Vraiment. Mais tout a été si compliqué pour moi. Le choc, la publicité… Mon esprit a été tellement embrouillé, tout cela commence à peine à s'éclaircir.

Elle était retournée vers le bar et se versait un whisky, cette fois.

— Tu en prends un ?

— Non, dit-il en secouant la tête.

Il prit sa tasse de café par terre et but quelques gorgées.

— Beth, j'essaie de découvrir ce qui a provoqué l'accident.

Elle se retourna prestement :

— C'est le boulot de l'A.I.B., non ? Pourquoi cela t'intéresserait-il ?

— Je… je ne sais pas très bien. Mais je me sens plus ou moins coupable. Je ne sais pas pourquoi, mais j'ai l'impression que la cause de l'accident a un rapport avec moi.

— C'est ridicule. Qu'est-ce que tu aurais à te reprocher ?

— Nous nous sommes disputés, Peter et moi, avant le vol. À propos de toi. Je ne suis pas parvenu à me souvenir du moment précis où cela s'est passé, mais si, comme tu le dis, tu lui as parlé de nous, quelques jours avant l'accident, nous avons dû nous disputer un de ces jours-là.

— Mais pourquoi est-ce tellement important ?

— Je revois sans cesse l'image du commandant. Nous sommes dans le cockpit du Jumbo, en plein vol, et il lève les yeux vers moi en criant. Tu ne comprends pas ? Si notre dispute a continué pendant le décollage – le moment le plus délicat de n'importe quel vol – et qu'elle a provoqué une quelconque négligence ou une erreur de notre part, alors ton mari et moi sommes responsables de la mort de tous ces gens.

Elle s'approcha et vint s'asseoir près de lui, avec cette fois de la compassion dans le regard :

— Dave, je te connais et je connaissais mon mari, du moins en partie. Vous étiez tous les deux beaucoup trop professionnels pour laisser vos émotions vous gêner dans votre travail. Jamais Peter n'aurait admis que la mauvaise humeur perturbe le moins du monde son esprit pratique. Il avait beaucoup trop d'expérience pour cela.

— Mais tu ne l'as pas vu, avant le vol, le soir où nous nous sommes querellés. Je ne l'avais encore jamais vu perdre sa maîtrise de soi. À ce moment-là, il était comme fou.

— Par ma faute à moi. J'avais été tellement cruelle. Il m'a même frappée. Pas quand je lui ai parlé des autres, seulement quand je lui ai parlé de toi. C'était un homme orgueilleux – et il était fier de toi.

Keller reposa sa tasse sur la soucoupe. Puis, se tournant vers elle, comme cherchant à comprendre quelque chose qui dépassait son entendement :

— Pourquoi as-tu fait cela, Beth ? dit-il sans colère.

— Pour le blesser. Pour percer sa cuirasse si dure, si froide. Pour qu'il ressente quelque chose même si ce ne devait être que de la haine.

Oui, Keller se rappelait la haine qui brillait dans ses yeux. Cette haine, furieuse, bouillonnante. Ce n'était pas uniquement sa fierté qui avait été atteinte, il avait été trompé par son protégé, par celui qu'il avait formé, celui à qui il avait enseigné tout ce qu'il savait. Celui qu'il considérait comme une prolongation de lui-même. En revoyant cela, Keller retrouva brusquement un nouveau détail de la scène.

Il se rappela soudain les mots de la colère, et la véhémence qui y vibrait, et résonnait derrière lui dans le hangar vide où il laissait Rogan abattu :

— Et Cathy, le sait-elle, Keller ? Le sait-elle ? Fils de salaud, elle ne tardera pas à l'apprendre ! Je ne me gênerai pas pour le lui dire !

C'est alors qu'il avait commencé à haïr le commandant,

cet homme qu'il respectait, qu'il cherchait à imiter, qu'il avait pris pour modèle. Cet homme qui avait perdu sa dignité. Cet homme ridiculisé, qui gisait sur le sol de béton et lui criait des injures. Ce dieu qui était devenu mortel.

Jusqu'où cette haine avait-elle été ? Leur froide logique professionnelle pouvait-elle avoir été ébranlée, finalement, par cette tension émotionnelle ? Son esprit à lui, plus jeune, moins expérimenté, avait-il succombé à sa rage aveugle ? Une image était en train de se dessiner petit à petit… Mais était-ce bien l'image de la vérité ?

— Dave, tu as un drôle d'air. Tu ne vas pas te trouver mal ?

La voix de Beth le rappela à la réalité.

Il respira profondément.

— Peut-être qu'un scotch me ferait du bien, dit-il.

Elle lui versa une rasade et revint s'asseoir auprès de lui en lui tendant le verre. Il prit une longue gorgée et attendit que le feu du whisky soit descendu jusqu'à son estomac avant de parler.

— Beth, que s'est-il passé avant le vol ? T'a-t-il dit quelque chose de particulier en te quittant ce soir-là ?

Elle répondit d'une voix douce mais monocorde :

— Il m'a dit qu'il ne reviendrait pas.

Keller se raidit et le verre qu'il avait à la main se mit à trembler légèrement.

Elle le regarda fixement.

— Non, dit-elle, ce n'est pas ce que tu penses. Je suis sûre qu'il n'a pas… (Sa voix s'éteignit.) Non, reprit-elle, il était en colère, mais pas à ce point-là. Nous avions déjà parlé de divorcer, et je crois qu'il s'y était résigné. Quand je lui ai dit, à propos de toi, cela a été la goutte qui a fait déborder le vase, j'en suis consciente, mais je suis absolument certaine qu'il a voulu dire qu'il ne reviendrait pas *chez moi*. Il n'était pas fou, Dave !

Keller secoua la tête, mais il était d'accord avec elle. Et cependant… les pilotes vivaient dans une tension permanente, et on connaissait de nombreux exemples d'hommes parfaitement normaux qui avaient craqué un beau jour, surmenés. C'était d'ailleurs la raison pour laquelle il était essentiel de passer régulièrement à la visite médicale, pour le physique comme pour le psychique. Une fois par an pour les pilotes réguliers, deux fois par an pour ceux qui avaient dépassé quarante ans.

Keller se sentait plus épouvanté que jamais. Tant de choses semblaient converger ! Il sentait la responsabilité lui peser de plus en plus. Si seulement il pouvait briser cette barrière qui lui encombrait le cerveau et ne lui laissait entrevoir que des bribes de visions d'autant plus troublantes qu'elles étaient fugitives ! La psychiatrie pourrait peut-être quelque chose pour lui, lui avait-on dit. Mais cela prendrait beaucoup de temps. Et, de toute façon, les psychiatres ne peuvent qu'aider l'esprit à se guérir lui-même. Ce n'est pas d'eux directement que vient la guérison.

Il fallait qu'il en sache davantage sur l'accident. Peut-être l'A.I.B. avait-elle fini par découvrir un élément – technique ou humain – qui déclencherait le mécanisme de sa mémoire ? Peut-être Harry Tewson avait-il déjà de quoi étayer sa théorie ? Que ce soit pour le laver de tout blâme ou au contraire pour l'incriminer davantage, tout vaudrait mieux que cette ignorance dans laquelle son esprit croupissait. Et voilà que cela le reprenait : il *fallait* qu'il retourne à Eton.

Laissant un fond de scotch dans son verre, il se leva.

— Je dois m'en aller, Beth.

Elle sursauta et la déception apparut dans son regard intense.

— Reste encore un peu, Dave, je t'en prie. J'ai besoin de quelqu'un. (Elle tendit le bras et lui prit vivement la main.)

J'ai seulement besoin de parler, Dave. Je ne veux rien d'autre. Je t'en supplie.

Il se dégagea.

— Je ne peux pas rester plus longtemps aujourd'hui, Beth, dit-il sans méchanceté. Je reviendrai plus tard, peut-être, mais maintenant il faut que je m'en aille.

— Tu reviendras ? Promets-le, Dave.

— Je reviendrai.

Peut-être. Probablement pas.

Il la laissa, assise dans le canapé, en emportant d'elle une image toute différente : son chemisier blanc, ses mains crispées sur son verre, son visage sur lequel, brusquement, venaient d'apparaître les marques d'un certain âge. Et, curieusement, ce même sourire amer et méprisant.

La voiture bondit en avant en projetant les graviers de l'allée sur le mur de la maison, dans un crépitement rapide. Keller sortit prudemment de la propriété et se dirigea vers Windsor et Eton. Une nervosité nouvelle commençait à gronder en lui.

Chapitre 8

Emily Platt était en train d'empoisonner lentement son mari. Elle prenait tout son temps, délibérément. Pas seulement pour éviter les soupçons le jour où il finirait par mourir pour de bon, mais aussi parce qu'elle voulait le faire souffrir le plus longtemps possible.

Depuis trois semaines, elle ne lui administrait que des doses minimes de Gramoxone, pour que sa santé ne se détériore que très graduellement et le moins spectaculairement possible, mais elle n'en avait pas moins été stupéfaite de la rapidité avec laquelle il avait été cloué au lit. Le *paraquat* que contenait l'herbicide était beaucoup plus puissant qu'elle ne l'avait prévu : la première dose qu'elle avait versée dans son café matinal l'avait effrayée par sa foudroyante efficacité. Après lui avoir laissé quelques jours pour reprendre des forces, elle avait poursuivi son œuvre, en réduisant énergiquement les doses, et il s'était mis à souffrir de façon moins aiguë. Mais pour plus longtemps.

Naturellement, lors de la première crise, qui avait été si violente, il avait bien fallu appeler le médecin. Mais celui-ci avait été totalement dérouté par cette mystérieuse maladie. C'était un homme sans imagination. Il avait dit à Emily que si l'état de son mari empirait au cours des prochains jours, il faudrait l'hospitaliser pour qu'il puisse recevoir des soins adéquats et pour que l'on procède à des analyses afin de déterminer la nature de son mal. Mais Emily avait réduit ses doses de poison et, la santé de son mari semblant se rétablir, le médecin n'avait pas cru nécessaire de s'inquiéter. Il s'était borné à recommander qu'on l'appelle d'urgence si le mal ne disparaissait pas totalement au bout de quelques jours. Bien entendu, Emily n'avait pas pris la peine de le recontacter et son infortuné mari, déjà trop affaibli, n'avait pas pu le faire lui-même.

Elle ne rappellerait le docteur que lorsqu'elle serait absolument certaine qu'il n'y avait plus aucune chance de guérison. Elle lui dirait que la crise était revenue brusquement, qu'il s'était trouvé beaucoup mieux – peut-être légèrement fatigué? – au cours des dernières semaines, et qu'il avait rechuté de façon tout à fait inattendue. À ce moment-là, elle n'aurait plus d'objection à ce qu'on l'emmène à l'hôpital : en effet, à supposer même que l'on découvre la cause de sa maladie, il n'existait aucun antidote connu au *paraquat*. Elle ne savait pas très bien s'il y avait un risque que l'on procède à une autopsie après sa mort – mais en fait, elle ne s'en préoccupait guère. Ce qu'elle voulait, c'était qu'il meure. En souffrant.

Cyril Platt était plus jeune qu'elle : il avait trente-six ans, et elle quarante-trois. Mais quand ils s'étaient mariés, cinq ans auparavant, ils s'étaient dit, tous deux, que la différence d'âge ne devrait pas poser de problèmes. Et c'était exact : elle n'en avait pas posé. Seules les étranges exigences de Cyril avaient troublé leurs relations.

La première fois qu'elle avait vu Cyril, il était occupé à examiner une délicate petite figurine qu'elle avait exposée dans la vitrine de son magasin d'antiquités, dans la grand-rue d'Eton. Elle avait continué à parcourir la pile de journaux locaux qu'elle se faisait envoyer chaque semaine pour y relever la liste des fêtes communales, des marchés aux puces et des ventes de charité qui allaient avoir lieu dans les jours suivants. Comme tous les antiquaires, elle savait que l'on pouvait trouver dans ce genre d'endroit les objets de collection les plus rares et les plus recherchés, et elle passait une grande partie de son temps à sillonner le pays de marché en marché. La concurrence était forte dans le commerce d'antiquités, et elle s'amplifiait de plus en plus à mesure que la mode des antiquités se popularisait – à Eton, en particulier, il y avait plusieurs boutiques semblables à celle d'Emily. Depuis que son père était mort, lui laissant la charge de l'affaire, elle n'avait guère eu le temps de faire autre chose que de s'en occuper.

De temps en temps, elle jetait un coup d'œil pour voir si le jeune homme était toujours là et, pour un motif somme toute fort peu commercial, elle espérait qu'il entrerait. Il arrivait trop souvent que des gens s'arrêtent devant la vitrine pour envelopper d'un regard amoureux les objets qui y étaient présentés, et puis qu'ils continuent leur promenade jusqu'à la prochaine vitrine, sans même s'être donné la peine d'entrer. Et même quand ils entraient, on n'était jamais certain qu'ils allaient acheter quelque chose : les boutiques d'antiquités ont ceci de commun avec les librairies qu'on y entre souvent pour papillonner et pas nécessairement pour acheter. Quand Emily était plus jeune, cela l'exaspérait de voir que les gens pouvaient parfois perdre tant de temps à examiner ses trésors, à les adorer, même, à poser des questions, à les caresser, pour ensuite ressortir de la boutique comme s'ils n'y étaient venus que pour passer le temps. Mais son père lui avait appris à ne jamais harceler ni même tenter d'influencer un client potentiel, et surtout à ne *jamais* marchander, sous aucun prétexte. Leur profession était trop digne pour que l'on s'abaissât à ce genre de pratique : il fallait laisser cela aux brocanteurs de bas étage.

Le père d'Emily était un homme que l'on craignait et que l'on respectait. Elle ne savait toujours pas si elle l'avait jamais aimé. Ses deux sœurs aînées avaient quitté la maison à cause de sa tyrannique sévérité. Profondément religieux, il avait toujours mené la maisonnée à la baguette, et même la mort de sa femme n'avait pu adoucir ni même tempérer ses méthodes. Il était de l'époque victorienne : une époque qu'il adorait et dont il partageait l'amour des codes moraux, le dégoût de l'anormal, la fermeté du caractère et la croyance en la supériorité de l'homme comme seul chef de la famille. Tout cela avait fait fuir les deux sœurs d'Emily : l'une vers l'Écosse, et l'autre vers un pays étranger quelconque (on avait perdu contact avec elle depuis). Mais Emily, elle, ne détestait pas cette autorité. Elle avait besoin d'être dominée, tout comme lui avait besoin de dominer, et dès lors tous deux se complétaient admirablement. À la mort de son père, elle s'était retrouvée seule et effrayée – et pourtant étrangement soulagée.

Peut-être, après tant d'années d'oppression librement consentie, avait-elle tout à coup eu le sentiment d'avoir accompli sa part de pénitence. Pénitence pour quoi ? Elle l'ignorait, au fond ; mais son père lui avait enseigné que tout être humain naissait coupable, et avec un besoin d'expiation au cœur : et c'était en fonction de cela que les existences se modelaient d'une façon ou d'une autre. Les véritables chrétiens payaient la plus grosse partie de leur dû pendant leur vie. *Les autres* devaient payer après leur mort. Emily, elle, trouvait qu'elle avait expié en suffisance durant toute la vie de son père. À présent qu'il n'était plus là, à présent qu'elle n'avait plus à subir cette domination masculine toute de dureté et d'arrogance, Emily était prête à succomber à la gentillesse de quelqu'un comme Cyril.

La clochette qui pendait au-dessus de la porte d'entrée tinta et Emily regarda vivement vers le visiteur. Elle le salua d'un sourire poli auquel il répondit par le même sourire poli. Et elle se replongea dans ses journaux tandis que son esprit faisait un rapide inventaire de tout ce qu'elle avait pu enregistrer en un coup d'œil. Il devait avoir environ trente ans. Il était grand mais de constitution plutôt mince. Pas vraiment beau, et cependant agréable à regarder. Ses vêtements semblaient trop grands pour lui, mais cela leur donnait un air de confort particulier. Ses mains étaient enfoncées dans les poches de son veston. Était-il marié ? (Voyons, en quoi cela l'intéressait-il ?) Elle n'avait pas assez d'expérience pour le deviner.

Une ombre se projeta sur la pile de journaux. Elle l'entendit s'éclaircir la voix et, levant les yeux vers lui, elle trouva sur son visage un petit sourire gêné. C'était à propos de la petite figurine. En avait-elle le pendant ? Très embarrassée, Emily répondit qu'elle ne savait même pas que cette statuette faisait partie d'une paire. Pouvait-il lui en apprendre davantage à ce sujet ? Il le pouvait et le fit avec bonne grâce – et bientôt s'était engagée une conversation des plus animées sur les antiquités et leurs sources. Leur association – car cela avait commencé par une simple association – n'avait pas tardé à se transformer en une timide idylle. Elle trouvait en lui la tendresse qui avait manqué à son père, et il trouvait en elle la force de caractère qui lui manquait à lui-même. En trois mois, ils étaient mariés. Les trois premières années de leur union avaient été relativement heureuses, sans excès de joie ni de malheur.

Emily, qui n'avait encore aucune expérience de l'amour physique, avait eu la déception de trouver cela fort peu agréable. Elle subissait l'acte sexuel plutôt qu'elle n'en jouissait : toute la chose en soi lui semblait une trahison des enseignements de son père. Davantage, même. Une trahison de son père.

Malheureusement, alors que sa passion avait décliné peu à peu et avait fini par s'éteindre complètement, les appétits de Cyril n'avaient fait que s'intensifier, exactement comme si sa passivité l'avait stimulé. Étant plutôt ignare en la matière, elle n'avait tout d'abord pu que pressentir que ses désirs ne correspondaient pas tout à fait à la normale. Au bout de trois ans, il parut ne plus même se préoccuper de ce qu'elle trouvait normal ou non, et à ce moment-là, elle sut qu'il y avait quelque chose de positivement mauvais dans leurs rapports. Tout d'abord, il n'avait jamais beaucoup souhaité consommer en *elle* l'acte d'amour – à vrai dire, il avait même toujours semblé répugner à la pénétrer. Cela ne l'avait pas troublée outre mesure, car elle n'avait jamais eu particulièrement envie de recevoir son liquide poisseux à l'intérieur de son corps. Mais l'alternative, qui n'était guère moins désagréable, offrait un spectacle décidément plus déplaisant. Il l'avait suppliée de le stimuler avec ses mains – et si elle ne voulait pas obtempérer, il se mettait à pleurer en disant qu'elle devait remplir ses devoirs d'épouse. Le mot *devoir* avait toujours eu raison de ses dernières réticences. Sa vie durant, elle avait vécu côte à côte avec l'obligation.

Puis, il avait exprimé le désir d'utiliser pour ses défoulements des orifices autres que celui de la nature. Cela l'avait horrifiée et révoltée au-delà de toute mesure. Mais, curieusement, sa propre faiblesse l'avait rendu fort – pour autant que l'on puisse appeler force l'entêtement. Elle commença à craindre son mari. Les colères de son père, des rages glaciales, avaient toujours été posées et néanmoins impressionnantes. Celles de Cyril furent sauvages, émotionnelles, terrifiantes. Il ne la battait jamais, et cependant elle se sentait toujours menacée, car la fureur le portait au seuil de la violence physique. Emily n'avait pas d'autre possibilité que de céder. Elle qui avait été éduquée dans une atmosphère de piété et de dévotion, elle ne se crut plus digne de pénétrer dans une église : comment l'eût-elle osé, après avoir pris part à une telle perversion ?

Alors, après trois années de cette torture, la folie de Cyril avait pris un tour plus inquiétant encore : il avait exigé qu'elle le batte. À contrecœur, elle s'était exécutée. Mais il avait crié qu'elle n'essayait pas vraiment, qu'elle ne lui faisait pas mal. Pleine de crainte, elle avait redoublé de zèle et, cette fois, elle lui avait arraché un cri de douleur. Et, chose surprenante, ce cri lui avait fait plaisir. Alors qu'elle avait d'abord frappé du plat de la main, cela ne lui avait bientôt plus suffi – *à elle* – et, en cherchant autour d'elle un objet plus efficace, elle avait trouvé une ceinture de cuir qu'il avait laissée – à dessein ? – à côté du lit. S'en emparant, elle l'avait cinglé, jouissant de ses cris, se vengeant sur ce maigre corps nu, qui tremblait devant elle, de l'oppression qu'elle avait subie pendant toute sa vie. Le malheur était que lui aussi avait joui de cette torture : alors qu'elle avait fini par apaiser toute sa colère, il en avait redemandé. Et le dégoût s'était glissé dans la vie d'Emily. Dégoût d'elle-même, dégoût de son mari, dégoût de leur vie de couple – une misère grise, lourde, qui enveloppait et obscurcissait son esprit. Mais elle était engagée dans l'inextricable spirale de la dégradation.

Emily passa les deux années qui suivirent dans un désespoir de plus en plus abject, à mesure que la perversion de son mari empirait inexorablement. Il se mit à aimer être ligoté et enfermé. Puis, et ce fut presque pire que le reste, il développa un penchant pour le travesti. Emily en fit la découverte un jour qu'elle était montée à l'appartement qu'ils occupaient au-dessus du magasin pour se faire une tasse de thé : Cyril était dans leur chambre à coucher, occupé à s'admirer dans leur armoire à glace, affublé d'un collant et de sous-vêtements à elle ; une grosseur obscène déformait le léger tissu du panty. Elle eut un sursaut qui le fit éclater de rire (Avait-il voulu qu'elle le surprenne dans cette tenue ?) et elle constata que son horrible bouche moqueuse était barbouillée de rouge à lèvres.

La scène eût été très drôle si cela n'avait pas été aussi pathétique. Aussi réel.

La seule petite consolation d'Emily avait été que rien – jusque-là – n'était sorti des limites de leur ménage. Mais à présent, même cela n'était plus vrai. Cyril avait pris l'habitude de sortir seul le soir, chose qu'il ne faisait que très rarement auparavant. Et elle avait pu recueillir, parmi quelques-uns des rares amis qu'elle avait encore, des témoignages soupçonneux et secrètement ravis : on voyait beaucoup son mari en compagnie de jeunes gens louches, à Windsor. Piètre compensation, elle remarqua qu'il la harcelait moins qu'avant – mais, par contre, il marqua un goût de plus en plus prononcé pour le coït anal. Il était manifeste, même pour quelqu'un d'aussi préservé qu'elle, que Cyril avait fini par nouer des rapports homosexuels avec d'autres hommes. Et elle comprit que cela expliquait toute l'évolution de leur vie sexuelle : il avait tâché de se cacher à lui-même sa honteuse faiblesse mais avait voulu en recueillir les fruits au sein de son mariage. Inévitablement, la voie qu'il avait choisie ne pouvait manquer de le conduire à celle qu'il avait cherché à éviter. Pour comble de tout, Emily dut reconnaître – après avoir essayé de le nier – qu'au fond elle se sentait trompée, trahie.

Les choses s'étaient-elles véritablement passées contre sa volonté ? Au début, sans doute. Mais ensuite ? Pourquoi ne l'avait-elle pas quitté ou rejeté lorsque les déviations étaient devenues trop graves ? Emily se trouvait incapable de répondre à de telles questions et se sentait ployer sous le fardeau de la culpabilité. Au cours de toutes ces années, elle s'était désespérément accrochée à une seule idée : *elle* du moins était normale. À présent, elle ne pouvait même plus se convaincre de cela. Son âme avait été mise à nu et elle avait découvert qu'elle était aussi noire que celle de son mari. Outre l'infidélité de ce dernier, donc, elle eut à assumer tout ce que cette révélation avait percé à jour en elle.

C'en était trop.

Et la mesure fut comble lorsque Cyril introduisit son petit ami chez eux, dans sa maison à elle. Elle était rentrée tard d'une tournée des marchés où elle avait l'habitude de se rendre à la recherche des bonnes affaires – chose de plus en plus rare, d'ailleurs, car tout le monde semblait désormais connaître la valeur des objets anciens ; après avoir rangé la camionnette dans la cour, elle était entrée par la porte de derrière, et, tandis qu'elle grimpait péniblement l'escalier qui conduisait à leur appartement, elle avait entendu des rires retentir au salon. En ouvrant la porte, elle s'était trouvée face à face avec eux. Avec leurs deux visages moqueurs, éhontés. Avec ces deux sourires grimaçants qui lui étaient adressés. Cyril avait un bras autour des épaules du jeune homme et, sous les yeux d'Emily, il s'était lentement tourné vers lui et l'avait embrassé sur la joue. Révulsée, Emily avait dégringolé les escaliers et s'était réfugiée dans l'obscurité du magasin. Se laissant tomber sur le sol, elle avait pleuré abondamment et prié son père, imploré son pardon pour s'être, cinq années durant, rebellée contre ses enseignements. Et contre son autorité.

C'est alors qu'elle avait décidé de tuer Cyril, il y avait quatre semaines de cela.

Assez curieusement, le tragique accident d'avion qui était survenu la semaine suivante lui avait facilité les choses : puisque la vie avait assez peu de valeur pour que tant de gens puissent périr d'un seul coup, quelle importance cela avait-il encore de tuer un seul être, de surcroît malade et pervers ? Le crime en devenait presque anodin.

Son père ayant été excellent jardinier, Emily connaissait bien l'herbicide et le mortel poison qu'il contenait. Elle savait qu'il était relativement facile de s'en procurer, bien que la vente en fût contrôlée : d'ordinaire, on n'en vendait qu'aux fermiers et aux agriculteurs, et ceux-ci avaient à signer un registre des substances vénéneuses dans le magasin qui leur en fournissait. Lors d'une de ses visites dans une autre ville à l'occasion d'un marché, Emily n'eut cependant aucune peine à convaincre le préposé d'un magasin qu'elle était une acheteuse autorisée et elle falsifia bien sûr son nom et son adresse en signant dans le registre. L'instant d'après, elle ressortait de la boutique avec un litre de poison, plus qu'il n'en fallait pour tuer des centaines de personnes.

Au cours des semaines qui suivirent, elle regarda Cyril mourir à petit feu et elle en ressentit un plaisir malsain. Elle dosait le poison avec le plus de parcimonie possible, afin de prolonger au maximum le processus fatal. Il lui avait fait subir cinq années de tourment, qui avaient abouti à la prise de conscience de sa propre culpabilité : en guise de vengeance, elle lui ferait endurer le plus de semaines possible de torture physique.

Le poison s'attaqua tout d'abord à sa gorge et à son estomac, puis à ses reins et à son foie. Ses poumons se remplirent d'un liquide qui rendit sa respiration pratiquement impossible. Ses cheveux se mirent à tomber, il perdit graduellement l'usage de ses yeux, puis de la parole. Emily avait connu un moment d'anxiété lorsqu'un jour le petit ami de Cyril était venu au magasin pour demander de ses nouvelles. Elle répondit au jeune homme que son mari était parti faire un tour du pays à la recherche de bibelots de collection – chose passablement vraisemblable. Il avait haussé les épaules avec irritation. Après tout, cela ne l'intéressait pas tellement, et si Cyril n'avait même pas pu prendre la peine de le prévenir, eh bien… Il était ressorti avec vivacité et indignation. Un autre jour, elle entendit un bruit à l'étage : se précipitant, elle trouva Cyril gisant sur le sol du salon à côté du téléphone. Heureusement, il était trop faible pour avoir pu téléphoner, mais cette tentative désespérée prouvait bien qu'il savait exactement ce qui lui arrivait, et Emily s'en réjouit énormément.

Aujourd'hui, elle le savait, la dose qu'elle lui administrerait serait la dernière. Les retombées de son geste ne l'inquiétaient pas trop. Si elle pouvait faire passer son assassinat inaperçu, tant mieux. Sinon, elle était prête à payer pour ses fautes pendant les quelques dernières années qui lui restaient : du moins elle se serait vengée de l'humiliation qu'il lui avait infligée.

Emily remua le potage chaud additionné de Gramoxone. Bien que tous deux fussent au courant de ses intentions, il fallait respecter les apparences. Il essayerait de ne pas se laisser nourrir, mais elle le forcerait à ingurgiter le potage à coups de petites cuillerées, pour en renverser le moins possible. Il était trop affaibli pour lui résister. Emily versa la soupe dans un bol, qu'elle posa sur un plateau. Elle ajouta une salière et un poivrier et, se ravisant, prit un petit pain qu'elle plaça à côté du bol, sur une petite assiette. Sa propre sournoiserie la fit sourire. Elle empoigna le plateau et se dirigea vers la chambre à coucher. Elle ne dormait plus avec lui : depuis un certain temps, elle passait la nuit sur le canapé du salon. L'odeur qui flottait dans la chambre était en effet devenue impossible à supporter pendant plus de quelques instants.

Arrivée devant la porte de la chambre, elle s'arrêta et posa le plateau par terre : elle avait oublié de prendre une serviette, et elle en aurait besoin pour essuyer la soupe qui ne manquerait pas de couler le long de ses joues et de son cou tandis qu'il tâcherait de ne pas avaler. En revenant de la cuisine avec la serviette sur le bras, elle s'accroupit pour reprendre le plateau – et, à cet instant précis, il lui sembla entendre des chuchotements dans la chambre à coucher.

Elle appuya l'oreille tout contre la porte. Après quelques minutes de silence, les voix reprirent, basses et indistinctes. Ce n'était pas possible : personne ne pouvait être entré sans qu'elle s'en soit aperçue. Et de plus, la voix de Cyril était devenue pratiquement inaudible, depuis une semaine. Puis elle perçut un bruit de frottement, comme si on traînait quelque chose, un objet quelconque, vers la porte. Avait-il réussi à rassembler assez d'énergie pour sortir du lit et faire une dernière tentative désespérée pour se sauver ? Saisissant la poignée, elle ouvrit la porte d'un seul coup.

Cyril se tenait devant elle, debout, tristement grotesque dans la blanche nudité de son corps émacié. Ses yeux globuleux saillaient dans leurs orbites creuses. Ses pommettes ressortaient sous la peau tendue à se rompre, et les profondes cavités qui avaient jadis été des joues rendaient plus monstrueuse encore la large bouche qui grimaçait. Mais en fait ce n'était pas une grimace : la bouche ne s'ouvrait maintenant que parce que la peau, en rétrécissant, soulevait les chairs et découvrait du même coup les dents jaunes et déchaussées. Les rares touffes de cheveux qui ornaient encore son crâne ne faisaient qu'ajouter à sa ressemblance avec une tête de mort. Cyril avait le visage de la Mort.

Il leva le bras vers Emily qui poussa un cri. La peur et la haine – mais surtout la haine – se mirent à gonfler en elle. Elle se précipita en avant et poussa violemment cette chose obscène qui était son mari. Ils s'effondrèrent l'un sur l'autre par terre. Emily continuait à le battre en hurlant. Ne pourrait-elle donc jamais échapper à cette créature immonde, à ce monstre de perversion qui avait ruiné sa vie ? La ferait-il souffrir jusqu'au bout, même par sa mort ? Bientôt elle se mit à sangloter tout en tambourinant sur ce corps qui ne bougeait plus, puis ses coups diminuèrent en fréquence et en intensité, et elle finit par s'arrêter tout à fait.

Elle était à quatre pattes au-dessus de lui, les genoux de part et d'autre de son corps, les mains encadrant sa tête, s'appuyant de tout son poids sur ses bras tendus. Ses cheveux, détachés, pendaient, lui effleurant le visage. Elle ne voyait que le blanc des yeux de son mari entre ses paupières mi-closes. Pas un souffle ne s'exhalait de cette bouche béante, déformée. Emily se rejeta en arrière. Le contact avec ce corps froid et raide la remplissait soudain de répulsion. Elle s'appuya contre la garde-robe, cette énorme armoire à glace devant laquelle il avait si souvent paradé avec son écœurante indécence. Elle haletait lourdement, et les hoquets qui s'échappaient de ses lèvres étaient entrecoupés de légers sanglots. Débordante d'un indicible dégoût, elle considérait le corps qui gisait devant elle. Il était mort. Dieu merci, il avait fini par mourir.

Il avait les deux bras le long du corps, et les jambes écartées, obscènes. Ses yeux vides, entrouverts, regardaient vers le plafond. Comment sa peau avait-elle pu devenir aussi froide, et ses membres aussi raides en si peu de temps ? Elle ne pouvait le comprendre. Peut-être le poison avait-il commencé à provoquer ces symptômes, dès avant la mort véritable ? Cela n'avait d'ailleurs pas d'importance. Il avait disparu, à présent. Disparu à jamais de son existence. Et même si on découvrait la vérité et qu'elle doive subir les conséquences pénales de son crime, la prison lui semblerait un châtiment plus doux que tout ce qu'elle avait eu à endurer ces dernières années.

Emily dégagea ses jambes du cadavre et resta encore immobile quelques instants pour permettre à son cœur de ralentir son rythme et à sa respiration de reprendre une cadence normale. Il faudrait maintenant qu'elle trouve la force – et le courage – de le porter dans le lit. Ensuite, il faudrait lui mettre un pyjama, le laver, lui donner l'air d'un malade bien soigné. Après quoi, elle appellerait le médecin, ferait semblant d'être terrassée par la douleur, expliquerait qu'elle n'avait pas réalisé qu'il était aussi gravement atteint. Au fond d'elle-même, elle savait parfaitement que son histoire ne tenait pas debout et que le docteur n'aurait qu'à jeter un coup d'œil au cadavre desséché de Cyril pour savoir qu'il avait dépéri pendant des semaines et non pas en quelques jours. Mais, au niveau de sa conscience, elle refusait de l'admettre.

Soudain, elle frissonna. Elle n'avait pas encore eu le temps de remarquer le froid qu'il faisait dans cette chambre. Était-il parvenu à ouvrir la fenêtre pour appeler au secours les passants de la grand-rue ? Elle regarda la croisée : non, elle était bien fermée, et les rideaux étaient toujours à demi tirés. D'ailleurs, ce froid n'était pas simplement la fraîcheur d'une journée d'hiver. C'était un froid profond, gluant. Peut-être était-ce le froid qui vient avec la mort.

Tout à coup, son frisson se changea en tremblement d'effroi lorsqu'elle entendit ricaner. Une main de glace lui étreignit le cœur, son sang s'arrêta de circuler, son corps se figea. Lentement, elle força sa tête à se tourner vers le corps de Cyril, ses yeux répugnant à confirmer ce que ses oreilles avaient perçu. Le cadavre n'avait pas bougé. Elle le regarda fixement pendant quelques instants, attendant que le bruit reprenne, afin de savoir s'il venait de ce corps mort. Elle avait entendu dire que parfois les organismes pouvaient encore faire des mouvements ou produire des sons, même après leur mort ; à cause de la formation de gaz à l'intérieur d'eux-mêmes. Le bruit revint : un rire étrange, à peine murmuré. Et il ne venait pas du cadavre.

Apparemment, il était sorti du côté opposé de la pièce, de ce coin sombre, derrière la porte qui était restée ouverte – et néanmoins il s'était comme propagé dans la chambre entière. Emily scruta l'obscurité de ce recoin mais ses yeux n'y discernèrent pas la moindre forme tapie. Néanmoins, elle sentit une présence. Une présence plus répugnante encore que la créature qui gisait sur le plancher devant elle.

Alors, la porte se referma, tout doucement. Et du même coup la chambre s'obscurcit. La misérable lumière d'hiver qui filtrait entre les rideaux à moitié fermés n'avait que sa faible lueur grisâtre pour combattre les ténèbres croissantes. La porte se ferma avec un léger déclic. Et les ombres s'opacifièrent.

Emily entendit un chuchotement et crut y reconnaître son nom. Le murmure se répéta, provenant d'un autre coin de la pièce, puis de derrière elle, puis du pied du lit. Puis de Cyril.

Elle le regarda avec épouvante.

Sa tête était toujours tournée vers le plafond. Ses lèvres s'agitèrent à peine lorsqu'il prononça – lorsqu'il murmura – son nom. La tête du cadavre se tourna vers elle. Les yeux étaient à présent grands ouverts, mais on avait l'impression qu'ils étaient encore aveugles. Ils lui rappelèrent les yeux des poissons qu'elle avait vus étalés sur le marbre du poissonnier : des yeux plats et sans regard.

À la fois paralysée et fascinée, Emily vit qu'il – que *cela* – se soulevait sur un coude et tendait la main vers elle. Elle voulut crier, mais il ne sortit de sa gorge qu'un curieux son aigu, grinçant. Le cadavre entreprit de ramper vers elle, à quatre pattes ; la raideur de ses membres donnait à sa progression une lenteur extrême. La grimace qui tordait son visage était réelle, à présent, et effrayante de malveillance. Cette chose qui avait été Cyril, pour la seconde fois, prononça son nom.

Emily tâcha de reculer encore, le dos tout contre la garde-robe, en un vain effort pour fuir cette horreur. Elle détournait la tête, mais ses yeux refusaient de quitter l'épouvantable atrocité qui s'approchait. Elle tomba de côté, se tordit et agrippa le tapis pour essayer de se dégager.

Mais il avait déjà atteint ses jambes, il les escaladait, et son visage s'appuyait déjà sur son dos – abominable parodie de la position sexuelle qu'il l'avait forcée à adopter tant de fois, par le passé.

Sa bouche arriva au niveau de ses oreilles et il lui souffla une obscénité. Cette fois, elle parvint à hurler. Tout à coup, il lui sembla qu'il y avait d'autres êtres autour d'eux : des formes noires, des visages terriblement flous, des silhouettes qui apparaissaient, puis s'évanouissaient avant de s'être matérialisées. Elle entendait des rires, mais ils venaient de sa propre tête.

Des mains froides, glacées, se refermèrent sur ses seins. Elle se sentit basculée en arrière et soulevée. D'autres mains invisibles agrippèrent son corps et se mirent à la porter par les bras et les jambes. Elle fut enlevée jusqu'au plafond et se retrouva au-dessus de son mari, de son mari mort qui levait la tête vers elle. Une main lui prit la gorge, l'autre se plaçait entre ses jambes et supportait tout son poids. La main qui lui tenait la gorge se mit à serrer, comme pour extraire la vie de son corps. Il faisait d'elle la même chose que ce qu'il était devenu. Les yeux d'Emily commencèrent à sortir de leurs orbites et sa langue jaillit, comme un être vivant cherchant à fuir d'une caverne effondrée. La salive se mit à couler de sa bouche et tomba en un long filet lisse et visqueux sur la figure de son mari.

Les autres personnages au-dessous d'elle commencèrent à prendre des formes plus définies et, juste avant qu'un voile rouge lui passe devant les yeux et l'aveugle complètement, Emily eut le temps de les voir clairement. Ils avaient quelque chose d'étrange. Son esprit n'eut guère le loisir de se demander ce que c'était mais, l'espace d'un dernier instant de lucidité avant de tomber dans l'inconscience, elle vit que leurs visages, leurs mains et leurs membres – ceux du moins qui ne manquaient pas – étaient tous noircis, calcinés. On aurait dit des corps sortis du plus ardent des enfers.

Emily perdit connaissance en poussant ce qui aurait dû être un cri et qui mourut sur ses lèvres en gargouillant. La chose qui avait été son mari, la portant toujours à bout de bras, se dirigea vers la fenêtre. Ses globes oculaires se remirent à tourner sur eux-mêmes et il n'y eut bientôt plus que du blanc entre ses paupières presque closes ; son rictus devint une grimace de mort.

Arrivé devant la fenêtre, il s'immobilisa et attendit. Les voix lui dictèrent leurs instructions.

Chapitre 9

En dépit des traumatismes qu'il avait récemment subis, les réflexes de Keller étaient encore largement au-dessus de la moyenne, grâce à son excellent entraînement ainsi qu'à sa vivacité naturelle. À l'instant où il aperçut, à la limite de son champ de vision, la fenêtre du second étage voler en éclats, il freina à bloc – et la voiture s'immobilisa dans un crissement de pneus, juste avant que les deux corps s'écrasent sur le dur béton de la rue. Pendant quelques secondes, tout mouvement fut suspendu dans la grand-rue. Les gens, cloués sur place, regardaient fixement les deux corps sanglants, déformés, qui gisaient sur la chaussée. Puis, des visages apparurent aux fenêtres et aux seuils des maisons, hésitant à sortir. Quelqu'un poussa un cri. Une femme s'évanouit. Un homme vomit contre un mur. Personne n'osait s'approcher des corps.

Abasourdi, Keller ne bronchait pas. Sa voiture s'était arrêtée à moins de cinq mètres du misérable tas de chairs enchevêtrées, et rien ne venait dissimuler à sa vue ce grotesque tableau. Ils n'étaient pas tombés de très haut, mais l'angle de leur chute – la tête la première – leur laissait peu de chances de survivre. Ils devaient s'être rompu le cou. Keller fut d'autant plus surpris de voir bouger la main tendue qui appartenait à la personne qui était au-dessous de l'autre : les doigts se refermèrent lentement, puis se tendirent de nouveau.

Keller ouvrit d'un coup brusque sa portière et se rua vers les blessés. Mettant un genou en terre en s'efforçant de ne pas voir la flaque de sang qui se formait sous les corps et commençait à s'écouler, il réalisa que c'étaient un homme et une femme. Chose curieuse, l'homme était complètement nu. Il l'examina d'un peu plus près et constata avec une surprise grandissante que ses membres raidis, sa peau grisâtre et émaciée, son cuir chevelu tendu et fort dégarni, tout semblait indiquer que l'homme était déjà mort depuis un certain temps.

Un gargouillis le tira tout à coup de ses réflexions et il concentra son attention sur la femme, qui se trouvait en dessous. Le bruit qu'il avait entendu provenait du fond de sa gorge : on eût dit qu'elle essayait de parler, mais que le sang qui s'écoulait de ses poumons déformait les sons qu'elle produisait. Voyant que les doigts de sa main gauche bougeaient toujours, Keller empoigna sous les bras le corps maigre de l'homme – luttant contre le dégoût que lui inspirait le contact avec cette chair froide – et n'eut aucun mal à le déplacer. Puis, avec beaucoup de douceur, il glissa les doigts sous la tête de la femme, entre son visage et la chaussée, sans prendre garde au sang poisseux qui lui coulait dans la main. Il tourna légèrement sa tête, pour qu'elle puisse respirer par la bouche, si elle en était encore capable. Le spectacle de ce visage écrasé, sanguinolent, l'obligea à fermer les yeux quelques secondes.

Puis il se pencha davantage, pour essayer de comprendre ses paroles, mais elles restaient faibles et inintelligibles. Un instant, un des yeux palpita et s'ouvrit. Il regarda fixement Keller, puis soudain s'écarquilla comme sous l'effet de la peur. Et brusquement, la vie la quitta. La femme était morte.

Keller se releva, rongé de regrets pour cette pauvre femme dont les tout derniers instants avaient été assombris par la frayeur. Par contre, et assez curieusement, il ne ressentait aucune compassion pour l'homme nu qui gisait également à ses pieds. Peut-être était-ce parce que celui-ci n'avait presque plus rien d'humain : ce corps décharné faisait plutôt penser à une carcasse gelée. Ou peut-être était-ce parce qu'implicitement il savait que cet homme avait été la cause des deux morts. Il avait sans doute poussé la femme par la fenêtre et, manifestement affaibli, il avait dû tomber à sa suite, emporté par l'élan.

Le copilote regarda le sang qui maculait ses mains et constata que la mare, par terre, avait grandi au point qu'il avait les pieds dedans. Ce sang. Le visage de Cathy. Un éclair de mémoire !

Mais il fut interrompu par une voix à ses côtés et l'image de Cathy, son visage affolé, couvert de sang, ses grands yeux remplis de terreur, sa bouche ouverte comme pour hurler ou pour crier quelque chose… tout s'effaça instantanément pour repartir vers les dédales inconnaissables de son cerveau.

Tewson reprit :

— Viens, Dave. Viens te nettoyer.

Keller leva les yeux et posa un regard sans expression sur le visage de l'enquêteur de l'A.I.B.

— Harry ?

Prenant par le bras le copilote encore hébété, Tewson l'emmena hors de la foule qui s'était à présent rassemblée autour des deux cadavres. Il le fit prendre appui contre la Stag et lui laissa quelques minutes pour se remettre du choc qu'il avait subi.

— As-tu vu ce qui s'est passé ? lui demanda-t-il finalement.

Keller soupira et son corps parut se détendre quelque peu.

— J'ai vu la fenêtre se casser, puis l'homme et la femme sont tombés, répondit-il. Je n'ai rien vu avant cela.

— Seigneur, dit gentiment Tewson en secouant la tête, comme si tu n'en avais pas déjà assez vu comme ça ! Entre dans ta bagnole, Dave, on va la ranger quelque part. Après quoi, je t'emmènerai à Windsor, de l'autre côté du pont : l'A.I.B. a loué des chambres dans un hôtel. Nous y arriverons plus vite à pied qu'en faisant tout le tour par la route. Et j'ai l'impression qu'un bon verre ne te ferait pas de mal.

Comme ils montaient en voiture, Tewson au volant et Keller à côté de lui, un personnage en uniforme bleu se détacha de la foule des badauds et se hâta vers eux.

— Excusez-moi, monsieur, dit l'agent de police, juste avant que Keller ferme la portière. Avez-vous vu comment c'est arrivé ?

Le copilote lui répéta ce qu'il avait dit à Tewson. Ce dernier se pencha et brandit devant le policier sa carte d'identité :

— Je fais partie de l'équipe qui enquête sur l'accident d'avion. Nous avons des chambres au *Castle Hotel*, de l'autre côté du pont, et j'y emmène M. Keller pour qu'il puisse se laver. Si vous avez besoin d'une déposition quelconque, vous pourrez nous trouver là-bas.

Le policier acquiesça.

— Ça va bien, monsieur. Il y a un certain nombre de personnes qui ont vu l'accident. Mais il paraît que M. euh... Keller ? – que M. Keller est arrivé le premier auprès des corps. Je me demandais s'ils étaient encore vivants et, dans l'affirmative, s'ils ont dit quelque chose.

Keller secoua la tête.

— Non. L'homme était déjà mort, et la femme est morte presque immédiatement après. Elle n'est pas parvenue à parler.

— Parfait, merci. Nous vous demanderons peut-être de faire une déposition, auquel cas nous vous contacterons à l'hôtel. À vrai dire, je ne sais pas ce qui se passe aujourd'hui. Jamais vu une journée aussi étrange depuis que je suis à Eton.

Keller le regarda vivement, mais avant qu'il ait pu dire quoi que ce fût, Tewson partait en marche arrière. Il arriva jusqu'à une rue latérale, dans laquelle il s'engagea, et alla garer la Stag dans le petit parc de stationnement qui se trouvait derrière les bureaux du conseil municipal. Tandis qu'il allait mettre une pièce de monnaie dans le distributeur automatique de tickets, Keller, toujours assis dans l'auto, se mit à s'essuyer les mains avec son mouchoir. Il remarqua qu'il y avait aussi du sang sur son pantalon, sur le genou qu'il avait mis en terre, et que la pointe d'une de ses chaussures marron était également tachée. Il ressentit le besoin de se frotter de la tête aux pieds : pas tellement pour laver toutes les traces de sang, mais plutôt pour se débarrasser du contact qu'il avait eu avec ce corps nu. Il en gardait une impression de répulsion indéfinissable.

Tandis qu'ils marchaient côte à côte vers le pont – ils avaient délibérément pris une rue parallèle à la grand-rue, pour éviter de repasser devant l'horrible scène qui s'y trouvait sans doute encore –, le copilote repensait sans cesse aux derniers mots du policier. Qu'avait-il pu vouloir dire ? Il posa la question à Tewson, qui avait justement les yeux tournés vers le champ où se dressaient les restes de l'avion.

— Oh, répondit l'enquêteur, il s'est produit un certain nombre d'incidents hier soir et ce matin. Sans aucun rapport entre eux, bien sûr, mais comme les gens ont un peu les nerfs à vif, à Eton, depuis l'histoire du 747, ils ont tendance à faire des rapprochements absurdes. Faut reconnaître qu'il règne une atmosphère plutôt sinistre ici, depuis quelques semaines. Mais il n'y a pas de quoi s'inquiéter. Tout ira mieux dès qu'on aura enlevé les dernières traces de l'épave.

— De quoi veux-tu parler ? Qu'y a-t-il eu, comme incidents ?

Tewson ralentit légèrement et, se tournant vers Keller, le dévisagea :

— Dave, tu ne crois pas que tu as déjà assez de problèmes en tête pour ne pas te préoccuper, en plus, de quelques ragots qui n'ont rien à voir avec ton affaire, et qui sont colportés et amplifiés par des gens dont c'est le seul passe-temps ?

— Harry, je veux savoir.

— Ça recommence, dit Tewson. Enfin, poursuivit-il avec résignation, au moins il ne s'agit pas ici de renseignements secrets. Hier soir, les deux policiers qui étaient de faction auprès de l'épave ont entendu des cris qui venaient de l'autre côté du champ. L'un d'eux est allé voir ce qui se passait, et a été rejoint par le pasteur de la paroisse. Ils ont trouvé une fille dans une bagnole, absolument folle de terreur. Elle était dans un tel état d'hystérie qu'elle n'a pas pu leur dire ce qui lui était arrivé. Manifestement, elle avait eu une frayeur terrible. D'après le policier qui était de garde aujourd'hui, elle n'a toujours rien pu dire ; elle est encore au repos à l'hôpital.

— Que serait-elle allée faire, toute seule, dans ce champ, en pleine nuit ? demanda Keller.

— Apparemment, elle n'y est pas allée seule. La police a pu déterminer que la voiture appartenait à un jeune garçon – sans doute son petit ami – qui n'a pas reparu chez lui depuis lors. Je présume qu'il lui aurait fait des avances un peu trop osées : la fille sera devenue hystérique et il se sera enfui. À présent, il n'ose plus se montrer.

Ils tournèrent derrière le coin et abordèrent le pont. Keller gardait le silence.

— Quoi d'autre ? dit-il finalement.

— On a trouvé un homme noyé dans la rivière, ce matin,

de l'*autre* côté de la rivière. Il avait eu une crise cardiaque en pêchant.

— La pêche à la ligne n'est pas précisément le genre de sport qui provoque des crises cardiaques !

— C'était un obèse. Cela aurait pu lui arriver n'importe quand.

— Continue.

— Euh… Le pasteur, celui qui avait trouvé la fille en même temps que le policier, a été découvert évanoui dans son église, ce matin. Il n'est pas encore tout à fait remis, et on ne sait donc pas ce qui lui est arrivé ! Peut-être qu'il était simplement épuisé moralement. Il a dû s'occuper de beaucoup de gens perturbés, ces derniers temps, et puis, ce matin, il avait encore donné les derniers sacrements au noyé. Et ne parlons pas de ce qu'il a dû endurer, la nuit de l'accident. En outre, l'avion est tombé juste derrière son église. C'était presque inévitable qu'il craque un jour ou l'autre.

Ils traversaient à présent le vieux pont métallique.

— Qu'est-ce que tu sous-entends quand tu dis qu'il n'est pas encore remis ? demanda Keller. Il est toujours inconscient ?

— Non. (Tewson fit une pause, puis ajouta :) Apparemment, il ne parle que par sons inarticulés. Comme un débile mental.

Keller s'arrêta pour regarder passer l'eau.

— Et à présent, ces deux personnes qui tombent – ou qui se jettent – par leur fenêtre. Et toi, tu persistes à trouver qu'il ne se passe rien d'anormal ?

— Évidemment qu'il se passe quelque chose d'anormal ! Bon sang, je serais un imbécile de vouloir prétendre le contraire ! Simplement, je crois qu'il faut attribuer cela à une sorte d'hystérie collective. (S'appuyant contre le garde-fou, Tewson regarda Keller de côté.) Tu vois, il n'est plus rien arrivé de catastrophique dans cette ville depuis des années. Peut-être même des siècles. Et puis, un beau jour – une nuit, plutôt –, « crac boum » ! Le plus grand désastre de l'histoire de l'aviation britannique se produit juste devant leur porte. Il y a de quoi avoir un choc ! Tout ce que je veux dire, c'est que les gens d'ici n'étaient pas programmés pour affronter un drame d'une telle amplitude. Toutes les névroses larvées, toutes les émotivités contenues ont tout à coup été poussées à fond. C'est une réaction en chaîne. Et elle a été provoquée par l'accident.

Keller quitta l'eau des yeux et darda un regard froid sur l'enquêteur.

— Tu es époustouflant, dit-il avec un mince sourire.

— Voyons, Dave ! Quelle autre explication y aurait-il ? Le champ est hanté, peut-être ? C'est ça que tu penses ?

— Je ne sais plus ce que je pense, Harry, dit Keller.

Et il se remit en marche.

Tewson fit un geste brusque de la main, avec dépit, et suivit le copilote.

Ils arrivèrent à l'hôtel. En passant devant le portier, Tewson commanda un brandy double pour les appartements de l'A.I.B. Puis, se ravisant, il en demanda deux. Ils prirent l'ascenseur et montèrent au quatrième étage : Tewson tâchait toujours de convaincre Keller qu'il n'y avait aucune corrélation entre les différents événements de la journée, exception faite de l'hystérie généralisée qui avait atteint la ville.

Keller l'interrompit pour lui demander s'il était certain que toutes les personnes impliquées étaient d'Eton. Ils sortirent en silence de l'ascenseur et enfilèrent le couloir jusqu'à la spacieuse chambre dont l'A.I.B. avait fait son quartier général d'urgence. Toutes les données étaient enregistrées ici, puis envoyées aux bureaux permanents, à Londres. Quand les deux hommes entrèrent, Gerald Slater était penché sur son bureau de fortune. Il leva la tête et, reconnaissant en Keller le jeune copilote qui avait survécu à l'accident, il dressa les sourcils. Les deux autres enquêteurs qui travaillaient également dans la chambre échangèrent des coups d'œil surpris.

Tewson adressa à Slater un sourire mal assuré :

— Euh, excusez-moi de vous déranger, chef, dit-il, mais il y a eu un sale accident en ville et Keller en a été témoin. J'ai pensé qu'il pourrait venir ici pour se laver un peu et peut-être aussi pour se remettre de ce choc. Vous n'avez pas d'objection ?

— Évidemment que non, dit Slater d'un ton revêche. (Puis il ajouta, plus aimablement, à l'intention de Keller :) Vous pouvez passer dans la pièce voisine, monsieur Keller. Il y a une salle de bains attenante, et un lit si vous ressentez le besoin de vous allonger un moment. Sinon, détendez-vous dans un des fauteuils. Il vous faudrait sans doute un bon verre, aussi. Je vais en commander un par téléphone.

— Oh, pas la peine, chef. C'est déjà fait, dit Tewson avec un pâle sourire à son supérieur.

Ce dernier ne répondit que par un froncement de sourcils.

— Si vous avez besoin d'autre chose, monsieur Keller, faites-le-moi savoir, ajouta encore Slater.

Keller le remercia d'un hochement de tête et se dirigea vers l'autre chambre. Comme Tewson lui emboîtait le pas, Slater l'arrêta et lui dit à voix basse, pour ne pas être entendu par le copilote :

— Je sais que Keller est un de vos amis personnels, Tewson. Mais je crois qu'il vaudrait mieux que vous cessiez de le voir tant que l'enquête n'est pas terminée.

Tewson demeura un instant sur le pas de la porte.

— Très bien, dit-il, et il entra dans l'autre pièce en fermant la porte derrière lui.

Il entendit couler l'eau dans la salle de bains et il y trouva Keller occupé à se laver les mains. Il attendit patiemment que le copilote ait fini de se frotter vigoureusement les doigts avec la brosse à ongles, ce qu'il continua à faire bien après que toute trace de sang avait déjà disparu.

— Dave, dit enfin Tewson, en fait, je ne devrais pas trop te voir pendant que l'enquête est en cours.

Keller remit la brosse à ongles sur la petite étagère de verre accrochée au-dessus du lavabo. Prenant du papier de toilette, il le mouilla et se mit à frotter la tache de sang sur son soulier.

— Je ne veux pas te causer d'ennuis, Harry, dit-il, mais je suis incapable de rester assis à ne rien faire. J'ai été impliqué dans l'accident, je veux faire partie de l'enquête.

— Mais tu en fais partie...

— Comme victime, uniquement ! Je veux aider à trouver la cause de l'accident !

— Mais tu en es incapable. Tu ne te souviens même pas de ce qui s'est passé ce soir-là.

Keller ne trouva rien à répondre. Empoignant de nouveaux papiers, il tamponna son pantalon souillé. Au moment où Tewson allait ajouter quelque chose, on frappa un coup discret à la porte qui donnait dans le couloir. Tewson alla ouvrir et se trouva face à face avec un serveur qui apportait les deux grands verres de brandy sur un plateau. Il signa le reçu et prit les deux verres. Le serveur n'attendit pas de pourboire. Ces salauds du ministère étaient tellement près de leurs sous...

Tewson déposa les boissons sur une petite table basse et, tout en s'installant dans un confortable fauteuil, il cria à Keller de venir le rejoindre. Le copilote sortit de la salle de bains, son veston sur le bras. S'asseyant en face de l'enquêteur, il tendit le bras vers son brandy : en deux gorgées, tout était parti.

Quant à Tewson, il buvait le sien à petits traits plus modérés.

— Tu n'as pas faim, Dave ? demanda-t-il. Nous pourrions aller au restaurant de l'hôtel. Je viens de me rappeler que ces gens qui sont tombés de leur fenêtre m'ont interrompu au beau milieu de mon déjeuner. Je me demande ce qu'est devenu le journaliste avec qui je mangeais. En fin de compte, je ne regrette pas d'avoir été dérangé. Ses questions indiscrètes commençaient à m'ennuyer, parce qu'elles devenaient difficiles à éluder. (Tewson avait mauvaise conscience, car il avait l'impression d'avoir un peu trop parlé.) Non, tu n'as pas faim ? Eh bien, moi non plus, finalement.

Keller sortit de la poche de son veston un papier plié : la liste des passagers. Il la tendit à Tewson.

— Penses-tu que ta théorie de la bombe puisse avoir un rapport quelconque avec une des personnes qui figurent sur cette liste ? demanda-t-il.

Tewson affermit l'assise de ses lunettes sur l'arête de son nez et parcourut rapidement la longue liste de noms. Après s'être concentré pendant quelques minutes, il secoua lentement la tête.

— Non, je ne crois pas, dit-il. Il y a quelques noms que je connais. Pas de personnages politiques. Il y a Sir James Barrett, un des directeurs de ta propre compagnie ; Susie Colbert, la romancière, qui voyageait avec sa plus jeune fille ; Philippe Laforgue, le pianiste ; deux magnats du pétrole, américains tous les deux : Howard Reed et Eugene Moyniham – tu as sans doute entendu parler d'eux. Voyons, euh… oui, Ivor Russell, le photographe, avec sa petite amie ; un petit groupe de businessmen japonais à la recherche d'affaires pour leur pays ; il y a encore quelques autres noms qui me sont familiers, mais je ne crois pas qu'ils puissent être importants. Et… ah oui, Léonard Goswell. (Tewson tapotait le nom du bout de son doigt.) Voilà qui peut être intéressant, dit-il.

— Goswell ? Qui est-ce – qui *était-ce* ?

— Eh bien, c'était un homme qui avait énormément d'ennemis. Franchement, cela pourrait être une piste. (Sans prendre garde à l'impatience de Keller, Tewson but une gorgée de brandy.) Évidemment, mon histoire de bombe n'a pas encore été prouvée, mais si elle l'est, ce type-là pourrait être un candidat fort plausible.

— Pourquoi, Harry ?

— Goswell ? Tu as sûrement déjà entendu son nom, Dave. C'était un des acolytes de Sir Oswald Mosley, pendant la dernière guerre. Tu te souviens de Mosley et de ses Chemises noires, non ? On l'a accusé de trahison parce qu'il prêchait le nazisme aux masses. Il avait pas mal de partisans, d'ailleurs, jusqu'au jour où son gang d'assassins a été démantibulé et où il a été jeté en prison. Il était un admirateur d'Hitler et voulait l'accueillir ici à bras ouverts. On prétend que son plus grand désir était d'aider les nazis à chasser tous les juifs d'Angleterre. Eh bien, Goswell, lui, était pire encore : il avait réellement commencé à le faire !

Keller se souvenait vaguement de quelque chose. Oui, il avait entendu parler de Goswell, de nombreuses années auparavant. À l'époque, il avait cru que cet ex-nazi anglais était mort en exil depuis longtemps.

— De mystérieux incendies ont été déclenchés dans les quartiers Est de Londres, sans aucun rapport avec les bombardements qui sévissaient à l'époque, et des familles entières de juifs y ont péri. Mosley lui-même a pris peur et a expulsé Goswell du Parti. À ce moment-là, Goswell a fondé son propre parti, mais ses activités sont devenues de plus en plus scandaleuses et brutales et il a été chassé du pays. On n'avait aucune preuve contre lui, évidemment, sans quoi il aurait été pendu.

— N'a-t-il pas réapparu il y a quelques années pour fomenter des troubles au sujet des immigrants de couleur ?

— C'est exact. Et d'après ce que j'ai entendu dire, il a été impliqué dans des affaires plus graves encore. Mais, depuis dix ou quinze ans, il n'a plus fait parler de lui et les gens l'ont oublié. Je croyais qu'il avait renoncé à ses activités d'agitateur. Et je me demande ce qu'il venait faire ici... Pourquoi partait-il aux États-Unis ?... En tout cas, s'il y a eu assassinat, il pourrait bien être le candidat le plus plausible.

— Et comment une bombe aurait-elle pu être introduite à bord ? As-tu une idée à ce propos ?

Les épaules de Tewson s'affaissèrent.

— Non, et c'est bien ça le problème. C'est là que la théorie achoppe. Les mesures de sécurité sont tellement strictes, à présent : c'est déjà assez difficile d'emporter une arme à bord, combien plus encore une bombe ! Les fils, les détonateurs, les explosifs... c'est pratiquement impossible.

— Et cependant, cela arrive encore, n'est-ce pas ? On trouve régulièrement des bombes dissimulées dans les appareils.

— Bien sûr, mais, comme tu le dis toi-même, on les trouve. Il y a déjà pas mal de temps qu'on n'a pas eu de cas d'explosion de bombe à bord.

— Et si elle avait été cachée parmi les bagages ?

— Tous les bagages passent aux rayons X, chez *Consul*. Tu le sais très bien.

— Ils auraient pu la glisser dans les soutes à l'avance.

— La soute avant et la soute arrière sont fouillées avant le décollage.

— Est-ce qu'un passager n'aurait pas pu l'avoir sur lui ?

— Tout le monde passe à la fouille avant d'embarquer. Et on regarde aussi les bagages à main. Le moindre bout de fil aurait été décelé par le détecteur de métaux.

— Alors, il faut croire que tu te trompes.

— Merde, tu ne vas pas te mettre à raisonner comme Slater ! Je ne sais qu'une chose, mais celle-là j'en suis sûr, parce que j'en ai une vache d'intuition : tout concorde à prouver qu'il y a eu une explosion, et non pas une panne. *Il doit y avoir eu une bombe à bord !*

Les deux hommes fixèrent le plancher des yeux, dépités. Keller, parce que la théorie qu'il espérait voir se confirmer ne lui semblait plus vraisemblable. Et Tewson, parce qu'il ne parvenait pas à résoudre le point faible de son raisonnement.

— Y a-t-il d'autres noms que tu connais ? demanda enfin Keller.

— Non, je ne crois pas. Il y avait évidemment d'autres passagers en première classe, mais personne de réellement important. Et en seconde classe… essentiellement des touristes et des hommes d'affaires. (Tewson leva un regard aigu vers Keller.) Dave, au moins, tu ne t'imagines plus que tu es responsable, j'espère ?

— Je ne sais pas, Harry. Si seulement je pouvais me souvenir.

— Mais, même au cas où ma théorie est inexacte, il y a des centaines d'éléments qui auraient pu être à l'origine du crash.

— Une erreur de pilotage, par exemple.

— Rogan était l'un des meilleurs pilotes du moment. Il ne s'est jamais trompé.

— Peut-être n'était-il pas dans son état normal ? Peut-être s'était-il déconcentré pour une raison quelconque ? Après tout, au bout de tant d'années, peut-être qu'il lui est arrivé quelque chose qui l'a fait craquer ?

— Tu étais son second. C'est précisément à ça que sert un copilote : si le commandant tombe malade, ou s'il est incapable de faire son boulot pour n'importe quelle raison, le copilote prend la relève.

— Et si le pilote et le copilote n'étaient pas en accord ? Supposons qu'ils se soient disputés et que la discussion ait repris en cours de vol ?

— Vous étiez beaucoup trop professionnels, tous les deux, pour en arriver à ce genre de chose.

— Vraiment ?

Tewson regarda Keller avec intensité :

— Dave, dit-il, ne me parle plus de ça. Attendons que ma théorie et celles des autres aient été réfutées. Il sera toujours temps, alors, de penser à l'erreur humaine.

Le copilote se leva. Il avait besoin de réfléchir. Qu'est-ce que ce Hobbs avait donc dit ? *Les esprits sont peut-être retenus sur cette terre par un désir de vengeance.* Quelque chose de ce goût-là. Le commandant Rogan cherchait-il à se venger ? Et les autres victimes aussi ? Impossible. Absurde. Comment pouvait-on ébranler aussi facilement les croyances – ou plutôt les incrédulités – de toute une vie ? Allait-il se mettre à croire aux fantômes ? Peut-être était-ce au fond un désir désespéré de trouver une réponse et d'être délivré de son sentiment de culpabilité. Ou bien l'accident avait-il réellement fait trembler les bases de sa raison ? Après tout, les journaux eux-mêmes avaient exprimé son propre sentiment : c'était un miracle qu'il ait survécu.

Il saisit sa veste qui était posée sur l'accoudoir et l'enfila, puis il marcha vers la porte, sous le regard étonné de Tewson. Keller entendit ce dernier l'appeler, mais il ne répondit pas. Fermant la porte derrière lui, il se dirigea vers l'ascenseur. *Lui* pourrait peut-être l'aider à trouver la réponse. Peut-être même qu'*il* pourrait demander la réponse directement à Rogan. Il fallait qu'il retourne chez lui et qu'il retrouve ce petit bout de papier chiffonné. Il lui fallait l'adresse de Hobbs.

Chapitre 10

Comme la plupart des garçons qui sont gros, Colin Thatcher détestait l'école. Lorsqu'on a un corps tout arrondi, avec des membres qui ne sont que d'informes excroissances de chair, la vie dans une école de garçons est un véritable enfer. Si seulement il avait eu assez d'intelligence ou assez d'humour pour distraire les gens de son obésité, sans doute aurait-il pu vivre plus agréablement. Mais ce n'était pas le cas. Il n'était ni malin ni drôle. En fait, *lui-même* avait du mal à se trouver une qualité qui compensât. Il n'était pas tenace, il n'était pas courageux. Il n'était ni généreux ni aimable.

Il n'était qu'une seule chose. Malheureux.

Et, de même que la plupart des garçons gros, il abhorrait les jeux. Le cricket, le football, l'aviron, le rugby, le badminton, le basket, la natation – tout exercice, quel qu'il fût, lui faisait horreur. Et c'est pourquoi, au lieu de se diriger vers les plaines de sports du collège, il s'en éloignait. Et c'est pourquoi ce froid après-midi de novembre serait le dernier.

Les mains enfoncées dans les poches de son pantalon rayé, il traversa le ruisseau de Colenorton et quitta le sentier pour s'engager dans les larges champs qui s'étendaient sur la droite. Ce n'était pas la première fois qu'il s'en allait ainsi, à l'heure des sports, et il savait que, comme d'habitude, il serait porté manquant et qu'il devrait affronter la sanction disciplinaire de son capitaine. Il haïssait ce système du collège d'Eton, où les punitions étaient infligées aux petits par des grands. Outre son capitaine, il y avait cinq autres « seniors » qui collaboraient avec le professeur principal et passaient leur temps à épier et à espionner les activités des petits. C'est ainsi que, ce trimestre, il avait déjà été pris quatre fois en train de fuir les jeux et il n'ignorait pas que cette fois, s'il se faisait encore prendre ou qu'il était porté manquant, il pourrait s'attendre à être appelé par un des grands qui l'obligerait à comparaître devant le directeur ou le sous-directeur, afin de rendre compte de sa conduite lors de l'appel quotidien – un véritable tribunal.

Mais Thatcher ne s'en faisait pas beaucoup. Il méprisait leur système ridicule, leurs collèges et leurs *oppidan*[1], leurs « préfets », leur célèbre et imbécile *Pop*[2], leur affreux uniforme noir à queue-de-pie, leurs stupides *field game* et *wall game*[3] si traditionnellement sacro-saints, et tout ce qui s'ensuivait, tennis, escrime, boxes, squash, athlétisme, course à pied. Il détestait toutes leurs sociétés – musique, dessin, mécanique, dissertation, archéologie, chemin de fer et tant d'autres tout aussi idiotes. Il les détestait en fait parce qu'il ne ressentait ni le besoin ni l'envie d'en faire partie. Son manque d'intérêt n'était pas dû à ces activités en soi mais au dégoût qu'il éprouvait à l'idée de se mêler aux autres élèves. À supposer qu'il ait existé une société de mangeurs, il n'en eût même pas été. Il ne se sentait à l'aise et en sécurité que pendant les leçons, car alors les autres

1. *Oppidans*: nom donné aux élèves d'Eton qui ne sont pas boursiers comme la plupart des Etoniens mais paient pour s'inscrire au collège. Ils sont externes et logent soit en ville, soit dans des maisons qui ne font pas partie du collège. (*NdT*)

2. *Pop*: sorte de club social de grande tradition à Eton, au sein duquel s'organisent des débats et des joutes oratoires (fondé en 1811). (*NdT*)

3. Jeux de ballon proches du football mais régis par des règles particulières et ayant pris naissance au collège d'Eton. (*NdT*)

n'avaient pas la possibilité de le harceler, de le tourmenter à cause de son physique. Et c'est avec crainte qu'il entendait sonner la cloche pour la récréation : car, pour lui, elle signifiait le commencement du supplice.

À part la fatigue physique qu'ils causaient, les sports le rebutaient par-dessus tout parce qu'ils le forçaient à exposer dans toute sa nudité son obésité. Les autres garçons le poussaient et s'amusaient de voir leurs doigts disparaître dans des monceaux de graisse. Ils lui pinçaient douloureusement les seins en lui disant qu'ils pendaient comme des seins de femme (quelques-uns d'entre eux le touchaient avec des intentions plus douteuses que la simple méchanceté). Quant aux douches, elles représentaient une véritable chambre de tortures.

Il donna un coup de pied dans une fourmilière et regarda les fourmis se disperser avec terreur. S'accroupissant, il contempla leur affolement, leur débandade sur la terre nue, puis il se releva et approcha la pointe de sa chaussure de leur masse ondulante. Il leur donna encore plusieurs coups de pied avant de reprendre sa mélancolique promenade. Cela lui serait bien égal d'être renvoyé : il avait *envie* d'être renvoyé. Son père se mettrait en colère, et ça, ça lui faisait peur. Mais sa mère lui pardonnerait. Il savait qu'il lui manquait. D'ailleurs, elle n'avait jamais voulu l'envoyer en pension. C'était son père qui avait insisté. « *Il faut donner un peu de discipline à ce garçon*, qu'il avait dit, *cela lui formera le caractère. Il a été élevé dans de l'ouate, voilà son problème. Cela lui fera du bien de vivre au milieu d'autres garçons de son âge. On lui inculquera un peu de tradition* ». Eh bien, il avait assimilé tout ce qu'il y avait moyen d'assimiler comme tradition quand on a quatorze ans. Et, d'après son expérience, la tradition disait que les garçons gros étaient des monstres qui n'avaient droit qu'aux châtiments, aux tourments et aux railleries de la populace. Des larmes d'attendrissement sur son propre sort lui embuèrent les yeux.

Il s'étendit sur l'herbe, en dépit de l'humidité et du froid, et plongea ses regards dans la grisaille du ciel. Son estomac saillait devant lui comme une lointaine colline.

— Je m'en fiche si on me renvoie à la maison, dit-il tout haut. Je les emmerde tous !

Enfonçant ses poings plus profondément encore dans les poches de son pantalon, il croisa les pieds et demeura couché de tout son long sur le dos, laissant son esprit dériver d'une pensée à l'autre.

Soudain, le froid le fit frissonner. Il avait tout un après-midi devant lui. S'il filait au cinéma à Windsor ? Il passerait d'abord à la banque, dans la grand-rue, retirerait un peu de fric, puis il achèterait des bonbons et irait au ciné. L'embêtant, c'est qu'il était terriblement difficile de faire les choses discrètement avec sa poisse d'uniforme qui ne passait vraiment pas inaperçu. En revanche, s'il restait là trop longtemps, il allait prendre froid. Donc, il irait au cinéma.

Tout d'abord, il ne sut pas s'il avait vraiment entendu les pleurs ou s'il les avait imaginés : ils avaient semblé sortir de sa propre tête. Il resta là sans bouger pendant quelques instants, les yeux toujours tournés vers le ciel, puis, se soulevant sur un coude, il regarda autour de lui. Mais il n'y avait rien à voir, sinon de l'herbe et des arbres, et le talus du chemin de fer un peu plus loin. Au moment où il allait se dire qu'il avait rêvé, il entendit de nouveau le même bruit de pleurs : des sanglots faibles, enfantins, quelque part derrière lui. Se laissant rouler sur le ventre pour regarder en direction du bruit, il vit, à une centaine de mètres, une petite silhouette.

Elle était vêtue d'une robe bleu pâle et serrait quelque chose dans ses bras. Ses longs cheveux blonds pendaient sur ses épaules et cachaient partiellement son visage qu'elle tenait penché en avant. Sa frêle carrure se soulevait doucement à chaque sanglot.

Thatcher se mit sur les genoux et l'appela :

— Qu'est-ce que tu as ? Tu es perdue ?

La petite fille cessa brusquement de pleurer, leva la tête vers lui, puis enfouit de nouveau sa figure dans ses mains et sanglota de plus belle.

De loin, il ne voyait pas exactement son âge : il estimait qu'elle devait avoir entre cinq et dix ans. Il se leva et marcha vers elle. À mi-chemin, il s'arrêta pour demander encore :

— Qu'est-ce que tu as ?

Il voyait à présent que l'objet qu'elle étreignait était une poupée : ses deux jambes roses et fines pendaient sous les bras de la petite fille.

Cette fois, elle ne leva pas les yeux, mais ses pleurs se firent plus angoissés. Colin s'approcha lentement d'elle, pour ne pas l'effrayer ni la bouleverser davantage. À deux mètres d'elle, il s'arrêta de nouveau. Il était très mal à l'aise, car il ne savait pas comment s'y prendre avec les filles – et surtout pas avec une si petite fille.

— Tu ne veux pas me dire ce que tu as ? demanda-t-il gauchement.

Elle le regarda, et il constata qu'elle n'avait pas plus de sept ou huit ans. Elle arrêta de pleurer et, en reniflant, elle l'observa de ses grands yeux bruns tout en serrant plus fort sa poupée contre elle.

— Qu'est-ce qu'il y a ? dit-il. Tu as perdu ta mère ? Ta maman ?

Elle ne répondit pas tout de suite, puis, avec un hochement de tête, elle répéta d'une petite voix à peine audible :

— Maman...

Quelle petite sotte, songea-t-il. *Partir comme ça toute seule ! En plus, elle doit geler, avec cette petite robe d'été.* Il regarda autour de lui dans l'espoir de voir arriver une mère angoissée, mais le champ était désert.

— Où est-ce que tu as perdu ta maman ? demanda-t-il, désespéré, et, comme elle se remettait à pleurer, il se rapprocha d'elle. Dis-moi, elle s'appelle comment, ta poupée ?

Et, tout en se sentant idiot, il se mit à chatouiller du bout des doigts le pied de la poupée.

La petite fille la serra encore davantage, mais le jeune garçon crut voir une tache sur la joue de plastique.

— Ta poupée s'est fait mal à la tête ? Laisse-moi regarder.

Brusquement, elle s'écarta de lui pour que la poupée ne soit plus à sa portée.

— Je veux ma maman, finit-elle par s'écrier – et ses sanglots redevinrent plus bruyants.

— Ça va, ça va, dit-il avec nervosité. On va la retrouver, ta maman. Où l'as-tu vue pour la dernière fois ?

La petite fille regarda autour d'elle, indécise. Puis elle pointa un doigt tremblant vers la grand-route d'Eton Wick. Il suivit des yeux son bras tendu :

— Eh bien, viens. Tu vas me montrer l'endroit.

Elle eut une hésitation et il crut apercevoir un faible sourire sur sa petite figure triste. Puis, avec un léger sautillement, elle se mit en marche dans la direction qu'elle avait indiquée. Il la suivit, d'un pas plus posé. L'enfant courait devant lui, s'arrêtant de temps à autre pour se retourner, comme si elle voulait s'assurer qu'il la suivait toujours. Elle attendait alors qu'il l'ait pratiquement rejointe, et repartait en gambadant. Ils arrivèrent à un petit chemin. Colin commençait à s'essouffler, à force de se hâter à la suite de cette petite bonne femme bondissante. Elle franchit une grille étroite et disparut. Il s'y engagea après elle, sans bien savoir où il entrait, et s'immobilisa en voyant les pierres tombales.

Le cimetière. *Elle est sans doute venue y faire une visite avec sa mère,* se dit-il, *et elle sera partie se promener. Il doit y avoir un membre de sa famille qui est enterré ici – son père, peut-être. Où est-elle passée ? Je ne vois personne. Sa mère est sûrement partie à sa recherche.*

Il aperçut un éclair bleu pâle et vit la petite fille qui courait entre les vieilles pierres grises des tombes. Elle s'arrêta et le regarda, parfaitement immobile, semblant attendre qu'il se mette en mouvement. Comme il ne bougeait pas, elle leva la main et lui fit signe. Avec un soupir de résignation, Colin prit le petit sentier caillouteux qui passait entre les tombes et alla vers elle.

— Écoute, cria-t-il, je ne crois pas que ta mère soit ici !

Mais elle repartit en courant.

Alors, il vit une large surface de terre fraîchement retournée et il se demanda ce que c'était. Il y avait deux ou trois centaines de monticules de terre noire, et c'étaient visiblement des tombes récentes. Soudain, il comprit de quoi il s'agissait. C'était la tombe commune des victimes de l'avion ! *Quelle horreur,* se dit-il. *Cette pauvre gosse doit avoir perdu quelqu'un dans le désastre.* Au milieu des monticules se trouvait un emplacement manifestement réservé pour la grande pierre que l'on érigerait, avec tous les noms des morts. Au collège, les autres garçons s'étaient amusés à se faire peur en se racontant des histoires macabres, d'après lesquelles tous les corps s'étaient mélangés : on ne pouvait donc pas être certain que les têtes et les membres étaient bien ensevelis avec les torses correspondants. Colin fut secoué d'un violent frisson et attrapa la chair de poule des pieds à la tête.

Voulant s'en aller, retrouver la route, fuir ce silence, il allait appeler la petite fille, lorsqu'elle réapparut. Debout parmi les monticules de terre fraîche, minuscule silhouette lointaine, cramponnée à sa poupée, elle avait les yeux baissés vers une tombe en particulier. Pensant qu'il serait irrespectueux de crier dans un cimetière – le paisible repos des morts ne serait-il pas troublé par le son de sa voix ? –, le jeune garçon s'avança précautionneusement entre les tertres de terre molle pour aller la rejoindre.

Elle lui tournait le dos et ne sembla pas l'entendre approcher. Elle se tenait auprès de deux tombes qui étaient légèrement séparées des autres : l'une des deux était de taille normale, et l'autre était plus petite, beaucoup plus petite. Environ de la taille d'un enfant.

Elle gardait toujours le dos tourné et il se demanda si elle n'était pas en train de pleurer quelqu'un qu'elle avait perdu de façon plus irrémédiable, et pas seulement perdu de vue. Cette tombe était peut-être celle de sa mère ? Sa mère avait peut-être été parmi les victimes de l'accident ? Cette pensée lui serra le cœur et il comprit ce qu'était la solitude.

Ressentant pour la première fois de sa jeune vie de la compassion, il tendit lentement la main vers l'épaule de l'enfant. Au milieu de son geste, il s'immobilisa, le bras en l'air. Ses doigts étaient entrés en contact avec quelque chose de froid, ils semblaient avoir pénétré tout à coup dans une substance glacée. Se retirant vivement, il eut la stupeur de constater que le froid restait accroché à ses doigts, comme un fil invisible d'une matière visqueuse, d'une énorme masse de froid qu'il attirait vers lui. Cela sembla l'envelopper, se déposer d'abord sur son visage, puis sur ses épaules, et l'engloutir dans un étau de glace, dans une chape qui s'enroulait lentement autour de son corps obèse.

Son attention fut attirée par un mouvement dans le sol. Quittant des yeux la fillette, qui avait toujours la tête penchée, il regarda par terre et sentit, à cet instant précis, que la poigne glacée qui l'étreignait se refermait d'un coup, lui interdisant tout mouvement. Ses yeux s'écarquillèrent d'horreur.

Aux pieds de la petite fille, la terre avait commencé à remuer. *Comme si quelqu'un la repoussait d'en dessous*. De petites traînées de terre se mirent à dégouliner sur les côtés de la terre qui se soulevait. Il savait que, d'un moment à l'autre, quelque chose allait apparaître, mais il était incapable de bouger ! Il était cloué au sol par le poids de sa propre chair.

Tout à coup, la poupée tomba des bras de la petite fille et, distrait par cette chute, il la regarda. Et il *vit* son visage. Un gémissement sourd et plaintif s'échappa de ses lèvres : la moitié de ce visage était boursouflée et déformée, calcinée, fondue comme si elle avait été exposée à une chaleur extrême. Et les yeux étaient vivants ! Ils étaient fixés sur lui, sombres, inquisiteurs. Et les lèvres avaient l'air de sourire.

Colin recula en trébuchant et tomba lourdement en arrière. Sa corpulence l'empêcha de se faire trop mal, et la main de glace qui l'étouffait desserra son étreinte. La terre se soulevait toujours et tout à coup il vit émerger quelque chose de blanc, pareil à un ver de terre, puis un deuxième, puis un autre encore ! Il comprit soudain que c'était une main qui sortait de terre. La petite fille se déplaça et l'empêcha de voir davantage, puis elle se tourna vers lui. Sa figure était toujours cachée par ses cheveux, mais elle releva bientôt la tête et il entendit un ricanement grave, rocailleux, qui venait d'elle – un rire qui ne pouvait pas être celui d'un enfant. Un rire de vieil homme. Rauque, obscène.

Elle lui faisait face, mais il ne pouvait la regarder. Il ne voulait pas voir son visage, car il savait, il pressentait instinctivement que l'horreur en serait insoutenable. Il entreprit de fuir en rampant, d'abord lentement, pleurnichant et gardant les yeux rivés aux graviers du chemin. Plus il s'éloignait, plus les forces semblaient lui revenir. Déjà il progressait à quatre pattes, sur les genoux. Il avançait, offrant l'image ridicule de l'obésité en détresse, il avançait toujours, de plus en plus. Il jeta un bref coup d'œil derrière lui et sa terreur renouvelée lui fit encore presser l'allure : il avait cru voir se dresser une silhouette derrière la fillette. La forme du personnage qui était sorti de la tombe devant elle.

Avec un cri aigu, il bondit sur ses pieds. De nouveau desservi par son poids, il tituba et retomba de tout son long, se blessant douloureusement les genoux aux pierrailles – mais il n'y prit pas garde. Tandis qu'il demeurait étendu sur le sol en cherchant à reprendre son souffle, il eut soudain conscience d'un mouvement qui s'intensifiait autour de lui. La terre qui recouvrait les autres tombes s'agitait.

Il bondit en avant, réussit cette fois à tenir sur ses jambes et se mit à courir. Mais ses mouvements étaient singulièrement ralentis : c'était comme s'il courait dans de l'eau. Comme si une force quelconque le retenait. Il lutta, puisant dans son épouvante la force de combattre son sentiment d'impuissance. En trébuchant, il passa entre les autres tombes du cimetière, se rua vers la grille qu'il franchit, et, en pleine panique, se précipita vers le champ d'où il venait. Déjà, il se sentait plus fort. Ses lourdes jambes battaient régulièrement le chemin, puis l'herbe plus moelleuse des champs. Là, il s'effondra comme une masse et, haletant, aspirant de longues goulées d'air, il crut, l'espace d'un moment, qu'il était sauvé.

Mais bientôt il entendit des chuchotements, des murmures qui avaient l'air de venir de l'intérieur même de son cerveau. Il regarda par-dessus son épaule et vit la fragile petite silhouette debout au bord du champ. Se remettant péniblement debout, il reprit sa course tandis qu'à son oreille le rire, le ricanement rauque résonnait juste derrière lui.

Il hurla de nouveau, d'une voix haut perchée, presque d'une voix de fille.

Il arriva à une pente escarpée et il empoigna des touffes d'herbe pour se hisser vers le haut. Glissant en bas de la côte, il retrouva un nouvel appui pour ses pieds et reprit son escalade. Le corps trempé de sueur, l'avant de son pantalon souillé d'une large tache humide, il finit par atteindre le haut du talus et roula sur le sommet.

Puis il traversa les rails luisants et rampa vers l'autre côté du talus : quelque chose lui disait que, s'il l'atteignait, il serait enfin en sécurité. Mais, lorsqu'il parvint au bord du remblai et regarda vers le bas, il vit la petite fille qui l'attendait, debout, la tête levée vers lui. Sa robe n'était plus bleu pâle : elle pendait autour d'elle en lambeaux roussis, et ses socquettes blanches étaient noircies et déchirées. Elle n'avait plus de souliers.

L'angoisse de Colin fut à son comble lorsqu'il constata que la fillette n'avait pas de visage. Ce qui aurait dû être une bouche, un nez, des yeux n'était qu'une atroce plaie brûlée, purulente.

Colin accrocha un des rails argentés et s'affaissa lourdement sur le dos. Sa tête heurta l'autre rail et il sombra dans un trou noir pendant quelques secondes. Puis, il prit conscience d'une vibration qui passait dans l'acier des rails. Mais il restait étendu, incapable de faire un mouvement. Sa raison s'efforçait de lui faire comprendre que ce bruit devenait de plus en plus distinct, signifiait l'approche de la mort. Mais lui, partiellement conscient de ce qui se passait, laissa venir les choses, presque avec reconnaissance. Qu'est-ce que la vie avait de si merveilleux, de toute façon ?

Le conducteur du train aperçut trop tard la forme affalée en travers de la voie. Malgré la rapidité de ses réflexes, le temps de couper le courant et de bloquer les freins, et déjà le train avait passé sur le corps rebondi du jeune garçon.

Chapitre II

C'était une petite maison à étages, que rien ne distinguait des autres qui s'alignaient le long de l'étroite ruelle. La peinture marron de la porte était crevassée et craquelée et on apercevait des plaques d'une très ancienne couleur vert foncé. Keller sonna avec impatience – c'était le troisième coup de sonnette qu'il donnait et, pour faire un peu plus de bruit, il agita violemment le volet de la boîte aux lettres. Au moment où il allait abandonner la partie en se disant qu'Hobbs devait être sorti et que la maison devait être vide, il entendit un faible bruit à l'intérieur. Une porte se ferma, des pas traînants approchèrent dans le couloir, et une voix étouffée demanda :

— Qui est là ?

— Keller, répondit-il en se penchant vers la porte.

Il y eut un instant de silence, puis il entendit tirer le verrou. La porte s'entrebâilla et les yeux gris pâle apparurent dans la fente pour l'observer. Enfin, le battant s'ouvrit tout à fait sur Hobbs, qui le considéra d'un regard sans expression.

— Je savais que vous viendriez, tôt ou tard.

Et il s'effaça pour laisser entrer le copilote. Il referma la porte derrière lui et le hall d'entrée fut plongé dans une demi-pénombre.

— Par ici, dit Hobbs, et il ouvrit une porte du côté gauche.

Keller pénétra dans la pièce et une désagréable odeur de renfermé lui monta aux narines. C'était une odeur de vieillesse et de solitude. Manifestement, cette pièce ne voyait pas souvent la lumière du jour. Hobbs passa devant lui pour aller ouvrir les lourdes tentures – mais le soleil qui entra du même coup était encore tamisé par des rideaux de dentelle.

Le médium lui dit d'attendre un moment et, disparaissant par la porte, il reparut l'instant d'après avec une bouteille de gin à moitié vide et deux verres.

— Vous m'accompagnez ? demanda-t-il en versant déjà une rasade dans un des verres.

— Non merci, dit sèchement Keller en secouant la tête.

— J'ai aussi du whisky, si vous préférez.

Keller secoua de nouveau la tête.

Avec un haussement d'épaules, Hobbs avala rapidement une gorgée de gin. Cela sautait aux yeux qu'il ne s'agissait pas de son premier verre de la journée.

— Asseyez-vous donc, monsieur Keller.

Keller s'installa dans le fauteuil fané mais confortable qui occupait un coin de la pièce. Au centre de celle-ci se trouvait une table ronde, recouverte d'un lourd tapis ; le médium tira une des chaises qui l'entouraient et s'assit en face de Keller.

— Ainsi, vous me croyez, maintenant, dit-il. Quel est l'événement qui vous a fait changer d'avis ?

— Je ne suis pas certain d'avoir changé d'avis.

Hobbs ne répondit rien. Il attendait que le copilote continue.

— C'est... c'est la ville, en fait, dit Keller sans assurance. Des choses étranges se passent à Eton. C'est cela qui me trouble, plus que quoi que ce soit d'autre.

— Des choses étranges ?

— Trois personnes sont mortes, aujourd'hui ; deux autres ont plus ou moins perdu la tête, à la suite – semble-t-il – d'une grande frayeur.

Hobbs termina son gin. Ses yeux gris, pénétrants, ne quittaient pas ceux de Keller.

— Certains de ces incidents… ont-ils… une relation quelconque les uns avec les autres ?

— Ils se sont tous produits dans les environs de l'endroit où l'avion s'est écrasé. Il semble difficile de croire à des coïncidences : ils sont survenus à quelques heures d'intervalle, et tellement près les uns des autres.

— Comment ces trois personnes sont-elles mortes ?

— La première a eu une crise cardiaque près de la rivière, et les deux autres sont tombées d'une fenêtre.

— Et il n'y a pas autre chose encore, monsieur Keller ? Quelque chose qui vous concerne plus directement ?

— Une simple impression.

— À savoir ?

— C'est très vague… Je ne sais pas ce que c'est. Une certaine inquiétude ? Ou peut-être un sentiment de culpabilité.

— De culpabilité ? Pourquoi ?

Keller inspira profondément avant de répondre, lentement.

— Vous savez que le commandant Rogan et moi nous étions querellés avant le vol. Il se pourrait que la dispute se soit prolongée après le décollage, et que cela ait affecté son jugement ou le mien.

— Je vois. Et cette querelle concernait effectivement sa femme, n'est-ce pas ?

— Oui.

Un temps.

— Et vous ne vous rappelez pas si elle a recommencé dans l'avion ?

Keller hocha la tête :

— Je revois sans cesse des détails, mais dès l'instant où je tâche de me concentrer pour me souvenir plus précisément, les images disparaissent.

— Cela pourrait être votre propre subconscient qui cherche à vous protéger malgré vous.

— Je sais. Mais je préfère n'importe quelle certitude à l'ignorance dans laquelle je me trouve actuellement.

— Et vous pensez que je peux vous aider ?

— Vous m'avez dit que vous entendiez des voix. Que vous aviez entendu celle de Rogan.

— Donc, vous y croyez.

— Je n'en sais rien ! Tant de choses se sont passées ! Je ne suis plus sûr de rien. S'il est vrai que vous avez entendu la voix du commandant, vous pourriez réessayer. Et l'interroger.

Hobbs esquissa un sourire aigre-doux.

— Il est curieux de constater à quel point il devient facile de croire lorsqu'on est en difficulté. C'est comme l'agnostique qui, en mourant, retrouve soudain la foi en Dieu.

— Je n'ai pas dit que j'y croyais. C'est vous qui êtes venu me trouver, non ?

— Excusez-moi, monsieur Keller. Je n'aurais pas dû parler comme cela. Je réalise que vous devez vous sentir bien désespéré pour en arriver à me demander mon aide. Nous sommes tellement habitués au cynisme des gens que quelquefois nous nous en lassons – mais cela n'excuse pas mon attitude.

— Je ne vous en veux pas. Moi-même, j'ai été plutôt grossier à votre égard, hier soir.

— Vous vous trouvez dans un état de tension extrême. Plus encore, peut-être, que vous ne vous en rendez compte.

Keller se demanda ce qu'il voulait dire, mais le visage sans expression du médium ne lui fournit aucune indication.

— Pouvez-vous m'aider ? demanda-t-il en pesant ses mots.

— Je n'en suis pas sûr. Je ne suis pas sûr de le vouloir.

Keller le regarda avec étonnement :

— Pourtant, hier soir...

— Hier soir, c'est à *eux* que je songeais. Mais j'ai eu le temps de réfléchir, après vous avoir vu. Il est probable que les réponses que nous trouverons ne seront pas de nature à vous plaire.

— Je suis prêt à courir le risque !

— Il n'y a pas que cela.

Keller l'interrogea des yeux.

— Je vous disais hier soir, reprit Hobbs, que j'avais abandonné ce genre d'activité. Et que certaines forces devenaient trop puissantes. Je voudrais tâcher de vous expliquer ce qu'il m'arrive, parfois, lorsque j'entre en transe. Mon corps spirituel quitte mon corps de chair et je communique, dans l'au-delà, avec des êtres qui ont une relation avec la personne pour laquelle j'agis. Mais, bien souvent, d'autres esprits – inconnus, pour la plupart – profitent de l'occasion pour s'exprimer grâce à mon corps. Ce phénomène a commencé à se produire de plus en plus fréquemment et, finalement, certains esprits ne se sont plus bornés à *parler* par mon intermédiaire : ils se sont mis à contrôler tout mon corps. Cela me laissait complètement à la merci des influences mauvaises. Et c'est pourquoi je me suis fermé aux esprits des victimes de l'accident.

— Vous avez dit que vous sentiez quelque chose de particulièrement étrange, à propos des voix.

— Oui. Elles sont de plus en plus dominées par quelque chose de mauvais. Et c'est pour cette raison que je répugne à me laisser aller, à entrer en transe. Néanmoins, je n'aurai peut-être pas le choix. Ma résistance commence à être brisée.

— Je ne comprends pas.

Les mains d'Hobbs tremblaient un peu. Tournant son attention vers la bouteille de gin, il tendit le bras pour la prendre, puis se ravisa et se remit à fixer Keller des yeux.

— Il y a deux sortes de médiums : les médiums mentaux et les médiums physiques. Un médium physique provoque des manifestations telles que la télékinésie, les matérialisations ectoplasmiques, les bruits, etc. Quant à moi, je suis un médium mental : je vois et j'entends avec mon propre corps. Quand je suis clairaudiant, j'entends des voix, et parfois mon client les perçoit également. Lorsque je suis clairvoyant, je vois les formes spirituelles. C'est alors que je suis le plus vulnérable. Je suis complètement assujetti, tout s'estompe, je sens le haut de ma colonne vertébrale se bloquer. Et je perds tout contrôle de mon propre corps. J'ai… j'ai un peu peur d'en arriver là avec de tels esprits.

Hobbs attrapa la bouteille de gin et, cette fois, il remplit son verre.

— Vous laisseront-ils jamais en paix si vous ne me venez pas en aide ? demanda Keller, et sa question stoppa momentanément le geste d'Hobbs, qui allait porter son verre à ses lèvres.

L'espace de quelques secondes, le médium examina Keller, avant de boire.

— Peut-être que non, monsieur Keller, dit-il enfin. Et c'est ma seconde raison d'avoir peur.

— Mais alors, essayons, bon sang !

— Vous ne savez pas ce que vous demandez.

— Je sais que le temps passe ! Ne me demandez pas comment je le sais, appelez ça de l'instinct si vous voulez, mais je sais que je *dois* trouver la réponse sans tarder !

Le torse d'Hobbs se redressa. Visiblement, il était sorti de l'indécision.

— Venez vous asseoir en face de moi, dit-il.

Immédiatement, Keller prit une chaise et s'assit à la table, face au médium. Un frémissement nerveux le traversa tout entier.

— Qu'est-ce que je dois faire ? demanda-t-il.

— Rien, dit Hobbs en repoussant sur le côté la bouteille et le verre, sinon vider complètement votre esprit, et puis penser aux personnes que vous connaissiez, dans l'avion. Pensez au commandant Rogan.

Instantanément, l'image du pilote envahit l'esprit de Keller. Rogan, assis aux commandes de l'appareil, le visage déformé par… était-ce de la crainte ou de la colère ? L'image mentale était claire, mais l'humeur précise restait indéfinissable.

— Concentrez-vous, monsieur Keller, et ne dites rien pour l'instant. Peut-être entendrez-vous sa voix, peut-être non. Je vous préviendrai quand vous pourrez poser des questions. De toute façon, il faudra les poser par mon intermédiaire. Je vais m'efforcer de maintenir les choses à un niveau assez bas, pour que les autres ne puissent pas passer. Je vous en prie, aidez-moi en gardant votre calme, quoi qu'il arrive.

Fermant les yeux, Hobbs commença à respirer régulièrement, par le nez. Presque immédiatement, sa respiration se fit plus profonde.

— Ils sont forts, dit-il avec anxiété, ils sont tellement forts. Ils attendaient. J'en vois tant… ils m'oppressent… cela arrive tellement vite…

Keller était à la fois stupéfait et un peu effrayé de voir la rapidité avec laquelle cela commençait. Il s'était toujours imaginé un processus extrêmement lent, au cours duquel le médium dramatisait intentionnellement la situation pour troubler ses clients. Mais tout ceci semblait tellement hors du contexte : cette maison de banlieue pareille à mille autres, cette pièce quelconque et conventionnelle, et ce petit bonhomme lui-même, qui était si peu impressionnant. Il s'était attendu à quelque chose de plus théâtral. En fin de compte, toute cette banalité rendait la chose d'autant plus crédible.

— Concentrez-vous, monsieur Keller, je vous en prie ! Ne pensez qu'au commandant Rogan. Formez son visage dans votre esprit.

La voix d'Hobbs était déformée par la tension qui creusait également de profonds sillons sur son visage.

— Ils sont si nombreux… si nombreux… (Les mains du médium, qui étaient posées sur ses genoux, apparurent brusquement sur la table, les doigts tendus, tremblants, signes tangibles de l'angoisse mentale qu'il ressentait.) Rogan… rien que Rogan, disait-il, d'un ton qui semblait vouloir imposer une volonté.

Tout à coup, son corps se détendit et il s'inclina légèrement vers l'avant.

— Je… l'ai… monsieur Keller… je… (Mais son corps se raidit de nouveau et l'effort reparut sur ses traits.) Non… Rogan seulement… Je ne veux… que… Rogan…

Keller, angoissé, ne quittait pas des yeux le médium en détresse. Cet homme était en train de subir une véritable torture mentale. Se rappelant qu'il devait se concentrer sur le commandant, il fit de son mieux pour maintenir son image présente dans son esprit.

Hobbs respirait de plus en plus fort, de plus en plus profondément. Se cambrant vers l'arrière, il tendit son visage vers le plafond. Brutalement, sa tête revint en avant, au point que son menton heurta sa poitrine. Son corps s'affaissa sur sa chaise.

Lentement, ses yeux s'ouvrirent et se posèrent sur Keller.

Celui-ci sentit un froid lui couler dans la nuque. Des doigts de glace lui coururent le long de l'échine. Ce n'était plus Hobbs qui était assis devant lui : toute sa personnalité était transformée. En quelque chose d'immonde, de répugnant.

La pièce elle-même semblait obscurcie, les ombres s'étaient épaissies – et il faisait tellement plus froid !

— Kell… er… (Sa voix était basse, rauque, à peine plus qu'un chuchotement. Le copilote regarda avec horreur ce personnage qui était Hobbs et cependant n'était plus Hobbs. Les yeux de ce dernier le pénétraient comme des vrilles, tandis que sur ses lèvres humides se dessinait un sourire narquois.) Tue-le… Keller… c'est… lui… sa faute…

Le copilote était sans voix, la bouche sèche, la gorge serrée au point d'en avoir mal. Tuer qui ?

La bouche d'Hobbs laissa échapper un filet de salive qui se mit à couler le long de son menton.

— Tue… Keller… toi… Dave… Dave… tu ne dois… (C'était une autre voix ! Brusquement, au milieu d'une phrase, la voix s'était brisée et avait pris un autre timbre. Les yeux d'Hobbs étaient clos, à présent, mais la souffrance était toujours peinte sur ses traits.) Dave… l'accident… était… (Keller reconnut la voix. C'était Rogan. Il se pencha par-dessus la table, le cœur battant.) Tu ne dois… pas… condamner… (La voix changea de nouveau, pour devenir hargneuse.) Laissez-le-nous, ce salaud !

Les yeux d'Hobbs s'ouvrirent d'un coup et dardèrent sur Keller un regard malveillant. Les mots étaient à présent pleins de vigueur et de brutalité, et ils se suivaient sans plus la moindre hésitation.

— Keller ! Keller ! Keller ! Tu es des nôtres, salopard, des nôtres ! (La voix, à peine un souffle, était basse et empreinte de méchanceté.) Il nous a tués, Keller, il faut que tu le tues !

Le copilote éprouva soudain des difficultés à respirer. Il lui semblait que des mains froides lui serraient la gorge, de plus en plus étroitement. L'air, d'abord comme vicié, s'emplit d'une horrible odeur d'excrément. Il écarta les mains invisibles et, chose surprenante, cela le soulagea.

— Tuer qui ? parvint-il à articuler. Qui êtes-vous ?

La chose en face de lui éclata de rire. D'un rire grossier, obscène. En même temps, elle le fixa d'un air mauvais.

— Lui. Doit. Mourir. Tu t'imagines que *toi* tu y as échappé, salaud ? Tu crois que *toi* tu es libre ? Réfléchis mieux ! Va le trouver, et tu te retrouveras avec nous ! Échapper à la mort ? Personne. Ni lui. Ni toi !

La puanteur donnait des nausées à Keller. Les mains invisibles avaient à présent agrippé ses poignets, qu'elles maintenaient fermement sur la table.

— Dave ! (C'était de nouveau la voix de Rogan. La prise sur ses poignets se relâcha et il se dégagea d'une secousse.) Aide… nous… Dave… aide… nous… Ce salaud ne peut rien faire ! (L'autre voix.) Il peut tuer, c'est tout ! (Éclat de rire.) Et tu tueras, Keller, n'est-ce pas ? (La voix prenait à présent un ton geignard, minaudant. Mais elle sonnait faux.) Réponds. Réponds ! Jamais de repos pour toi, Keller, jamais. Meurs avec nous. Pourquoi ne meurs-tu pas ? Pourquoi ? Nous ne te laisserons pas vivre !

Tout à coup, les voix cessèrent de ne parvenir que du médium : elles se mirent à retentir dans tous les coins de la pièce, tandis qu'Hobbs se contentait de grimacer un sourire malsain. Des voix, des chuchotements. Des murmures suppliants, effrayés.

Hobbs rit bruyamment.

— Écoute-les, Keller. C'est moi qui commande. C'est moi qui détiens le pouvoir.

Les mots sortaient brutalement, vicieusement.

— Qui êtes-vous ? Où est Rogan ?

Keller était penché par-dessus la table, et à sa peur se mêlait de la colère.

— Rogan est auprès de nous, Keller. Là où tu devrais être toi aussi. Viens avec nous, Keller !

— Qui êtes-vous ? répéta le copilote d'un ton décidé.

— Celui qu'on a dit haï. Tu sais ?

Hobbs ricana sous cape.

— Qui ? répéta Keller.

— Keller, c'est lui qui m'a tué. (Le copilote se retourna vivement : la voix était venue de derrière lui.) Dans la mallette. Tu te rappelles ? Il… a mis… (La voix commençait à faiblir.) C'était…

— Trouve-le, Dave.

— Trouve-le !

— Il le faut.

— Aide-nous !

Les chuchotements sortaient des murs, confus et mélangés, désespérés. Et pendant tout ce temps, la chose en Hobbs riait.

— Tu vois, Keller, ils veulent être libres. Tu vois comme ils ont peur ? Ils ont peur de moi. Et toi, tu me connais, n'est-ce pas ? Tu me connais ?

Tout à coup, une main s'avança et empoigna la bouteille de gin. L'élevant en l'air, elle l'abattit violemment contre le bord de la table et en brisa le goulot. Paralysé de stupeur, Keller vit alors le médium porter la bouteille cassée à ses lèvres.

— Non ! hurla-t-il – mais déjà Hobbs enfonçait contre sa bouche le tesson aux arêtes meurtrières et commençait à boire.

Un ruisseau de gin teinté de sang se mit à couler sur son menton.

L'instant d'après, Hobbs poussa un cri et se leva d'un bond. Sa bouche était pleine de sang, ses yeux écarquillés luisaient d'un éclat terrifiant. Bombant le torse, il regarda Keller avec intensité, et un gargouillis mêlé de grondements sortit de sa gorge. Ses paroles étaient parfaitement inintelligibles, mais, lorsqu'il contourna la table et marcha sur le copilote en tenant la bouteille ébréchée devant lui à la manière d'une arme, ses intentions devinrent évidentes.

Pendant quelques secondes, Keller resta figé sur place, pareil à la souris du désert qui, paralysée par la frayeur, attend sans bouger que le serpent la happe. Puis, il se ressaisit. Sautant sur ses pieds, il tira la table entre eux deux et la poussa violemment vers Hobbs. Celui-ci s'y heurta et, comme un forcené, la repoussa de côté. Un grognement de rage animale s'échappa de ses lèvres que tordait un rictus. Il s'élança.

Keller s'empara de sa chaise et la tint devant lui comme un bouclier. Mais elle lui fut arrachée par une force qui n'avait plus rien d'humain, et alla s'écraser contre le mur, à l'autre bout de la pièce. Les chuchotements semblaient plus forts, ils lui envahissaient le cerveau, embrouillaient ses pensées, le forçaient à rester sur place. Il chancela et tomba lourdement sur les genoux. Réussissant à s'aider de ses mains, il s'efforça de se traîner le plus loin possible de cet être qui n'était plus Hobbs – mais déjà l'homme était sur lui. Il se sentit soulevé par les cheveux, sa tête fut tirée en arrière comme pour l'obliger à regarder en face ce visage du mal. Son cou, tordu vers l'arrière, était exposé, à nu. La bouteille de gin se retourna au-dessus de lui. L'alcool lui coula sur le visage, et la bouteille, menaçante comme un poignard, resta un instant suspendue en l'air. À l'intérieur de sa tête, les voix ricanaient.

Puis elle commença à descendre et Keller se mit à crier – mais le goulot cassé n'atteignit pas sa gorge. À mi-chemin, la bouteille s'immobilisa, et la main qui la tenait, tremblante, la serrait au point que les doigts en étaient tout blancs. Tout à coup, la bouteille éclata littéralement. Des débris de verre tombèrent sur le visage de Keller, et la main d'Hobbs n'était plus qu'un poing crispé, mutilé, sanglant. Le médium poussa un hurlement de douleur et la tête de Keller, relâchée, bascula en avant. Hobbs s'affaissa à côté de lui. Le petit homme tenait par le poignet sa main blessée, et des larmes de douleur ruisselaient sur son visage, se mêlant au sang dont sa bouche était imprégnée.

Keller s'allongea sur le côté, incapable de se mouvoir davantage.

—Keller ! (Les mots étaient déformés, mais cette fois c'était bien la voix d'Hobbs.) Que m'est-il arrivé ? Mon visage ! Ma main !

Le copilote comprit que ce qui avait habité le corps du médium était parti – reparti vers l'enfer dont il était issu. Les voix, elles aussi, s'évanouissaient peu à peu, disparaissant misérablement dans le silence et l'oubli.

À son tour, Keller se sentit perdre pied. Des images douces et nébuleuses vinrent lui brouiller la vue – et il perçut une autre voix. Et, tandis qu'il s'enfonçait dans l'inconscience et que ses visions se transformaient en nuages noirs qui se rejoignaient et engloutissaient peu à peu toute la lumière, il reconnut cette voix. C'était celle de Cathy.

Chapitre 12

Tewson examina de plus près l'étroit sillon dans le sol. Le suivant des doigts, il arriva à un point où la terre durcie par le froid ne présentait plus qu'une fine strie qui s'enfonçait sous la surface. Il y avait de nombreuses traces de ce genre tout autour du champ : les unes étaient aussi profondes que si elles avaient été creusées par une charrue, les autres, comme celle-ci, étaient toutes petites et apparemment insignifiantes. Mais il n'était pas rare que l'on trouve, au fond de ces minuscules rainures, des éléments fort intéressants : par exemple, des fragments de l'épave, violemment projetés loin de celle-ci au moment de l'impact avec le sol.

Il enfonça un doigt dans le trou, qui avait environ la taille d'un dé à coudre, et il sentit quelque chose de dur qui s'y trouvait logé. Creusant le sol durci, il dégagea l'objet et poussa un soupir de dépit en découvrant de quoi il s'agissait : alors qu'il espérait être tombé sur un élément de mécanisme – quelque chose qui eût pu faire partie d'un détonateur –, voilà qu'il avait trouvé une bague, dont le nœud de diamants était rempli de boue. Il la fit glisser dans une enveloppe brune où elle alla rejoindre une série d'autres petits objets de valeur qu'il avait déterrés dans la matinée – et qui avaient appartenu aux morts. Après tout ce temps, les enquêteurs retrouvaient encore des objets de ce genre ; néanmoins, bon nombre des petits objets précieux qui n'avaient pas été détruits avec l'avion et s'étaient éparpillés aux alentours ne seraient jamais retrouvés. Tous ceux que l'on ramassait étaient retournés à la compagnie aérienne *Consul* qui les comparait avec une liste établie aussi précisément que possible d'après les déclarations des parents proches et des relations des victimes.

Tewson entendit crier son nom à l'autre bout du champ. Levant la tête, il vit l'un de ses collègues lui faire de grands signes pour lui dire d'aller le rejoindre. Se remettant debout, il marcha vers lui à travers les ornières gelées, tout en gardant les yeux rivés au sol, à l'affût du moindre reflet métallique, du moindre élément caché qui pût l'aider à confirmer ses soupçons.

— Qu'y a-t-il ? demanda-t-il quand il arriva à portée de voix de son collègue en duffle-coat.

— Ce qu'il y a ? Tu n'as pas lu l'*Express* de ce matin ? répondit l'autre, essoufflé. C'est Slater qui m'envoie te chercher. Il t'attend à l'hôtel. Il veut te parler.

— Merde alors ! Qu'est-ce que j'ai encore fait pour lui déplaire ?

— Tu ne tarderas pas à l'apprendre, mon vieux. À ta place, je ne lambinerais pas.

— Mais qu'est-ce qu'il y a dans ce canard ?

Un vilain petit pressentiment commençait à chatouiller la conscience de Tewson.

— Si tu ne le sais pas, il te le dira, répondit l'autre enquêteur avec un regard lourd de signification.

Anxieux, Tewson se hâta de traverser le champ, et se dirigea vers le vieux pont qui reliait Eton à Windsor. Il avait déjeuné, la veille, avec une vieille connaissance : leur conversation avait été interrompue par le terrible bruit des vitres brisées et les hurlements qui avaient suivi. Il s'était précipité dans la rue et y avait trouvé Dave Keller agenouillé auprès des cadavres d'une femme et d'un homme tout nu – et il avait complètement oublié le copain avec qui il était en train de manger. Mais maintenant, une pensée lancinante tournait dans son esprit plein d'appréhensions : ce type était journaliste, et ils avaient discuté des causes de l'accident d'avion ! Tewson avait une forte tendance à s'emballer lorsqu'il était question de ses théories personnelles, il en était parfaitement conscient, et il n'ignorait pas que cela l'amenait bien souvent à parler plus qu'il ne devait. Hélas, la discrétion n'avait jamais été son fort.

Au moment où il pénétra dans la chambre d'hôtel, il lui suffit de voir la tête que faisait Slater pour comprendre que ses craintes étaient justifiées.

— Je voudrais bien avoir l'explication de ceci, dit son supérieur avec colère, en jetant le journal sur la table, vers Tewson.

Ce dernier déglutit avec peine et prit le journal d'une main tremblante. Un nœud se forma au creux de son estomac et se mit à se serrer de plus en plus douloureusement quand il lut la manchette en caractères gras : *La catastrophe aérienne d'Eton aurait été causée par un attentat à la bombe.* Les entrailles de Tewson se figèrent. Cette théorie était la sienne, personne d'autre que lui n'y croyait. Cette histoire ne pouvait venir que d'un membre de l'équipe d'enquêteurs – les premières lignes de l'article le confirmaient d'ailleurs – et, bien que la source de l'information ne fût pas citée, tout le monde dans le département saurait immédiatement qui était le coupable. Tewson enregistra distraitement l'entrefilet d'une colonne voisine, qui relatait le mystérieux saut de la mort effectué par un couple d'Eton, du haut de leur fenêtre. Son ami le journaliste n'avait pas perdu sa journée.

— Eh bien ?

Glaçante et rébarbative, c'était une demande d'explication.

— Je… euh…

Tewson avait du mal à détacher ses regards de la manchette.

— C'est vous qui lui avez filé l'information, hein ?

Il acquiesça avec raideur en voyant que l'article était signé par son vieil ami. Il ne pouvait plus y avoir aucun doute.

— Je ne me suis pas avancé jusque-là, dit-il d'une voix faible, tout en parcourant le corps de l'article. Ce sont de pures conjectures du journaliste.

— Ah, vraiment ? Et depuis quand un journal attend-il des preuves avant de publier une nouvelle ? (Slater s'appuya lourdement sur le bureau.) Je vous avais mis en garde, Tewson, contre votre manie de parler n'importe où et n'importe quand. Ceci va nous causer les pires ennuis de la part du ministère – quant à la compagnie aérienne, n'en parlons pas ! Je sais que vous avez souvent fini par avoir raison, avec vos théories prémonitoires, mais jusqu'à présent, vous n'aviez pas encore été assez inconscient pour les annoncer à la presse avant même d'en avoir eu les preuves ! Ceci est inadmissible !

— Mais je lui ai dit que ce n'était qu'une impression, et que rien n'avait encore été prouvé !

— Vous n'aviez pas le droit de lui dire quoi que ce soit ! s'écria Slater en se dressant. (Ses articulations blanchissaient sur le bord du bureau.) Nous sommes liés par le secret professionnel ! Je suppose que vous ne l'ignorez pas ! Et d'ailleurs, de quel droit êtes-vous tellement certain d'avoir raison ?

— Tout ce que nous avons découvert jusqu'à présent confirme ma théorie de l'explosion ! Et la preuve en sera faite, ce n'est plus qu'une question de temps !

— Est-ce qu'il ne vous est jamais venu à l'esprit que moi aussi, je pouvais peut-être avoir une opinion ? (Slater le foudroyait du regard.) Une opinion qui est autrement plus sensée que vos idées à sensation !

Tewson lui rendit son regard, sans expression :

— Vous ne m'en avez jamais parlé, dit-il.

— Certains d'entre nous commencent par réunir des éléments de preuve et tâchent d'étayer leurs théories avant de les clamer sur la place publique !

Slater faisait un effort manifeste pour se calmer. Puis, il s'assit brusquement, en signifiant à Tewson d'en faire autant.

Quand ce dernier se fut installé dans un fauteuil en face de lui, Slater reprit d'une voix calme et posée, en tâchant de faire taire sa colère :

— Dans une certaine mesure, je suis d'accord avec votre idée d'attentat, car de nombreux éléments contribuent à indiquer qu'il y aurait eu une bombe à bord. Néanmoins, ils peuvent aussi amener à une autre conclusion.

Bien malgré lui, Tewson était extrêmement attentif.

— En mars 1974, continua son supérieur, un DC 10 de la *Turkish Airline* s'est abattu dans les environs de Paris. Les éléments découverts par la Commission américaine, qui avait été chargée de l'enquête, présentent des similitudes très nettes avec ceux que nous avons réunis jusqu'à présent. À l'époque, je m'en souviens, on avait envisagé la possibilité d'un acte criminel. Mais on a fini par découvrir qu'en fait il y avait eu un défaut de construction à cause duquel une porte de soute était tombée en plein vol, ce qui avait provoqué une décompression *de type explosif.* Le plancher de la cabine s'était effondré et les passagers, tous attachés à leur siège, avaient été aspirés au-dehors. Les câbles de pilotage qui passent sous le plancher, du cockpit à la queue, avaient été sectionnés et l'appareil, complètement ingouvernable, avait piqué tout droit. (Slater leva la main avec une patiente lassitude, pour couper court aux protestations qui allaient jaillir de la bouche du jeune enquêteur.) Réfléchissez-y, Tewson. Les marques bleues et jaunes que vous avez trouvées sur une des ailes proviennent effectivement de la porte de l'avion sur laquelle est peint le logo de la compagnie. Par ailleurs, l'arrêt brusque des communications a dû être causé par la rupture des câbles de pilotage, laquelle a probablement altéré le fonctionnement des autres circuits électriques. Tout cela, je vous l'accorde, fait songer à une explosion. Mais à une explosion de décompression, *et non à une explosion de type criminel!*

Tewson se taisait, le cerveau en ébullition. C'était possible! Cela paraissait même plus vraisemblable! Et cependant, son intuition lui disait que c'était faux.

— Toutefois, poursuivit gravement Slater, je n'élimine pas votre théorie, Tewson. Nous aurons bientôt la réponse. Mais il existe un élément essentiel qui discrédite votre idée : il est virtuellement *impossible* de placer une bombe à bord d'un avion, étant donné la perfection des dispositifs mécaniques de sécurité dont les compagnies aériennes entourent actuellement leurs vols. Toutes les grandes compagnies ont fini par en avoir assez des détournements d'avion et des alertes à la bombe, et en 1975, elles se sont groupées pour mettre au point la machinerie sophistiquée que nous connaissons aujourd'hui et qui a éliminé tous les risques de ce genre. Et vous, vous avez le culot d'annoncer que tous ces efforts ont été vains! (Slater haussait de nouveau le ton à mesure que sa fureur reprenait le dessus.) Nous prétendons être une organisation sérieuse, et dès lors nous ne pouvons pas nous permettre d'affronter les critiques que vont nous valoir les élucubrations de votre égocentrisme écervelé!

Il fixa longuement Tewson, qui se sentit rougir.

— À partir d'aujourd'hui, vous êtes suspendu de vos fonctions tant que cette enquête-ci ne sera pas terminée. Il se peut que, d'ici là, nous ayons besoin de vos services dans le cadre d'une autre enquête. Dans ce cas, je prendrai contact avec vous.

C'était Tewson, à présent, qui se mettait en colère. Il se leva d'un bond et se pencha avec agressivité par-dessus le bureau :

— Vous n'avez pas encore prouvé que j'ai tort!

— Et vous, vous n'avez pas prouvé que vous avez raison, répliqua Slater en regardant droit dans les yeux ardents de son jeune subordonné. D'ailleurs, cela n'entre pas en ligne de compte. Peu importe que vous ayez tort ou raison. Il n'est question ici que de votre indiscrétion et de votre responsabilité vis-à-vis de l'A.I.B. ! À présent, allez chercher vos affaires et ne reparaissez plus avant qu'on vous le demande.

Tewson fit vivement demi-tour et se rua vers la porte de la chambre voisine, où il avait rangé quelques affaires personnelles. Slater termina sa tirade en lui lançant :

— Et si vous voulez démissionner, ça vous regarde !

Tewson claqua la porte derrière lui et s'y adossa quelques instants pour reprendre son calme.

— Le salaud ! dit-il à voix haute.

Furibond, il s'empara de ses lunettes et entreprit d'en frotter les verres avec le bout de sa cravate. Marchant vers le centre de la pièce, il donna un coup de pied dans la table basse.

Je prouverai que c'est moi qui ai raison ! se dit-il. *Je lui ferai voir, à ce vieil imbécile obtus ! De quoi aura-t-il l'air quand on découvrira la vérité, et qu'on réalisera que celui qui avait eu les justes pressentiments se trouve suspendu de ses fonctions ! Il me paiera ça, ce vieux salopard !*

Il fourra quelques objets hétéroclites dans une serviette fatiguée et s'en alla par la porte qui donnait directement dans le couloir. En bas, il entra dans le bar de l'hôtel, flanqua sa serviette par terre, au pied du comptoir, et commanda un whisky double.

Le whisky lui brûla la gorge, et il empoigna la bouteille de soda, sous le regard ironique du barman qu'il fusilla des yeux. S'emparant d'un haut tabouret, il s'y assit et posa fermement les deux coudes sur le bar. Gare à ce type s'il osait encore sourire ! Le barman en veste blanche prit un verre propre, qu'il se mit à essuyer avec vigueur, en tournant le dos à Tewson. Ce dernier parvint petit à petit à boire plus posément – sa respiration, encore courte et haletante, se calmait au fur et à mesure que l'alcool faisait son effet. Son esprit, toujours en feu, bouillonnait de fureur frustrée, mais, progressivement, il réussit à s'apaiser tout à fait et à réfléchir d'une façon plus constructive.

Si seulement il pouvait trouver de quelle manière une bombe aurait pu être posée à bord de l'avion ! C'était bien cela, le point faible de sa théorie. Car, *effectivement*, c'était pratiquement devenu une impossibilité. Le personnel de l'aéroport ? Non, un dernier contrôle était toujours effectué après le passage des équipes d'entretien et de nettoyage. Les bagages ? Impossible. Tout passait aux rayons X. L'équipage lui-même ? Bien sûr, c'était une possibilité. Mais pourquoi un des membres de l'équipage aurait-il voulu faire sauter l'avion dans lequel il allait embarquer ? Les contrôles médicaux étaient suffisamment bien faits pour éviter de laisser voler ceux qui auraient perdu la tête. En outre, les bagages de l'équipage étaient également soumis à la fouille, de temps à autre. Alors, qui ?

Tout à coup, il trouva la réponse !

Ce n'était encore qu'un embryon d'idée, mais elle se développa dans son esprit pour former une image complète. Mais oui, c'était tout à fait possible ! Cela pouvait parfaitement avoir été fait comme cela ! Tewson se leva, tout excité. Fallait-il remonter et en parler à Slater ? Non, au diable le vieux. Il fallait d'abord prouver ce qu'il avançait, c'était la seule façon. Peut-être qu'il se trompait, mais… apparemment, tout avait l'air de concorder… En silence, il réfléchissait aux différentes possibilités. Il connaissait un homme qui pourrait lui en dire davantage.

Avec un sourire de satisfaction, Tewson quitta le bar et franchit les portes battantes de l'hôtel, oubliant sa serviette au pied du comptoir du bar.

Chapitre 13

Les habitants de la ville étaient nerveux. Ils se rassemblaient par petits groupes, et chaque nouvelle conversation qui s'engageait à voix basse faisait monter leurs appréhensions. Il n'y avait que dans les pubs que les voix dépassaient le diapason normal de la conversation – l'alcool aidant, au bout d'un verre ou deux, à faire taire les nervosités croissantes. Les femmes, qui se rencontraient dans les magasins et dans la grand-rue, se communiquaient le contagieux virus de la peur. Les hommes, que ce soit au bureau ou devant l'établi, ne parlaient que des mystérieux événements. Bon nombre d'entre eux se moquaient de ceux qui croyaient que quelque chose de terrible se préparait à Eton, mais tout le monde s'avouait déconcerté par le tour que prenaient les choses. La veille, un jeune garçon du collège avait été écrasé par un train – la tête et les pieds séparés du corps. Le même jour, un couple était tombé d'une fenêtre dans la grand-rue ; l'homme, tout nu, était étrangement amaigri, comme par une très longue maladie. Ce couple – un couple marié – vivait replié sur lui-même, mais la femme avait toujours habité à Eton et il y avait des années qu'elle tenait sa boutique d'antiquités. On les avait toujours considérés comme un ménage agréable : peut-être un peu conservateur, mais agréable, menant une existence paisible et ordonnée. Le fait de les voir mourir d'une manière aussi bizarre avait été pour le moins troublant.

Et puis, il y avait eu le révérend Biddlestone, qu'on avait trouvé évanoui sur les dalles de son église et qui avait été placé, depuis, en observation et sous calmants. Il y avait cette jeune fille qui avait été retrouvée dans une voiture, de l'autre côté du champ : elle était toujours incapable de raconter ce qui lui était arrivé. La police avait fini par mettre la main sur son petit ami et l'avait interrogé ; d'après sa version des faits, un visage était apparu à la fenêtre de leur voiture, et l'auto elle-même avait été complètement soulevée en l'air. Il s'était enfui, effrayé, et la fille avait refusé de l'accompagner. Bien entendu, la police l'avait gardé pour poursuivre l'interrogatoire. Enfin, le lendemain matin, on avait découvert un homme mort au bord de la rivière. Il avait eu une crise cardiaque, mais l'expression d'effroi qui était restée figée sur son visage avait donné naissance à des rumeurs selon lesquelles son attaque avait été provoquée par la frayeur. Il était littéralement mort de peur.

L'agent Wickham sentait croître le malaise, et lui-même partageait d'ailleurs les appréhensions des habitants. Il y avait déjà plusieurs jours qu'il en était conscient : une tension était en train de se créer, et elle ne tarderait pas à atteindre un paroxysme. L'air était plein d'un calme extrêmement lourd qui finirait inévitablement par voler en éclats. Ce jour-là, il le pressentait, serait terrible. Quant à lui, il lui était particulièrement pénible de monter la garde dans ce champ, dont la sombre désolation l'accablait, ainsi que le froid indescriptible qu'il y faisait. Cela n'avait rien du froid physique de l'hiver – c'était un froid plus profond, un froid sinistre qui torturait les imaginations. Chaque fois qu'il regardait les débris tordus et déchirés de l'épave, de cette coquille d'argent qui avait été une fournaise de mort, il croyait entendre les cris perçants de la panique, de la terreur devant la fin. Il voyait, mentalement, ces centaines de visages épouvantés, il entendait les hurlements, les supplications, les gémissements. Il entendait pleurer les agonisants. Il ressentait leur souffrance. Il endurait leur torture.

Même les animaux n'osaient plus s'approcher du champ. Les chiens s'arrêtaient au bord, le corps raidi par la peur, les yeux élargis, pathétiques, les poils hérissés, la nuque contractée et durcie. Quant aux cavaliers qui menaient leurs montures dans les allées entourant le champ, ils avaient du mal à ne pas perdre le contrôle des chevaux, qui faisaient des écarts et cherchaient à s'emballer.

Ce champ était devenu un tombeau et l'agent Wickham sentait – il *savait* – que la mort n'avait pas encore quitté ce tombeau.

À présent, le vieil homme ne sortait plus beaucoup de chez lui. Depuis la nuit de l'accident, où il avait été témoin de scènes horribles, une part de lui-même avait été réduite à néant. Une profonde lassitude s'était abattue sur sa carcasse âgée. Le médecin lui avait dit que c'étaient les conséquences du choc et de la fatigue qu'il s'était imposée en courant comme un fou vers le champ où le Jumbo s'était écrasé. L'effort l'avait usé, le carnage auquel il avait assisté avait ébranlé, puis anéanti son esprit. Avec le temps, il se sentirait moins oppressé et il retrouverait son énergie, mais il faudrait qu'il fasse un effort violent pour se sortir de sa mélancolie présente.

Aussi étrange que cela soit, il se souvenait mal de cette fameuse nuit. Il se revoyait arrêté sur le pont, les yeux levés vers le ciel ; il se rappelait le vrombissement de l'avion, à la fois puissant et grave, et le bref éclair qu'il y avait eu au moment où il s'était fendu en deux. Mais la suite n'était plus qu'une succession d'images floues – le feu, les corps, les morceaux déformés de métal… Depuis lors, le vieil homme avait plusieurs fois fait le même cauchemar : une silhouette noire sort des flammes et marche vers lui. Elle grandit, grandit, jusqu'à ce qu'elle s'arrête devant lui. Une main se tend vers lui et il constate que la chair en a été brûlée : les doigts qui se tendent sont calcinés, squelettiques. Il lève les yeux vers le visage du personnage noir et voit deux grands yeux rivés sur lui, au milieu de la figure de plastique d'une poupée dont les lèvres peintes en rose esquissent un sourire cruel et moqueur. À ce moment-là, il s'éveille en sursaut, trempé de sueur, et il voit, dans l'ombre de sa chambre à coucher, ces terribles yeux sans vie qui l'observent fixement.

Parfois, en s'éveillant, il croyait aussi percevoir des chuchotements.

Il ne quittait plus sa maison d'Eton Square que deux ou trois fois par semaine, maintenant : uniquement pendant la journée et seulement lorsqu'il devait absolument aller acheter de la nourriture. Les rues de la ville le rendaient nerveux. Il avait l'impression que quelque chose l'y attendait. L'idée de s'aventurer au-dehors après la tombée du jour le remplissait d'effroi. Et pourtant, comme ses promenades nocturnes jusqu'au vieux pont lui manquaient !

On lui avait raconté qu'il s'était évanoui devant le spectacle du désastre. C'était le copilote du 747, l'unique survivant, qui l'avait trouvé et l'avait emporté loin de l'épave en flammes. Il n'avait jamais rencontré le jeune homme pour le remercier et cependant, sans pouvoir expliquer pourquoi, il éprouvait énormément de sympathie à l'égard de ce survivant inconnu. Avait-il eu de la chance, de survivre ainsi, alors que plus de trois cents personnes avaient péri ? Était-il facile de vivre dans ces conditions-là ?

Le vieillard poussa un soupir désespéré. Sa question restait sans réponse. Seul le copilote pourrait la lui donner. Se penchant en avant, il ranima son feu avec un tisonnier, puis se renfonça dans son fauteuil aux accoudoirs de bois, les yeux mi-clos, les mains jointes avec nervosité sur le giron.

On était encore en pleine journée, mais l'idée seule de la nuit qui allait venir faisait déjà battre son cœur un peu plus vite.

Les garçons du collège ressentaient une peur exquise et faisaient de leur mieux pour l'augmenter encore en inventant et en se racontant des histoires plus macabres les unes que les autres. La catastrophe aérienne les avait excités au plus haut point : c'était l'événement le plus spectaculaire de toute l'histoire d'Eton ! Les plus jeunes d'entre eux n'avaient même pas été touchés par le nombre impressionnant des victimes. En revanche, la publicité qui avait inondé la ville les avait beaucoup amusés.

La nuit de l'accident, les garçons étaient sortis en foule de leurs maisons respectives, dans des accoutrements qui superposaient assez étrangement pyjamas et vestes noires à queue-de-pie, sans se préoccuper des surveillants qui essayaient en vain d'endiguer leur course avide vers les lieux du désastre. Arrivés devant l'appareil en feu, ils étaient restés bouche bée, leurs jeunes visages stupéfaits rougis par les lueurs de l'incendie, les yeux écarquillés et brillants d'excitation. Il avait fallu toute la fureur du directeur et les menaces des capitaines pour obtenir qu'ils réintègrent leurs lits. Rentrés chez eux, ceux qui le pouvaient avaient continué à regarder le spectacle de leurs fenêtres, tandis que les autres, saoulés par le drame, en avaient fait des gorges chaudes jusqu'aux premières clartés grises de l'aube.

Le directeur était retourné sur les lieux en compagnie de ses capitaines et de quelques élèves parmi les plus âgés, afin d'offrir leurs services. Mais la police les avait priés, avec politesse et fermeté, de retourner au collège, pour que les services de secours puissent se consacrer sans entraves à leur tâche fort peu enviable – qui consistait à rassembler les cadavres et à en rechercher les membres manquants.

Quelques élèves furent rappelés de force par leurs parents : ceux-ci, scandalisés par un tel désastre, ne désiraient pas que leur progéniture risque d'être mêlée au cirque publicitaire qui allait inévitablement s'ensuivre. Exception faite de ces infortunés, les garçons du collège passèrent les jours suivants dans l'exaltation, spéculant sur les causes possibles de l'accident. Mais, les semaines passant, l'attrait de la nouveauté s'affadit et le collège fut bientôt plongé dans une ambiance morose, maussade, une atmosphère étrange qui inquiéta davantage Anthony Griggs-Meade, le directeur, que la macabre fascination qui avait d'abord animé les garçons. Bon nombre d'entre eux – et pas seulement les plus jeunes – commencèrent à avoir des cauchemars. Sans doute était-ce naturel, après un événement aussi tragique, mais les membres du corps enseignant eux-mêmes montraient à présent des signes d'irritabilité et d'extrême nervosité.

Et c'est alors que survint la mort du petit Thatcher. Il n'était guère aimé par ses camarades. Le directeur n'ignorait pas que ceux-ci l'avaient toujours tourmenté sans pitié à cause de son obésité. Mais il n'aurait tenu qu'à lui de se défendre, de montrer qu'il était un homme. Un jour ou l'autre, tout être humain avait à affronter la cruauté de l'existence : il n'était jamais trop tôt pour en faire l'expérience et la surmonter. Mais comment avait-il pu se trouver au bord de la voie de chemin de fer ? Il aurait dû être à la plaine de sports avec les autres, au lieu de se promener tout seul dans la campagne. Sans nul doute, son capitaine méritait un blâme : Thatcher était placé sous sa responsabilité. En vain, Griggs-Meade s'efforçait de chasser de son esprit une pensée gênante, une idée lancinante qui faisait trembler sur ses bases son grand principe philosophique du « Laissez-les se débrouiller ». Avait-on harcelé ce malheureux gamin au point de le pousser au suicide ?

Cette éventualité le torturait. Ses principes étaient-ils devenus trop stricts ? Quelle part de responsabilité portait-il, lui-même, dans la mort de Thatcher ? Demain matin, à la chapelle, il parlerait à tous les élèves de la cruauté. Il leur expliquerait que l'amour du prochain est plus important que la vie elle-même. Marchant jusqu'à la fenêtre de son bureau, il regarda dehors pour essayer de se débarrasser d'une curieuse sensation qui le pénétrait par vagues. Il sentait flotter une menace. Quoi donc ? Était-ce la mort ? Non, voyons, c'était absurde.

Et pourtant, il y avait *quelque chose* dans l'air.

Patiemment, Ernest Goodwin attendait qu'apparaisse l'image en noir et blanc. De temps en temps, il plongeait un doigt dans le révélateur pour repousser le bromure dans le liquide. Les premiers traits commencèrent à se détacher, lentement, puis le processus s'accéléra et l'image se précipita dans l'existence, atteignit son plein épanouissement et, incapable de s'arrêter, allait se ruer vers l'autodestruction par le noir complet quand il la retira prestement du bain de révélateur. Tenant la feuille luisante par un de ses coins, il laissa le liquide s'égoutter dans le bassin, puis plongea le papier qui gondolait dans un fixateur, pour en stopper l'évolution. Pendant un instant, il contempla l'image qui reposait au fond du bassin métallique sous une couche de liquide chimique, et, pour la centième fois, la tragédie qui y était représentée lui fit secouer la tête.

La photographie montrait le 747 en flammes. En ombres chinoises, les silhouettes des pompiers essayant désespérément de contrôler cet enfer au moyen de leurs tuyaux dérisoires, abattus par la certitude que tout espoir de sauver des vies humaines était perdu. Une fois de plus, Ernest sentit monter en lui un sentiment de culpabilité. Cette photo, ainsi que toutes les autres qu'ils avaient prises cette nuit-là, leur avait rapporté énormément d'argent, à lui et à Jacob, son associé. Encore maintenant, des semaines après l'accident, ils recevaient des offres émanant des magazines du monde entier. À ce jour, la presse internationale s'était emparée de presque tous les clichés qu'ils avaient pris. Au début, l'idée de gagner de l'argent grâce à la catastrophe l'avait tracassé. Mais Jacob l'avait assuré que, puisque leur métier consistait à fixer sur la pellicule tous les aspects de la vie – et de la mort –, il était de leur devoir de publier leurs photos. Et si cela leur rapportait un peu d'argent, où était le mal ? Dans quel autre but s'étaient-ils donc associés ?

Dans leur affaire, *Goodwin et Samuels, Tous reportages photographiques*, c'était Jacob qui avait toujours été le plus avisé. Sans son savoir-faire, peut-être l'affaire n'aurait-elle pas pu tenir le coup pendant toutes ces années si difficiles. Voilà dix-sept ans, à présent, qu'ils étaient associés. Ils avaient fait un peu de tout : naissances, mariages, fiançailles, événements mondains quels qu'ils soient, équipes sportives, sites industriels... et étaient parvenus à s'assurer un revenu raisonnable et régulier.

Et puis était survenu l'accident d'avion qui les avait précipités dans des sphères totalement différentes.

Ce soir-là, ils travaillaient encore dans leur petite chambre noire malgré l'heure tardive, afin de pouvoir livrer dans les délais des clichés publicitaires pour un nouveau site industriel qui venait de se créer aux abords de Slough, quand ils avaient été littéralement assourdis par le terrifiant vrombissement du Jumbo en détresse, qui rasait les toits de la grand-rue. L'explosion qui suivit fit trembler toute la maison et, comprenant ce qui s'était passé, Jacob était sorti en trombe de la chambre noire, sans prendre garde à la lumière qu'il y laissait pénétrer et qui allait détruire leur film. Il lui avait crié de le suivre en emportant deux ou trois appareils de photo et autant de films vierges qu'il pourrait en porter.

Les deux associés avaient photographié l'épave sous tous les angles possibles, fixant sur la pellicule les moments les plus cruciaux du désastre, avant même l'arrivée des sauveteurs. Trop affairés pour se laisser émouvoir par le spectacle dont ils étaient témoins, tous deux avaient passé la nuit entière à photographier, comme des automates, retournant alternativement au studio pour faire de nouvelles provisions de films. Cette nuit avait transformé leurs vies : ils avaient capté des scènes que peu de photographes avaient eu l'occasion de prendre avant eux, à savoir les tragiques instants qui suivent immédiatement une grande catastrophe.

Jacob avait ensuite vécu les semaines suivantes dans l'exaltation, combinant les meilleures affaires possibles avec les médias, et poussant le mauvais goût jusqu'à afficher sur la large vitrine de leur magasin les clichés les plus réussis. Ernest, par contre, avait ressenti un malaise profond. Il en était même arrivé à avoir peur de travailler seul dans la chambre noire – de jour comme de nuit –, l'obscurité et le silence ne faisant qu'ajouter une dimension plus réaliste encore aux images qu'il développait. Et son malaise n'avait fait qu'empirer avec le temps, à tel point qu'à présent ses nerfs étaient presque au bout de leur résistance. Il avait constamment l'impression d'être observé. Plus d'une fois, alors qu'il était seul dans la chambre noire et baigné dans sa lumière rouge presque irréelle, il lui était arrivé de se retourner vivement, croyant sentir une présence derrière lui. Bien sûr, il n'y avait jamais personne et il ne pouvait que se reprocher d'avoir une imagination trop fertile. Néanmoins, ses impressions étaient devenues tellement fortes, récemment, qu'il lui était impossible de les ignorer.

Il en avait parlé à Jacob, mais ce dernier avait ri en lui disant qu'il n'y avait rien de surprenant à cela, alors qu'il travaillait tout seul dans le noir, perpétuellement entouré d'images funèbres. Mais il ne devait pas s'en faire outre mesure : ils auraient bientôt vendu tout ce qu'ils possédaient sur l'accident – et à ce moment-là, ils pourraient prendre un peu de bon temps et profiter de ce qu'ils avaient gagné. Toutefois, Ernest n'était pas certain de pouvoir continuer encore longtemps. C'était lui qui avait dû développer et imprimer toutes les photos, pendant que Jacob s'occupait de gérer leurs florissantes affaires (chose pour laquelle il était manifestement plus doué qu'Ernest). Et, à présent que de nouvelles morts, soudaines et inexplicables, étaient survenues à Eton, une nouvelle tension montait dans l'air. C'était quelque chose de beaucoup moins subtil que la sombre atmosphère qui avait plané sur la ville comme un nuage noir, suite à l'accident. On aurait pu se croire dans l'expectative d'un nouveau désastre.

Ernest retira la photo du bain et la plongea dans un bassin plus grand, qui contenait de l'eau claire destinée à rincer les résidus de produits chimiques. La photo ondula gracieusement, se purifia à l'eau claire et remonta doucement à la surface. Tout en s'essuyant les doigts à sa blouse blanche, Ernest examina la photo qui dérivait paresseusement. Une fois de plus, il était fasciné par l'atrocité de ce qu'elle représentait : des rangées interminables de cadavres couverts de draps blancs – de draps souillés et sanglants, dont les formes faisaient deviner clairement les corps mutilés qu'ils étaient censés cacher. Ce cliché-ci avait été pris aux premières heures de l'aube, et sa clarté fit frissonner Ernest. Sur le côté, on voyait un amas plus volumineux couvert d'un tissu épais sous lequel s'apercevaient de grands sacs en plastique manifestement placés un peu à l'écart afin que leur vue ne devienne pas trop insoutenable pour l'équipe de sauveteurs. Ernest savait que ces sacs contenaient des parties de corps humains : tous les membres éparpillés, qui allaient être brûlés. Il eût été vain de chercher à les identifier pour les enterrer auprès du corps auquel ils appartenaient.

Les yeux rivés à la photographie qui flottait toujours, il imaginait pouvoir discerner les cadavres au travers des draps. Leurs corps calcinés, leurs faces tordues en d'affreuses grimaces d'agonie. Il dut s'agripper aux bords du bassin pour ne pas perdre l'équilibre. Les muscles de sa poitrine se crispaient. Il pouvait presque entendre leurs appels, les gémissements angoissés de leurs âmes, le crescendo désespéré de leurs voix. Leurs âmes étaient encore là. Elles n'étaient pas parties. Et il les connaissait.

Il lui semblait que, par l'intermédiaire de ses photos et à cause de toutes les journées qu'il avait passées seul dans le noir en compagnie de ces images, il avait établi un lien avec elles. Intuitivement, il *savait* qu'elles attendaient quelque chose. Ou quelqu'un. La tragédie n'était pas terminée.

Le révérend Biddlestone marchait à petits pas le long du chemin caillouteux, en prenant bien soin de ne pas regarder en face la grande église grise qui se dressait devant lui, au bout du jardin où se trouvait le monument aux morts. Son compagnon le soutenait par le bras, car il était encore faible et se sentait les jambes en coton. Ils franchirent un petit portail qui menait au presbytère : la gouvernante du pasteur s'y tenait sur le seuil, l'air anxieux.

Le religieux répondit aux paroles compatissantes de la brave femme, l'assura qu'il allait beaucoup mieux et, entrant dans la maison, fut heureux de pouvoir se laisser tomber dans un confortable fauteuil de son salon.

—J'aurais vraiment voulu que vous restiez encore un peu à l'hôpital, Andrew, dit son compagnon.

—Non, non, je vais très bien, Ian. Merci d'être venu

me chercher. Mais sans doute devez-vous retourner à votre bureau, à présent.

Ian Filbury, qui était commis au conseil municipal d'Eton – et, parallèlement, chef de la chorale locale et organiste de la paroisse –, émit un grognement de mécontentement.

— Cela ne vous aurait pas fait de tort de rester un jour de plus, Andrew. Voyons, on ne perd pas connaissance comme ça, brusquement, sans qu'il y ait une raison. Le médecin aurait dû vous faire rester un jour de plus en observation.

— Il a essayé, Ian. C'est moi qui ai insisté pour sortir. Je vais bien, maintenant. Vraiment.

— Vous êtes-vous finalement rappelé ce qui vous est arrivé ? Ce qui vous a fait tomber dans les pommes ?

Le pasteur secoua la tête.

— Bon, Andrew, dit Filbury. Je vais vous laisser vous reposer, à présent. Mais je reviens ce soir, et gare à vous ! Si je vous trouve moins bonne mine, je vous envoie le docteur illico !

Le pasteur leva la tête vers lui et lui adressa un pauvre sourire pâlot. Hélas oui, il se souvenait. Mais c'était sa croix à lui.

Quand Filbury eut pris congé et que la gouvernante se fut retirée à la cuisine pour préparer un dîner léger, le pasteur put se concentrer. Ian lui avait raconté les deux étranges morts de la veille, et il était persuadé qu'il existait une relation entre elles et celle du pêcheur. Il ferma les yeux mais dut les rouvrir aussitôt : la vision qu'il avait eue dans l'église était trop présente, trop vive encore ! Il était effrayé à un point incroyable... Et cependant, il savait qu'il devait être là aujourd'hui, ce soir même. Il demanda à Dieu de lui donner du courage : il ne savait pas exactement ce qu'il aurait à faire. La seule chose dont il était certain, c'est qu'on aurait besoin de lui.

Lentement, il s'agenouilla à côté de son fauteuil, appuya ses mains jointes sur un des accoudoirs et se mit à prier avec une ferveur que jamais encore il n'avait atteinte.

Mais sans fermer les yeux. Et en jetant de temps à autre un coup d'œil derrière lui.

Chapitre 14

Keller se faufila dans le flot de voitures qui fonçaient sur l'autoroute, en accélérant violemment pour rouler à la même vitesse que les autres. Une fois intégré à la circulation, il se détendit et regarda Hobbs qui était assis sur le siège du passager. Sa bouche et son menton étaient recouverts de gaze et de longues bandes de sparadrap, et il en avait également un peu en travers du nez.

Tous deux s'étaient reposés pendant la majeure partie de la journée, et néanmoins l'intense circulation qui sortait de Londres, comme tous les autres soirs, commençait déjà à fatiguer Keller.

— Comment vous sentez-vous ? demanda-t-il à Hobbs.

Le médium tressaillit au moment où il voulut bouger les lèvres pour répondre.

— Ça fait mal, parvint-il à articuler, la bouche tordue.

— Je suis désolé de ne pas avoir été assez rapide pour intercepter votre geste, dit Keller pour s'excuser.

— Ce n'est pas votre faute.

Les paroles d'Hobbs étaient à peine intelligibles.

— Je suis désolé que vous ayez été impliqué dans l'affaire.

Le médium haussa les épaules :

— On ne peut guère contrôler des situations telles que celle-ci.

Keller savait qu'il était très douloureux pour Hobbs de parler, mais il y avait tant de choses qu'il devait savoir. Tant de choses qu'il ne comprenait toujours pas.

La violence de ce qui s'était passé la veille l'avait profondément ébranlé et il repensa soudain à une histoire d'exorcisme qui s'était passée quelques années auparavant dans le Yorkshire, et à ses tragiques conséquences, dont la presse avait énormément parlé à l'époque. L'exorcisme avait été effectué par deux ecclésiastiques – un anglican et un méthodiste – qui étaient parvenus à expulser d'un homme au moins une quarantaine d'esprits mauvais (d'après la presse, en tout cas), mais qui n'avaient pu venir à bout des trois derniers : folie, meurtre et violence. L'homme avait été autorisé à rentrer chez lui et il avait assassiné sa femme, lui arrachant les yeux et la langue et lacérant tout son visage de ses mains nues. L'affaire avait fait scandale. Mais Keller, croyant en cela réagir comme tous les gens sensés, s'était dit que ce meurtre avait été l'œuvre d'un fou irresponsable, et qu'il fallait plutôt blâmer les deux exorcistes, pour avoir encouragé le malheureux dans ses illusions. À présent, la scène de la veille jetait un éclairage tout différent sur cette affaire. Keller regarda Hobbs avec anxiété :

— Qui étaient-ils ? Pourquoi vous ont-ils fait cela ?

Après avoir examiné en silence le profil du copilote pendant quelques instants, le médium lui répondit :

— Vous savez qui ils étaient, monsieur Keller. Mais si j'avais réalisé que *lui* se trouvait au milieu d'eux, je crois que je me serais tenu aussi loin de vous que possible.

— Vous parlez de Goswell ?

— Oui, de Goswell. Il était malfaisant pendant sa vie, et il semble bien qu'il soit resté tout aussi malfaisant après sa mort.

— Je ne comprends pas…

— Vous ne comprenez pas, mais à présent vous croyez à la vie après la mort.

Keller acquiesça :

— En fait, je n'ai jamais vraiment refusé d'y croire.

Simplement, c'est un problème auquel je n'avais jamais réfléchi.

— Et, malheureusement, vous en avez eu la pire démonstration qui soit. La plupart des gens viennent au spiritisme parce qu'ils ressentent un besoin de réconfort, ou parce qu'ils ont perdu un être cher. D'autres s'y intéressent par curiosité ou par goût des sensations fortes, de l'inhabituel. Dans votre cas, la réalité s'en est imposée à vous.

Keller eut un sourire sans humour :

— Par vengeance.

Un espace libre se présentant dans la bande centrale de l'autoroute, il mit son clignoteur et s'y introduisit. La Stag prit aussitôt davantage de vitesse.

— Que leur est-il arrivé ? demanda-t-il brusquement. Pourquoi ont-ils changé comme cela ?

Hobbs hocha tristement la tête. Chaque fois qu'il parlait, on entendait que cela le faisait frémir de douleur. Il posa les doigts sur ses lèvres mutilées, et du coup ses paroles devinrent encore plus difficiles à comprendre. Keller se pencha vers lui pour mieux l'entendre.

— Lors de notre première rencontre, dit le médium, je vous ai expliqué qu'après un accident de ce genre, il arrive souvent que les esprits des défunts se trouvent en état de choc. Ils deviennent alors ce que nous appelons des esprits « en crise ». On ignore combien de temps cet état peut durer : quelques heures, quelques jours, quelques années… peut-être même quelques siècles. Parfois, il faut que quelque chose soit effectué sur cette terre avant qu'ils soient libérés. Dans le cas présent, il semble que vous soyez la seule personne à même de leur apporter cette libération.

Keller repensa à la voix de Cathy qu'il avait entendue la veille. Il y avait tant de voix à la fois – il avait reconnu celle du commandant Rogan –, mais, au moment où elles avaient commencé à faiblir, au moment où Hobbs était sorti de sa transe et où lui-même s'était senti partir, les sens anéantis par la violence des esprits, alors *elle* était venue à lui. Et sa voix était douce et pleine de compassion. Elle l'avait prévenu de quelque chose, mais maintenant tout cela était tellement vague ! Impossible de se souvenir de ses paroles. Il avait senti sa chaleur, et cela lui avait fait du bien. Il comprenait, à présent, pourquoi tant de gens cherchaient à communiquer avec ceux qu'ils aimaient, après que la mort les avait séparés : l'intimité demeurait, l'attachement mutuel ne disparaissait pas avec les corps, l'amour se perpétuait et formait un lien entre les deux mondes. Il avait ressenti tout cela avec force et une chaleur merveilleuse avait coulé en lui, et il s'était évanoui dans la douceur. Il savait que Cathy n'était pas avec les autres. Elle était passée vers quelque chose de plus paisible, et elle n'y était pas seule. Il ne se rappelait pas ses mots – y avait-il seulement eu des mots ? Ne lui avait-elle pas simplement transmis cette certitude par la pensée ? Mais elle lui avait fait savoir qu'elle-même, ainsi qu'un bon nombre d'autres victimes, avaient trouvé la paix. Non pas une tranquillité telle que se l'imaginent la plupart des gens, car il y avait encore beaucoup à faire dans cet autre monde : c'était plutôt une connaissance profonde qui devait, finalement, conduire à l'ultime vérité. C'était comme si la mort n'avait fait qu'ouvrir une première porte : il restait encore beaucoup, beaucoup d'autres portes à atteindre et à franchir.

Ceux qui étaient restés reliés à la terre avaient en fait été trop troublés pour effectuer le passage, et ils étaient tombés sous l'emprise d'autres esprits plus puissants, désireux de venger leur mort, et parmi lesquels s'en trouvait un qui cherchait seulement à perpétuer sa néfaste méchanceté.

Ensuite, elle s'était éloignée. Son être, qui n'était pas une image physique, mais rien que l'intense conscience de sa présence, s'était effacé progressivement. Il avait senti que c'était à contrecœur qu'elle le laissait seul et vulnérable. Il s'était enfoncé au plus profond de l'inconscience, si bien qu'il avait fallu tout un temps à Hobbs pour le faire revenir à lui. Quand il avait finalement repris connaissance, il avait immédiatement su que l'oppression malsaine avait quitté la pièce. Et que, d'une façon ou d'une autre, il le devait à l'intervention de Cathy.

Il avait nettoyé de son mieux le visage et la main d'Hobbs, et en avait extrait la plupart des éclats de verre qui y avaient pénétré. Son propre visage était couvert de minuscules coupures et d'égratignures sans aucune gravité. Sa gorge était étrangement contusionnée, comme si des doigts s'étaient enfoncés dans sa chair et lui avaient serré le cou. Et son cuir chevelu était douloureux aux endroits où la main invisible l'avait tiré par les cheveux.

Après un verre bien nécessaire, il avait conduit Hobbs à l'hôpital pour lui faire donner les soins dont il avait besoin. Ni l'un ni l'autre n'avait particulièrement envie d'expliquer au médecin de garde de quelle façon Hobbs s'était blessé. Ils s'étaient bornés à lui dire qu'il avait trébuché et était tombé alors qu'il avait une bouteille de gin à la main – et l'histoire avait semblé satisfaire la curiosité du docteur.

Ensuite, ils étaient retournés chez Hobbs, et ce dernier avait insisté auprès de Keller pour qu'il passe la nuit chez lui. Se refusant à commenter les événements qui s'étaient produits, il avait affirmé que les esprits ne reviendraient plus cette nuit-là. Il sentait une barrière protectrice autour de la maison. Trop épuisé pour discuter, le copilote s'était couché sur le divan – vieux mais confortable – du médium et avait immédiatement sombré dans un sommeil de plomb.

Le lendemain, Keller avait accablé Hobbs de questions, mais le petit bonhomme était devenu étonnamment peu communicatif. Le copilote attribua la chose au fait que ses blessures le faisaient réellement souffrir. Mais, à plus d'une reprise, il remarqua que le médium le considérait avec un étrange regard. Était-ce de la peur qu'il y lisait, ou de la curiosité ? Impossible à définir. Peut-être les deux.

Hobbs avait pris l'air de quelqu'un qui s'est résigné à son sort. L'air d'un nageur qui a abandonné la lutte parce qu'il se rend compte qu'il n'aura pas la force de résister au courant et qui décide de se laisser engloutir par le tourbillon.

En fin d'après-midi, Hobbs avait paru prendre une grande décision, et il avait annoncé qu'ils partaient pour Eton. Il fallait qu'ils aillent sur les lieux de l'accident : c'est là qu'ils trouveraient les réponses.

Keller ne lui avait pas demandé comment il était arrivé à cette conclusion, car lui-même était plein du désir d'y aller, et ce besoin s'était fait de plus en plus impérieux à mesure que les heures passaient. Néanmoins, maintenant qu'ils roulaient à vive allure vers cette petite ville qui avait si brusquement perdu sa paix, maintenant qu'ils dépassaient la sortie vers Heathrow et se rapprochaient inexorablement de leur but, la peur commençait à monter en lui. Il savait que la nuit allait leur fournir la réponse à de nombreuses questions. Il *savait* qu'après cette nuit, plus rien ne serait jamais comme avant.

Il se rendit compte, tout à coup, qu'Hobbs avait recommencé à parler. Il articulait toujours aussi mal, afin de remuer les lèvres le moins possible et de ne pas avoir trop mal.

—Je croyais que Goswell était mort depuis des années, disait-il.

—Vous ne saviez pas qu'il était dans le 747 ? demanda Keller.

—Non, monsieur Keller. Je n'ai pas lu les récits que les journaux ont fait de l'accident. Il y a bien longtemps que j'ai cessé de m'intéresser aux drames que l'humanité s'inflige à elle-même.

—Mais vous aviez entendu parler de lui ?

—De Goswell ? C'était un être profondément corrompu.

Pas tout à fait autant que « Le Monstre » , Aleister Crowley, mais il y avait bon nombre de similitudes entre eux. Vous connaissez certainement les exploits qu'il a réalisés dans notre pays pendant la guerre, vous savez qu'il s'est associé avec Mosley, et que finalement, il y a eu une enquête, au sujet de quelques-uns de ses agissements les plus ignobles, qui l'a contraint à fuir l'Angleterre.

— J'en avais vaguement entendu parler, et un de mes amis m'a donné plus de détails hier. Mais je croyais que personne ne l'avait jamais pris au sérieux.

— Et comment ! Il a eu énormément d'adeptes parmi les gens qui connaissaient les activités mystérieuses dont il se mêlait.

— Que voulez-vous dire ? Le culte du diable, la magie noire et toutes ces absurdités ?

— Après tout ce que vous avez vécu, vous ne comprenez toujours pas ces choses-là ?

Bien que sa voix fût toujours aussi étouffée, il perçait dans cette question d'Hobbs une profonde incrédulité.

— La vie après la mort ? Oui, cela j'y crois à présent. Mais le satanisme ?...

Hobbs hocha la tête.

— Il existe, monsieur Keller. C'est une religion comme toutes les autres religions. La seule différence est que ses fidèles adorent le Démon au lieu d'adorer Dieu. Il y a au moins quatre cents centres connus en Angleterre, aujourd'hui. Dès lors, cela n'a pas de sens de vous demander si vous y croyez ou non. *Cela existe.*

— Et la magie ?

— Certains lui donnent le nom de science de l'esprit. Crowley a donné de nombreuses démonstrations du pouvoir de son esprit – pratiquement toujours mis au service du mal. Vous avez vous-même été témoin du pouvoir que Goswell exerce sur ces infortunés esprits, et de l'impact qu'il avait sur moi ! Comment pouvez-vous le nier ? Mais alors se pose la question de votre survie.

Keller se força à garder les yeux sur la route, mais il sursauta en entendant ces derniers mots.

— Que voulez-vous dire ?

— Comment croyez-vous avoir pu survivre à un désastre dans lequel tout le monde a péri ? Ne pensez-vous pas que vous avez dû être sauvé par une puissance quelconque ?

— Mais pourquoi donc ? Pourquoi fallait-il que ce soit moi ?

— Je ne sais pas. Peut-être étiez-vous le seul capable d'accomplir ce qu'ils attendent de vous.

Hobbs retomba dans un mutisme maussade. Keller poursuivit sa route, l'esprit troublé et stupéfait.

Hobbs se remit à parler, lentement, pensivement :

— Vous disiez que les voix ont prétendu avoir été tuées délibérément, hier soir. Goswell n'a plus fait parler de lui depuis des années : la dernière fois que son nom a été mentionné, c'était pour annoncer qu'il avait créé un nouvel ordre religieux aux États-Unis, il y a au moins quinze ans de cela. Vous vous doutez du type de religion dont il s'agissait. À part cela, il a encore de nombreux ennemis dans notre pays, en particulier parmi les juifs : bien qu'une bonne trentaine d'années depuis la fin de la Seconde Guerre mondiale se soient écoulées, ils souhaitent encore se venger des atrocités qu'il a commises envers eux. Supposons qu'ils aient appris qu'il était rentré en catimini en Angleterre, sans doute pour faire plus de mal encore que par le passé : il serait logique qu'ils aient tout fait pour régler leurs comptes avec lui.

— En mettant une bombe ? Et en tuant du même coup tous ces innocents ?

— On sait de quoi les fanatiques sont capables ici-bas, monsieur Keller. Jamais des vies innocentes – aussi nombreuses soient-elles – n'empêcheront des extrémistes d'arriver à leurs fins de vengeance.

— Et alors ?

— Si vous aviez été sauvé pour venger la mort de Goswell ?

— Vous êtes fou ! (La voiture fit une embardée et Keller eut du mal à en reprendre le contrôle. Quand il y fut parvenu et que les klaxons des autres automobilistes se furent apaisés, il reprit :) Si vraiment sa puissance allait jusque-là, pourquoi ne se serait-il pas sauvé lui-même ?

— Parce qu'il était vieux. Trop vieux pour se mettre à la recherche de ses assassins et se venger. Il lui fallait un homme jeune.

— C'est une absurdité ! À supposer même que je retrouve le responsable, pourquoi ferais-je quelque chose ? Si Goswell est aussi mauvais que vous le prétendez, il voudrait sans doute que je le tue – or, jamais je ne ferais une chose pareille.

— Mais peut-être n'auriez-vous pas le choix. Vous avez vu ce qui m'est arrivé à moi.

— Vous, vous aviez pris contact avec les esprits. Vous vous étiez mis en état de réceptivité.

— Oui, c'est exact en ce qui concerne hier soir. Mais, à une autre occasion, cela n'avait pas été le cas et cependant un esprit est parvenu à prendre le contrôle de mes actes. Une femme était venue me voir parce que son mari s'était suicidé après avoir découvert qu'elle le trompait. Elle m'avait imploré d'établir un contact avec son mari, afin de pouvoir lui demander son pardon. Car elle l'aimait réellement. À l'époque, j'étais extrêmement puissant – trop puissant – et il ne me fut pas difficile d'établir un contact avec l'esprit du défunt. Au début, celui-ci parut fort affligé, mais il ne tarda pas à pardonner sa femme. Mais il posa une condition : il fallait qu'elle lui rende régulièrement visite par mon intermédiaire.

» J'étais prêt à continuer les séances pendant un certain temps. Habituellement, je déconseillais que l'on ait trop souvent recours à ces visites, car on finissait par en devenir trop dépendant, mais dans ce cas-ci, je voyais bien que le but en valait la peine. Cela dura quelque temps. Le mari avait l'air d'un brave homme, gentil et confiant. Je ne me rendis pas compte qu'en fait il mettait à profit ce temps pour développer ses pouvoirs dans l'autre monde, pour établir un lien plus solide entre lui et moi.

» Un soir, il prit possession de mon corps physique et je partis à la recherche de sa femme. Vous comprenez, tout ce qu'il voulait, en réalité, c'était se venger. Il voulait commettre l'acte qu'il n'avait jamais osé tenter de son vivant! Et j'étais devenu son instrument. Heureusement, tandis que j'étais occupé à étrangler la pauvre femme, mon propre esprit réussit à se soulever et à chasser l'esprit mauvais de l'homme. Pour mon bonheur, la femme ne porta pas plainte contre moi: elle parut comprendre ce qui était arrivé. Ou peut-être que, bourrelée de remords comme elle l'était, elle décida qu'elle n'avait eu que ce qu'elle méritait. Trois jours plus tard, elle se suicidait à son tour. Son mari avait fini par avoir sa revanche malgré tout. C'est à la suite de cela que j'ai abandonné le spiritisme. J'étais devenu trop réceptif.

Keller risqua un coup d'œil du côté du médium. *Grands dieux, lequel de nous deux est fou?* Il eut envie de stopper sa voiture et de jeter le petit homme dehors. Mais quelque chose dans le calme d'Hobbs l'en empêcha. Le médium le regarda et Keller sentit, plutôt qu'il ne le vit, qu'un douloureux sourire de tristesse se dessinait sous ses bandages.

— Vous n'y croyez toujours pas, n'est-ce pas? dit Hobbs.

— Je ne sais plus, répondit Keller. Tout cela est par trop incroyable. Laissez-moi le temps d'assimiler. Tout s'est passé à une telle rapidité...

— Mais nous n'avons pas assez de temps, monsieur Keller. Peut-être que je me trompe, au sujet de Goswell. Ce n'est qu'une hypothèse. Mais, si vous le connaissiez, vous ne seriez pas loin de me croire. Vous ne pouvez pas avoir la moindre idée de ce que représente la puissance du mal. Toutefois, je comprends votre incrédulité, et je ne vous en veux pas. Mais j'espère que, ce soir, nous aurons la réponse à beaucoup de questions.

Keller vit le poteau qui indiquait Colnbrook et changea de voie de circulation. Quittant l'autoroute, il prit l'échangeur et s'engagea dans la direction de Datchet. Les routes étaient plongées dans l'obscurité et l'absence d'autres véhicules le mettait mal à l'aise.

Ils roulaient en silence. Keller avait les idées plus embrouillées que jamais et Hobbs, plongé dans ses pensées, sentait ses appréhensions croître quant à la soirée qui les attendait. C'est lui qui avait décidé d'aller sur les lieux de la catastrophe. Assurément, c'était l'endroit idéal pour nouer un contact avec les esprits des victimes – mais était-ce raisonnable ? Il savait qu'il y avait un conflit entre les esprits, et il espérait pouvoir aider les bons à vaincre les mauvais. Il n'avait pas encore dit à Keller qu'ils auraient besoin de la présence d'un prêtre – tout simplement parce qu'il ne pouvait prévoir quelle serait la réaction du jeune copilote. Mais il savait qu'ils auraient besoin de toute l'aide qu'ils pourraient trouver.

Il se rendait compte que son hypothèse et toute son histoire personnelle avaient quelque peu ébranlé la confiance de Keller. Mais il n'aurait pas pu faire autrement : il fallait que le jeune homme sache ce qui était en jeu.

La seule chose qu'intérieurement il essayait de ne pas reconnaître – et qu'il ne dirait sûrement pas à Keller –, c'est qu'il avait peur de lui. Il y avait dans le jeune copilote une puissance perturbatrice, quelque chose d'indéfinissable, d'immatériel. Et, en dépit de son trouble manifeste, il y avait également en lui une grande force. Une force dont tous deux auraient bien besoin, ce soir-là.

Ils traversèrent Datchet et tournèrent à gauche, vers Eton. Keller alluma ses grands phares, qui jetèrent brusquement une lumière irréelle, mystérieuse, sur les arbres bordant chaque côté de la route. À présent qu'ils approchaient d'Eton et de l'endroit de l'accident, le copilote se calmait petit à petit. Ses doutes et ses craintes semblaient l'abandonner, s'évanouir au fil des kilomètres. Peut-être était-ce en partie parce qu'il savait que ce soir-là il allait faire quelque chose de positif, quelque chose qui, finalement, aurait un sens. Peut-être aussi avait-il dépassé les limites du bouleversement et en était-il arrivé à un stade où émotions et indécisions ne jouaient plus aucun rôle, où il ne lui restait plus qu'à réagir à ce qui se présenterait.

Il s'engagea sur la route de Windsor et les lumières du collège d'Eton lui apparurent au loin. Ils avaient franchi le petit pont en dos d'âne et venaient de passer entre les premiers bâtiments du collège quand la main d'Hobbs s'abattit tout à coup sur son bras.

— Arrêtez-vous ! commanda le médium.

La Stag stoppa dans un crissement de pneus et Keller se tourna vers son passager, l'air interrogateur. Hobbs pointa un doigt tremblant vers le centre de la petite ville, devant eux.

Keller se pencha vers l'avant en se tenant au volant et regarda attentivement devant lui. Mais bientôt, il se tourna de nouveau vers Hobbs : il ne remarquait rien de particulier, rien à part les lumières de la grand-rue.

— Là, voyons, au-dessus de la ville !

Peu à peu, cela devint visible pour Keller.

Au-dessus d'Eton flottait une luminescence. Une sorte de fluorescence qui palpitait à peine, et si faible, si ténue que

Keller dut battre des paupières pour être sûr qu'elle était bien là, que ce n'était pas une simple buée qui lui voilait les yeux. Elle semblait varier en intensité, pareille à certains endroits à une fine vapeur lumineuse, et, à d'autres, aussi brillante que des amas d'étoiles. Il n'y avait pas moyen d'en estimer la dimension, car il était impossible de savoir à quelle distance elle se trouvait. De l'avis de Keller, elle pouvait avoir de cent à cinq cents mètres de longueur. Sa forme évoluait constamment : ses extrémités, imprécises et changeantes, faisaient penser aux bords d'un nuage qui s'effilochaient au gré des vents hostiles.

— Qu'est-ce que c'est ? demanda Keller, impressionné.

Pendant quelques instants, Hobbs fut incapable de lui répondre. Puis, la voix altérée, il dit :

— Ils nous attendent. Ce sont les morts qui nous attendent.

Chapitre 15

Tapi dans l'obscurité, il s'efforçait de rester parfaitement silencieux. L'épais manteau et la grosse écharpe de laine dans lesquels il s'était emmitouflé ne suffisaient pas à le réchauffer, mais il n'osait allumer un feu : *ils* risqueraient de le voir trop facilement.

Sans tourner la tête, il regardait tout autour de lui. Ses paupières étaient maintenues ouvertes par deux bandes blanches de ruban adhésif collées verticalement. Roulant les yeux, il scrutait chaque recoin de la pièce. Non, ils n'étaient pas encore là. Mais ils allaient venir. Ils venaient tous les soirs, à présent. Et parfois même pendant la journée. Il les entendait chuchoter entre eux. De temps en temps, ils riaient. Il savait qu'ils voulaient s'emparer de lui, mais s'il se tenait caché dans le noir et ne faisait pas de bruit, ils ne le trouveraient jamais. Il serra entre ses cuisses son noir fusil métallique, dont le canon était pointé vers le plafond. Avec un sourire mauvais, il fit glisser ses doigts sur le long tube bien lisse, en un geste évoquant la masturbation. Ce contact froid, cette fermeté lui apportaient une certaine jouissance. Son fusil le protégerait : rien ne pouvait résister à sa puissance explosive. Pas même ceux qui étaient déjà morts. Car ils étaient bien morts, n'est-ce pas ?

Au début, ils lui avaient fait peur, quand ils étaient venus, la nuit, l'appeler et le tourmenter. Mais ils ne pouvaient pas le toucher ! Il avait compris cela, une fois sa première frayeur passée. Ils pouvaient évoquer des images, crier, et même essayer de pénétrer dans son cerveau. Mais, physiquement, ils ne pouvaient lui faire aucun mal. Parce qu'ils n'étaient pas de ce monde. Ils n'avaient aucune substance.

Il savait qu'ils voulaient le rendre fou. Mais il était trop malin pour qu'ils y réussissent. *Lui* avait prétendu, des mois auparavant, qu'il était fou, mais *il* lui avait payé ça, depuis. Ça, et d'autres choses aussi. Maintenant, *il* était parmi eux, *il* était l'une des voix. *Il* cherchait à se venger. Tapi dans l'ombre, l'homme au fusil se mit à rire tout haut – mais il se tut immédiatement. Il ne faut pas qu'ils sachent où je suis. Il ne faut pas qu'*il* sache.

Il avait payé sa trahison. *Il* l'avait payée de sa vie. Les autres qui étaient morts avec *lui* n'étaient pas importants. Leurs vies n'avaient aucune valeur… Il était ravi de savoir qu'ils souffraient toujours. Pour eux, la mort n'avait pas été une libération ! Et *il* souffrait avec eux. Et ça, c'était bon.

Oui, tout au début, ils l'avaient effrayé. À tel point qu'il n'osait plus sortir de chez lui. Mais il avait trouvé la solution : se tenir à l'écart. Fuir les endroits où un accident est trop vite arrivé. Fuir les gens qui pouvaient lui faire du mal. Il avait écrit à la société – à sa société, celle qu'il avait lui-même fondée – pour leur dire qu'il devait s'absenter pendant quelque temps pour prendre du repos, et qu'il reviendrait dès qu'il s'en sentirait capable. Cela ne leur avait sûrement pas déplu, puisque eux-mêmes le lui avaient suggéré, un peu auparavant.

Il sourit et un léger ricanement s'échappa de ses lèvres, mais il mit sa main sur la bouche et regarda autour de lui avec circonspection.

La société avait envoyé quelqu'un lui rendre visite, mais il n'avait pas ouvert la porte et la personne était repartie. La même personne était revenue à plusieurs reprises et avait fini par abandonner. Ils finiraient tous par abandonner la partie. Même les voix. Qu'est-ce qu'ils avaient essayé, tous ces morts ! Mais ma volonté est plus forte, tellement plus forte que la leur. Comme ils devaient se sentir frustrés ! Les pauvres idiots. Pensaient-ils vraiment que des apparitions, des mots et des pensées suffiraient à m'atteindre ? Tout cela se passe dans l'esprit. Et mon esprit est plus fort que le leur. Plus fort et plus malin.

Les voix lui avaient dit que quelqu'un viendrait le chercher – envoyé par elles. Ah ! Ah ! Pensaient-elles réellement que cela suffirait ? Effectivement, un homme était venu. Quand donc ? Était-ce aujourd'hui ? Ou hier ? Les jours ne faisaient plus qu'un, maintenant. Il avait vu arriver cet homme depuis la fenêtre de sa chambre à coucher. Quand il avait levé les yeux, il s'était dissimulé derrière les tentures. L'homme avait appuyé sur le bouton de sonnette, pendant… des siècles, lui avait-il semblé. Son insistance l'avait irrité. Puis, il avait entendu des pas faire le tour de la maison. Il était alors descendu, furtivement, sans un bruit, avait traversé le hall et s'était arrêté devant la porte de la cuisine, aux aguets. L'homme – qui était-il ? Qui *avait-il été* ? – s'était mis à frapper à la porte de service et à agiter violemment la poignée.

Doucement, tout doucement, il avait ouvert la porte de la cuisine et s'était glissé à l'intérieur. L'ombre de l'inconnu se dessinait de l'autre côté des vitres dépolies de la porte de service. Les rideaux des fenêtres étaient tirés, comme tous les rideaux de la maison, donc l'homme ne pouvait pas le voir. Il était resté immobile à côté de la table de la cuisine, retenant son souffle, et n'avait pas bougé lorsque l'homme s'était éloigné de la porte pour reparaître à la fenêtre. Son ombre devint plus nette : il s'approchait au maximum de la vitre, pour essayer d'apercevoir quelque chose par la mince fente qui séparait les deux rideaux.

Il sursauta lorsqu'il réalisa qu'il avait laissé son fusil en haut, sur le lit. C'eût été tellement facile – et tellement agréable – de tirer à travers la fenêtre. L'espace d'un instant, l'ombre serait devenue de la chair vivante, avant de disparaître sous la tablette de la fenêtre, anéantie par le coup de feu. Mais il vit le couteau à pain qui était resté sur la table, à côté d'un pain rassis, et, se détendant, il sourit. Il ramassa le couteau et alla se poster près du mur, juste à côté de la fenêtre. À ce moment-là, l'ombre leva un bras et introduisit quelque chose entre le châssis et le battant de la fenêtre. Avec un petit claquement sec, le verrou se libéra.

L'homme entreprit de tirer la fenêtre vers le haut. Celle-ci grinça comme pour protester et le mouvement cessa aussitôt. Puis il reprit, plus lentement, plus précautionneusement.

Les rideaux s'écartèrent et un pied apparut. Il remarqua que le bas de la chaussure était maculé de boue séchée, comme si l'homme qui la portait avait passé tout un temps à patauger dans des champs détrempés. C'était comique qu'il ait fait attention à un détail aussi trivial alors qu'il était sur le point de tuer l'intrus.

Le pied fut suivi d'une jambe, et il se mit à respirer plus fort. Si fort, même, qu'il eut peur que l'homme ne l'entende. Tout à coup, une douleur aiguë bloqua le bras qui tenait le couteau, et il faillit lâcher son arme. C'était un des effets de sa maladie : cette paralysie latente, qui apparaissait et disparaissait. Un jour, elle serait permanente. Déjà, elle lui avait enlevé le contrôle des muscles de ses paupières. De son autre main, il saisit le couteau et le tint la lame vers le haut. Son autre bras se décontracta et la circulation y revint normalement.

La tête et les épaules de l'homme apparaissaient à présent dans la pièce. S'immobilisant, l'inconnu regarda fixement devant lui, par la porte qui était restée ouverte. Soudain, il parut avoir l'intuition de sa présence, mais c'était trop tard, beaucoup trop tard. À l'instant précis où l'homme allait tourner la tête vers lui, sa main gauche s'abattit, empoigna l'homme par les cheveux et lui tira la tête en arrière, tandis que de l'autre main il enfonçait la lame dans son cou ainsi dégagé, la retirait prestement et la plongeait de nouveau dans sa gorge.

L'homme avait chancelé vers l'avant et des flots de sang s'étaient mis à couler sur le carrelage de la cuisine. Toujours à califourchon sur le rebord de la fenêtre, son corps s'était affaissé mollement. Il l'avait alors saisi par son manteau et l'avait tiré à l'intérieur.

Il ne put réprimer un petit rire en songeant au cadavre, qu'il avait installé sur une chaise, à la table de la cuisine : il avait tout à fait l'air de quelqu'un qui s'est assoupi après avoir pris une petite collation.

— C'est tout ce dont vous êtes capables ? demanda-t-il à l'air environnant, d'un ton railleur. C'était ça, votre messager ? Eh bien, il vous a rejoints, maintenant !

Et il se mit à rire bruyamment. Il savait qu'ils n'en avaient pas encore fini avec lui, mais il en arrivait presque à prendre goût au jeu.

Sa bonne humeur fut de courte durée, pourtant. À mesure que la nuit s'épaississait, que le silence se faisait presque audible et que le froid recommençait à le mordre cruellement, la peur se mêla à sa folie, perça la barrière de sa démence de mille petits trous de plus en plus lancinants, qui s'élargirent bientôt en une déchirure béante. Son corps, assailli par cette paralysie latente qui faisait partie de sa maladie, se raidit et fut bientôt incapable d'effectuer un seul mouvement. Seuls ses yeux continuaient de s'agiter, roulant de droite à gauche, les paupières retenues par les bandes adhésives, les pupilles dilatées par le désespoir. Cela passerait, il le savait bien. Mais en attendant, il était totalement impuissant.

Blotti dans les ténèbres de sa chambre, il attendit de voir ce qu'ils allaient lui envoyer, cette fois-ci.

Chapitre 16

Le révérend Biddlestone, s'agitant dans son sommeil, envoya un coup de pied à la tasse vide qui reposait sur sa soucoupe, à côté du sofa. Le cliquetis de la porcelaine le réveilla en sursaut et, pendant quelques secondes, son esprit endormi lutta pour savoir où il était. Se dressant sur son séant, il regarda le feu qui brûlait devant lui comme une prolongation de son rêve – mais bientôt, il se détendit : la lumière des flammes n'illuminait que les objets et les meubles familiers de son salon. Il avait dû s'assoupir après le départ de Mme McBride, sa gouvernante. L'excellente femme l'avait soigné comme une vraie mère poule, lui avait allumé un bon feu, lui avait apporté du thé avec deux délicieuses galettes de sa propre confection et, redressant les coussins, l'avait installé pour le mieux. Il s'était évidemment endormi après son départ, dans la bonne chaleur du feu, propice au sommeil.

Il ne devait pas avoir dormi très longtemps, car les flammes étaient encore vives. Et pourtant, elles ne donnaient plus aucune chaleur. La pièce était extrêmement froide. À tel point, même, qu'il voyait sa respiration se condenser quand il expirait. Étrange… Et il avait fait un rêve tellement atroce ! Il s'était retrouvé, le soir de l'accident, en train de marcher au milieu des victimes pour leur administrer les derniers sacrements. Mais cette fois, tout le champ brûlait et il circulait parmi les flammes, bénissant et réconfortant les blessés et les mutilés. Et tous étaient encore en vie et, dans de terribles souffrances, ils pleuraient en réclamant la pitié, l'indulgence.

Ce souvenir le fit frissonner. Pauvres, misérables créatures ! Il était sûr d'une chose : bon nombre d'entre elles n'avaient pas encore trouvé la paix. Cette « chose » qu'il avait vue dans son église, ce n'était en fait que la manifestation d'une âme tourmentée. L'horreur de ses traits n'avait existé que dans son propre esprit : le mal qui s'en exhalait ne provenait que de sa propre frayeur. C'était du moins ce que lui avait fait comprendre son rêve : les flammes représentaient leurs tourments, et ces tourments n'avaient pas cessé. Ils avaient supplié qu'on leur épargne ce purgatoire : par la prière, il les aiderait à s'en libérer.

Sans savoir ce qui l'y incitait, le pasteur regarda vers la fenêtre et il y vit une petite figure blanche qui l'observait à travers le carreau. Cette vision ne le surprit pas autant qu'elle l'aurait dû. On aurait presque dit qu'il s'y attendait.

Il se leva et, une fois de plus, heurta du pied sa tasse qui était par terre. Le bruit qu'elle fit sur la soucoupe le fit baisser les yeux l'espace d'un instant. Lorsqu'il releva la tête, le petit visage avait disparu. Se précipitant vers la fenêtre, il s'approcha de la vitre pour scruter les ténèbres du dehors, les mains en œillères pour ne pas être gêné par la lumière du feu. Son haleine forma bientôt sur la vitre une buée qui l'empêcha de bien voir : l'essuyant du revers de la main, il se pencha de nouveau, en retenant sa respiration.

Au bout du jardin, dans le noir, une frêle petite silhouette attendait. Cela avait l'air d'être un enfant, et il semblait serrer quelque chose de blanc contre lui. Le pasteur frappa contre le carreau et fit signe à l'enfant d'approcher. Mais la petite silhouette resta où elle était, immobile.

Alors, il se redressa et quitta la pièce aussi vite qu'il le put, pour aller à la porte du jardin. Le temps de la déverrouiller et de l'ouvrir, l'enfant était parti. Pendant de longues secondes, il resta sur le seuil à fouiller l'ombre du regard, sans prendre garde au froid de la nuit. Descendant ensuite sur le sentier de son jardin, il se mit à l'arpenter en faisant bien attention de ne pas piétiner ses plates-bandes gelées. Arrivé près de la haie, il jeta un coup d'œil de l'autre côté. De là, on voyait la carcasse de l'avion, au milieu du champ voisin, illuminée par deux lampes jumelles. Il se retourna, désespéré, lorsque avec sursaut il aperçut la silhouette pâle, spectrale, qui passait à côté de la maison et s'éloignait de lui. Se précipitant à sa suite, il la vit disparaître par le passage latéral qui menait vers l'église. Il franchit lui aussi la haie au même endroit, puis s'arrêta pour chercher l'enfant du regard.

Elle l'attendait, non loin de là, et cette fois il la voyait assez clairement pour constater qu'il s'agissait d'une petite fille d'environ six ou sept ans – sûrement pas davantage. Plusieurs enfants avaient péri dans l'accident, bien sûr, mais il se souvenait du cas particulier d'une petite fille de six ans qui voyageait en compagnie de sa mère, romancière. Quel était son nom, déjà ? Il ne s'en souvenait pas. Mais les journaux avaient raconté qu'on n'avait jamais pu retrouver son corps – ou du moins, aucun fragment qui eût permis de l'identifier. N'était-il pas en présence du fantôme de cette malheureuse fillette, de cette pauvre petite créature perdue dans les champs à la recherche de sa mère ? Plein de compassion, il tendit la main vers elle : mais elle, lui tournant le dos, se mit à s'éloigner sans même se retourner pour voir s'il la suivait.

Bien entendu, il lui emboîta le pas, car sa souffrance pour une âme égarée était plus forte que toutes les frayeurs qu'il pouvait ressentir. Elle entra sous le porche qui se trouvait sur le côté de l'église, et par lequel il avait l'habitude d'entrer en semaine. Sachant que la porte était fermée, il se rua vers le porche, où la petite fille ne manquerait pas d'être bloquée. Mais lorsqu'il l'atteignit et s'arrêta juste devant, le souffle court, il eut la stupeur de constater que la porte de l'église était ouverte. Une lumière vacillante brillait à l'intérieur.

La démarche brusquement pesante, il se sentit irrésistiblement attiré vers l'embrasure de la porte, vers l'origine de cette lueur tremblotante. Mais maintenant, il sentait sourdre en lui l'ancienne terreur. Maintenant qu'il était trop tard, la peur le transperçait de son frisson.

Grimpant les quelques marches qui menaient à la porte, il vit que des bougies brûlaient dans l'église. Leurs flammes faisaient monter dans l'air de minces spirales de fumée noire qui remplissaient l'église de vapeurs âcres et de relents de cire. Leurs faibles lueurs combinées ne suffisaient pas à éclairer le vaste espace du bâtiment, et la longue nef était dominée par les ombres. Quant au chœur et à la petite chapelle de la Vierge, ils étaient totalement plongés dans l'obscurité. Le pasteur entra, d'un pas mal assuré, souhaitant intérieurement tourner les talons et s'enfuir, mais impérieusement contraint d'avancer.

La petite fille était agenouillée devant l'autel. Elle ne serrait plus sa poupée dans ses bras et le jouet, vaguement tenu au bout de ses bras ballants, traînait mollement par terre. Ému, il marcha vers elle en levant les deux bras dans un geste de compassion.

— Laisse-moi t'aider, mon petit, dit-il avec chaleur.

Mais, avant qu'il arrive auprès d'elle, quelque chose d'autre sortit de l'ombre. Quelque chose de noir. Quelque chose qui ricanait abominablement.

L'atroce puanteur de chair brûlée lui emplit aussitôt les narines et il s'immobilisa sur place, les bras toujours tendus. Devant lui se trouvaient la même face calcinée, les mêmes trous noirs qui avaient dû abriter des yeux, la même caverne béante qui avait été une bouche et au fond de laquelle s'apercevait un mince lambeau de chair sèche et racornie : ce qui restait d'une langue. C'étaient les vestiges carbonisés d'un cadavre. C'étaient ceux qu'il avait déjà vus la veille dans son église.

Accablé d'horreur, le révérend Biddlestone tomba à genoux. De petits bruits sortaient de sa bouche qu'il ouvrait et fermait tour à tour dans l'effort désespéré qu'il faisait pour crier, pour appeler – pour lâcher la bonde à la terrible tension qui montait en lui. Quittant des yeux, par un suprême effort de volonté, la vision calcinée, il tourna ses regards vers la fillette. Elle ne manquerait pas de l'aider, elle lui donnerait la force de fuir cette créature répugnante.

La petite fille se retourna pour le regarder et il vit que sa robe n'était plus qu'un amas de haillons roussis. Quant à trouver de la sympathie dans son expression, il ne pouvait en être question : elle n'avait pas de visage. Et cependant, il l'entendit rire sous cape, tandis que ses petites épaules étaient secouées par son accès de gaieté. Mais le rire sortait des lèvres moqueuses de la poupée qui gisait à côté d'elle. Le visage de plastique était déformé et brûlé, mais les yeux de la poupée, immenses et arrondis, étaient fixés sur lui avec une intensité magnétique. Le rire de la fillette en faisait presque un être vivant.

D'autres formes noires sortaient de l'ombre. Quelques-unes devaient se traîner par terre parce qu'il leur manquait des membres. Leurs voix se répercutaient sous les voûtes de pierre de l'église en de longs murmures, presque des chuchotements. Lentement, ils marchaient sur lui, le long des bas-côtés, entre les rangées de bancs. Si nombreux…

Il se rejeta en arrière et, ce faisant, tomba sur le côté. Le personnage qui était sur l'autel, le plus proche de la petite créature qui avait été une enfant, s'approcha, plus près, encore plus près, et se pencha vers lui. L'odeur atroce de sa chair brûlée donna un violent haut-le-cœur au pasteur.

—Alors, homme de Dieu, tu es venu pour nous sauver ? prononçait une voix basse, sifflante, émise avec effort par des cordes vocales brûlées.

Et le rire qui suivit n'en parut que plus malveillant encore.

Le pasteur voulut essayer de fuir la petite fille en rampant, mais ses membres refusèrent de lui obéir. Les créatures s'étaient toutes rassemblées autour de lui, à présent, et toutes l'observaient – certaines d'un regard aveugle. La petite fille se fraya un passage au travers de la foule. Elle étreignait sa poupée, dont les yeux voyaient pour elle.

— Est-ce lui ? demanda une voix.

— Non, souffla une autre. Ce n'est pas celui-ci.

Il voyait davantage de détails, maintenant, et tous ces détails étaient plus affreux les uns que les autres. Des touffes éparses de cheveux roussis encore accrochés à des crânes décharnés, des lèvres mangées par les flammes, laissant à nu des dents noires et grimaçantes, des mains qui n'avaient plus de doigts, des corps déchirés par le milieu et qui faisaient apparaître des entrailles grouillantes d'êtres vivants.

— Dieu du Ciel, au secours ! parvint-il à articuler. (Puis, sa voix s'amplifia et il hurla :) Au secours !

Il se mit à quatre pattes et replia ses jambes sous lui. Puis, posant son visage sur les froides dalles de son église, il couvrit ses joues et ses oreilles de ses deux bras. Geignant et laissant derrière lui une traînée humide de larmes, il entreprit de se traîner entre les jambes des monstres qui formaient un cercle autour de lui, et progressa, centimètre par centimètre. Il n'avait ni la force ni le courage de se remettre debout et de passer au milieu d'eux. Sans cesse ils se moquaient de lui, le harcelaient de leurs moignons de doigts noircis, riaient de sa poltronnerie. Le bruit qu'ils faisaient résonnait dans sa tête, emplissait l'église, le tourmentait affreusement. Plaquant les mains sur ses oreilles, il releva la tête, les yeux étroitement fermés, et, se redressant sur ses genoux, il tendit le visage vers les hautes voûtes :

— Non ! Non ! hurlait-il.

Les voix se turent. Tout mouvement s'interrompit. Lentement, il rouvrit les yeux et baissa la tête. Tous s'étaient tournés vers la porte et regardaient l'homme qui se tenait à l'entrée de l'église.

—Aidez-moi, supplia doucement le pasteur.

Mais son ami Ian Filbury ne put que regarder, les yeux agrandis par l'horreur, la scène qui se déroulait à l'intérieur de l'église.

La journée avait été longue pour l'agent Wickham. Ses nerfs avaient été mis à rude épreuve, et il se sentait presque sur le point de craquer. Toute la journée, une tension s'était accumulée autour de lui, une nervosité générale qui, il en était cruellement conscient, affectait la ville tout entière. Il savait bien que, dans des cas comme celui-là, il n'y avait rien à faire – sinon attendre que l'orage éclate quelque part, et à ce moment-là se précipiter pour arranger les choses le mieux possible. L'agent Wickham ne savait pas exactement à quoi il fallait s'attendre, mais de toute façon il espérait bien que cela ne se déclencherait pas avant qu'il ait fini sa journée. Il avait fait pas mal d'heures supplémentaires, et l'angoisse qu'il ressentait lui-même les avait rendues interminables à ses yeux. Bien sûr, les primes qui en découlaient venaient bien à point, mais il aurait tout de même préféré – et de loin – travailler à un cas intéressant. Ou du moins à une affaire qui lui aurait donné l'occasion d'être actif. Il y avait de quoi devenir fou, à passer ainsi des semaines à battre la semelle dans ce champ, pour garder cette épave exactement comme si elle valait son pesant d'or. Plus que une heure, et il se retrouverait chez lui : un bon feu, un bon petit dîner, un moment devant la télévision… Ça lui ferait du bien.

Tout à coup, l'instant qu'il redoutait arriva.

Avec un sursaut, il entendit des appels au secours provenant de l'autre côté du champ.

—Tu as entendu, Ray ? cria-t-il à son collègue qui se

trouvait quelque part dans l'ombre du champ, pour en surveiller les abords.

—Ouais, Bob, j'ai entendu, répondit l'autre policier. (Il alluma sa torche électrique et rejoignit Wickham d'un pas pesant.) Ça venait de là-bas, je crois, dit-il en pointant le doigt vers l'extrémité nord du champ.

—Non, non, de là! répliqua Wickham en montrant l'est.

À ce moment-là, les cris retentirent de nouveau, donnant raison à l'agent Wickham.

—C'est du côté du presbytère! Viens, Ray, allons-y!

Les deux policiers traversèrent le champ au pas de course, en s'éclairant avec leurs torches respectives. Le sol gelé crissait sous leurs lourdes bottines.

—Vite, vite, par ici! cria une voix.

L'agent Wickham aperçut la silhouette d'un homme qui faisait de grands signes, près de la petite grille conduisant à l'église paroissiale. Braquant le rayon de sa lampe sur le visage de l'homme, il eut la surprise de reconnaître le regard qu'il éblouissait.

—Monsieur Filbury? Que se passe-t-il, monsieur? demanda-t-il en s'arrêtant devant la grille.

Entre-temps, Ray l'avait rejoint et dardait à son tour le faisceau de sa lampe vers le visage du commis au conseil municipal.

—Dieu soit loué! Je pensais bien qu'il devait y avoir quelqu'un de garde auprès de l'épave, haleta Filbury en levant la main pour se protéger les yeux. C'est vous, Wickham?

—C'est moi, monsieur. Que se passe-t-il?

Filbury tourna la tête vers l'église et les deux policiers suivirent son regard. Une pâle lumière s'apercevait par l'entrée latérale.

—C'est le révérend Biddlestone. Venez m'aider.

Filbury ouvrit la grille et fit entrer l'agent Wickham, qui passa devant lui.

— Ça a recommencé, dit Filbury en lui emboîtant le pas.

L'agent ne prit pas la peine de lui demander ce qui avait recommencé, car ils étaient déjà pratiquement devant l'entrée et il allait pouvoir se rendre compte par lui-même.

Il gravit rapidement les quelques marches et s'arrêta net dans l'embrasure de la porte, suivi de trop près par les deux autres, qui se cognèrent contre son large dos. Le visage de l'agent Wickham refléta soudain la plus intense consternation.

Recroquevillé par terre sur les dalles de l'église, le pasteur levait la tête vers eux en tremblant. Son visage avait la couleur de la cendre et les yeux semblaient lui sortir de la tête. Assis sur les genoux, il se soutenait d'une main tandis que de l'autre il se griffait nerveusement la figure. Son corps entier était secoué de frissons et de tressaillements et son visage dégoulinait, trempé de sueur, de larmes et de salive. Sa chevelure argentée tenait, toute raide, hérissée sur son cuir chevelu. Un gargouillis incompréhensible s'échappait constamment de ses lèvres.

— Dieu du Ciel ! s'écria l'agent Wickham, incapable de prononcer une parole de plus à la vue du malheureux prêtre anéanti.

— Voilà comment je l'ai trouvé, il y a à peine quelques instants, dit Filbury d'une voix altérée par l'émotion. Tout seul dans l'église, rampant par terre, terrifié. Il était sans doute en train d'allumer les bougies quand… quand… (Les mots s'étranglèrent dans la gorge de Filbury, terrassé par le chagrin.) Pauvre Andrew, parvint-il encore à articuler.

— Encore une crise, dit l'agent Wickham entre ses dents. Cette fois-ci, ça a l'air d'avoir été carrément trop loin.

Il hocha la tête avec compassion, puis il remarqua la bizarre odeur qui flottait dans l'air :

— On dirait qu'il a fait brûler quelque chose, dit-il en retroussant le nez.

Cette odeur infecte, nauséabonde, lui rappelait quelque chose. Il avait déjà senti la même odeur quelque part… Soudain, son estomac se contracta tandis qu'il se rappelait où et quand. C'était pendant la nuit de l'accident. Parmi les flammes.

C'était une odeur de chair roussie.

Chapitre 17

Il avait fallu plus de une heure à Keller et à Hobbs pour convaincre le prêtre de leur sincérité – et de leur santé mentale. Et, après tout ce temps, le père Vincente n'en était pas encore tout à fait sûr.

Il avait reconnu le plus jeune des deux hommes. Celui du désastre aérien, dont tous les journaux avaient publié maintes photographies. C'était le copilote du Jumbo. L'unique survivant. Par contre, le prêtre était certain de ne jamais avoir vu l'autre homme, dont la bouche, le menton et une partie du nez étaient cachés par des bandages. Il y avait en celui-là quelque chose de dérangeant, et ce n'étaient pas seulement les blessures qu'il avait au visage. C'étaient ses yeux, gris et perçants. Des yeux si vifs, si pénétrants, et qui voyaient bien au-delà de toutes les barrières superficielles qu'on pouvait tâcher d'interposer entre eux et soi. C'étaient ces yeux, plus que toute autre chose, qui avaient influencé le jugement du prêtre quant à l'intégrité de ces deux hommes.

Au début, Keller s'était montré réticent à l'idée d'impliquer un prêtre dans l'affaire, mais Hobbs lui avait patiemment expliqué qu'on avait souvent besoin de la présence d'un religieux lorsqu'on avait à combattre des esprits aussi mauvais. La puissance du mal ne pouvait être vaincue que par la puissance de la lumière, et la plupart des hommes de Dieu possédaient une telle force en eux.

On leur avait indiqué le chemin vers l'église catholique et ils avaient eu la surprise de la trouver blottie derrière la grand-rue, pratiquement en face du Champ du Sud, celui dans lequel le 747 s'était abattu. Après qu'ils eurent garé leur voiture dans le parc de stationnement voisin, Keller fut plus étonné encore de constater que l'église protestante, dont la grande ombre noire se découpait sur le ciel nocturne, n'était qu'à quelques centaines de mètres de là. Puis il regarda l'épave, qui gisait toujours dans le champ, lugubrement éclairée par deux lampes dont les faisceaux étaient interrompus, de temps à autre, par les silhouettes des policiers de faction. Levant enfin les yeux, Keller vit le nuage scintillant qui flottait juste au-dessus du champ.

C'était une curieuse petite église, la parfaite reproduction miniature d'une basilique romaine. Keller fut surpris par la calme beauté qu'il y trouva en entrant. Il y avait longtemps qu'il n'avait plus pénétré dans un lieu de culte – les funérailles des victimes de l'accident avaient été célébrées en plein air, pour pouvoir accueillir la foule qu'à juste titre on avait prévu de voir affluer – et il fut étonné du brusque flux de chaleur qui monta en lui. Sans être un sujet tabou pour lui, la religion ne l'intéressait guère. Cathy, qui était très croyante mais avec beaucoup de discrétion, n'avait jamais cherché à lui imposer quoi que ce soit. Elle était d'avis que les gens finissent toujours par trouver leurs propres convictions : on pouvait éventuellement orienter leur réflexion, mais jamais on ne devait, en aucune circonstance, forcer leur choix. Maintenant, cependant, il commençait à comprendre le réconfort que les gens trouvaient dans leur foi : en entrant dans l'église, il avait senti monter la force de l'esprit. Le calme qui l'avait frappé dès l'abord s'amplifia et se répandit dans tout son être comme un sédatif. C'était une expérience étrange, et imposante dans sa grandeur. Non pas qu'il se sentît tout à coup retourné, converti à la foi en Dieu – ce n'était pas aussi théâtral que cela. Mais il avait découvert une paix nouvelle, et il aurait besoin d'un certain temps pour en évaluer la teneur. À ce moment, il remarqua qu'Hobbs était occupé à l'examiner avec cette expression qu'il lui connaissait bien maintenant, faite d'un mélange de curiosité et de perplexité.

Il y avait dans l'église un maître-autel et six petites chapelles de chaque côté de la nef. Les principaux piliers et de nombreux autels étaient recouverts de marbre. Lorsqu'ils entrèrent, un service était en cours – devant une assistance qui ne comptait guère que sept ou huit personnes – et ils attendirent patiemment, au fond de l'église, que ce soit terminé. Ils n'allèrent vers le prêtre que lorsque le dernier des fidèles eut quitté l'église.

Le prêtre les avait écoutés en silence, sans jamais les interrompre, et en observant attentivement les deux hommes pendant qu'ils exposaient leur histoire. Le plus jeune des deux, le copilote, n'avait presque rien dit, mais quelque chose en lui inspirait confiance. Le père Vincente était seulement intrigué par les fréquents coups d'œil qu'il adressait au crucifix qui dominait le maître-autel : il avait l'air de quelqu'un qui vient d'en comprendre la signification.

L'autre homme, plus petit et plus âgé, était fort différent. Il inspirait confiance, lui aussi, mais pour une raison tout autre, beaucoup plus profonde. Il parlait d'une façon tellement prosaïque de phénomènes incroyables, et ses étranges yeux ne faiblissaient jamais. Il n'y avait pas l'ombre d'un défi dans sa voix : il parlait comme s'il ne pouvait absolument y avoir aucune raison de ne pas le croire. Manifestement, cela lui faisait extrêmement mal de parler, à cause des blessures qu'il avait à la bouche, et le père Vincente dut plus d'une fois se pencher vers lui pour saisir ses paroles. Une chose lui parut certaine : ces hommes ne mentaient pas. Et il ne semblait pas y avoir la moindre exagération dans leur ton.

Bien qu'il n'eût pas encore quarante ans, le prêtre avait entendu trop de mensonges, trop d'histoires fausses –

parfois même racontées en toute innocence – pour douter des deux hommes. N'aurait-il eu qu'une seule qualité, c'eût été la capacité de discerner la réalité de la fiction, l'honnêteté de la tromperie. Il était sûr de leur bonne foi – mais il se demandait s'ils ne se leurraient pas. Il ne prit même pas la peine de leur demander s'ils étaient chrétiens : il était manifeste qu'aucun des deux ne l'était. Il se borna à se lever du banc sur lequel il s'était assis et, se tournant vers eux pour leur faire face, il leur dit simplement :

— Voyons ce qu'il y a moyen de faire.

Keller fut stupéfait.

— Vous nous croyez ? demanda-t-il, incrédule.

Le prêtre eut un sourire un peu triste :

— Voilà des semaines, à présent, que la ville est sous tension, j'en suis extrêmement conscient et je sens que cela empire. On dirait une chape de plomb qui pèse sur Eton. Dans mon église, même, se sont produits d'étranges phénomènes : des statues ont été jetées par terre, des sièges renversés, la nappe d'un des autels a été déchirée en petits morceaux, des flaques de sang sont apparues par-ci par-là… Jusqu'à présent, j'ai réussi à garder cela pour moi : je n'ignore pas la panique que ce genre d'incidents peut provoquer. Au début, je les ai d'ailleurs attribués à un certain vandalisme. Mais c'était fermer les yeux à l'évidence : une influence mauvaise est effectivement en train de se créer. Et je suis convaincu que tout ce qui est arrivé jusqu'à aujourd'hui n'est rien en comparaison de ce qui risque de se produire si on laisse cette influence acquérir davantage de puissance. Les morts mystérieuses d'hier ne sont qu'un commencement.

— Quel bonheur que vous soyez à même de vous rendre compte de ce qui se passe ! soupira Hobbs entre ses lèvres endolories.

Le prêtre le regarda vivement :

— Je ne suis pas certain de m'en rendre vraiment compte, monsieur Hobbs.

— Mais vous nous aiderez ?

— J'ai dit que nous allions voir ce qu'il y avait moyen de faire.

— Vous nous accompagnez jusqu'à l'épave ?

Le père Vincente acquiesça.

— S'il y a quelque chose à découvrir, je suis du même avis que vous : c'est là que nous aurons le plus de chances d'y parvenir, dit-il. Mais, ajouta-t-il en se tournant vers Keller, je voudrais poser une condition.

Le copilote le regarda, surpris.

— J'aimerais que vous portiez ceci sur vous, monsieur Keller.

Et, plongeant la main sous sa soutane, dans la poche de son pantalon, il en retira un objet dur qu'il pressa dans la paume de Keller et l'y maintint pendant quelques instants, sans jamais quitter le copilote des yeux.

Puis, l'air satisfait, il lâcha la main de Keller. Ce dernier baissa les yeux pour voir de quoi il s'agissait : c'était un petit crucifix de bois d'environ dix centimètres de long sur sept de large. Embarrassé, il regarda le prêtre – mais ses yeux interrogateurs ne rencontrèrent qu'un sourire énigmatique. De son côté, Hobbs émit un léger grognement. Il avait compris les intentions du prêtre.

— À présent, reprit le père Vincente presque joyeusement, permettez-moi d'aller me changer et de revêtir une tenue plus pratique, et je suis à vous.

Il passa à côté du maître-autel et disparut dans la sacristie. Keller se tourna alors vers Hobbs et lui demanda :

— Comment se fait-il qu'il nous ait crus aussi spontanément ?

— En entrant dans l'église, j'ai vu qu'elle appartenait à l'ordre des chanoines de Saint-Augustin. C'est une congrégation qui voyage énormément. Je présume donc que le bon père Vincente a eu l'occasion de séjourner dans plusieurs pays primitifs et qu'il y aura assisté à des phénomènes plus étranges encore que ceux-ci.

— Plus étranges encore ?

— Vous seriez étonné. Mais il y a encore autre chose : par définition, le sacerdoce a parmi ses raisons d'être la lutte contre le mal. Elle fait partie tout naturellement du culte de Dieu. Les prêtres sont donc habitués aux manifestations du mal sous toutes ses formes. Évidemment, ils n'encouragent pas la diffusion des histoires sur la magie noire et les exorcismes, de peur que leur religion soit accusée de sorcellerie par les grands cyniques de ce monde. Mais il est certain qu'ils croient au mal en tant que puissance physique – une puissance qu'il faut constamment combattre ou du moins tenir en échec. Le malheur, bien qu'aucun d'entre eux ne l'admettra jamais publiquement, c'est qu'en réalité l'Église perd du terrain. Le mal – ou le Diable, comme vous préférez – est en train de prendre le dessus.

Keller n'avait guère envie de s'engager dans une discussion philosophique sur la vérité de cette dernière affirmation, pour le moins douteuse.

— Pourquoi m'a-t-il donné cette croix ? demanda-t-il pour faire légèrement dévier la conversation.

— C'était un test, répondit Hobbs.

— Un test ?

— Pour voir si vous l'accepteriez ou pas.

Keller retourna la simple croix de bois dans ses mains, en l'examinant avec curiosité.

— Et si je ne l'avais pas acceptée ?

— Alors, peut-être n'auriez-vous pas été ce que vous semblez être.

Le copilote ouvrit la bouche pour répondre, mais, au

même instant, le prêtre venait vers eux, avec un sourire détendu.

—Messieurs, si nous y allions ? dit-il.

Il portait un complet sombre avec l'habituel col romain et avait à la main une vieille serviette usée. Ils sortirent dans le froid de la nuit et tous trois regrettèrent immédiatement la chaleur rassurante du sanctuaire.

Pendant qu'ils cheminaient, Hobbs demanda au prêtre :

—Père Vincente, voyez-vous quelque chose dans le ciel ?

Le prêtre leva les yeux et secoua la tête

—Les étoiles. La nuit est très claire. (Puis, baissant la tête et considérant le médium d'un air bizarre :) Y a-t-il autre chose qu'il faudrait que je voie ? demanda-t-il.

—Cela n'a pas d'importance, fit le médium en hochant la tête à son tour.

Keller, troublé, remarqua que de minces fragments du nuage se séparaient de la masse, en longs traits qui tombaient vers le bas et s'évanouissaient aussitôt dans le néant. Il se tourna vers Hobbs dans l'intention de lui demander s'il les voyait aussi : d'une imperceptible inclination de la tête, le médium répondit à sa question avant même qu'il ne l'eût formulée. Tous trois continuèrent à marcher en silence, puis Keller dit :

—Peut-être que les policiers ne nous laisseront pas approcher de l'avion.

Ils avaient traversé la route et pénétraient dans le champ par une large ouverture dans la clôture.

—Je pourrai peut-être les persuader, dit le père Vincente.

Mais ce ne fut pas nécessaire : à part la carcasse brisée de l'appareil et les quelques fragments de métal tordu qui jonchaient encore le sol, le champ était désert. Ils traversèrent sa surface irrégulière et, tandis que leurs yeux s'accoutumaient petit à petit à l'obscurité, ils attendaient que retentisse le cri de : « Qui va là ? » – mais il ne vint pas.

— Où diable peuvent-ils se trouver ? marmonna Keller sans s'adresser spécialement à aucun des deux autres.

Ils arrivaient à proximité de l'épave, qui était entourée d'un faible éclairage.

— Ils ont sans doute été appelés ailleurs pour une tâche plus urgente. Tant mieux pour nous ! Cela nous épargne pas mal de questions bizarres et embarrassantes.

Ils atteignirent finalement la carcasse conique du Jumbo. Son armature, au centre, était à nu et déformée. Tout le ventre de l'appareil avait été aplati au moment du crash, ce qui détruisait son profil jadis circulaire et lui donnait l'apparence d'une vilaine créature accroupie. Il y avait quelque chose de pathétique, d'émouvant à voir ainsi anéantie la majesté du Jumbo. Passant la tête dans la carcasse brisée, le prêtre secoua la tête avec pitié.

— Est-il possible d'imaginer plus vaste tombeau ? dit-il calmement.

Keller n'entendit pas sa remarque. Il marchait déjà vers l'avant du 747. Tout devait y avoir été détruit, ou presque, et les vestiges du tableau de bord ainsi que du tableau d'instruments avaient dû être emportés pour les examens de laboratoire, mais il voulait néanmoins entrer dans le cockpit. C'était l'idée d'Hobbs : le copilote devrait essayer de retrouver le plus fidèlement possible la position qu'il avait occupée lors du vol fatal, retourner mentalement en arrière et imaginer ce qui s'était passé, refaire les mêmes gestes. *Essayer de ressusciter par la pensée les événements qui avaient conduit à l'accident !*

La voix étouffée d'Hobbs lui parvint :

— Attendez-nous, David.

Cela lui fit plaisir de constater que le spirite avait enfin laissé tomber son cérémonieux « Monsieur Keller ».

Les deux hommes le rejoignirent et ils se rassemblèrent dans l'obscurité, à côté de l'ombre indécise de l'avion mutilé.

— Qu'allez-vous faire, monsieur Hobbs ? demanda doucement le père Vincente.

— David va entrer dans l'avion, répondit le médium sur le même ton, et repenser au soir du crash. Il va essayer de retrouver le moment qui a immédiatement précédé l'accident et remonter dans le temps à partir de là.

— Mais je croyais que toutes les expériences de ce type avaient échoué. Les journaux ont dit que le copilote était totalement amnésique quant aux circonstances de l'accident. Et vous m'avez dit la même chose, tout à l'heure.

— On n'a jamais tenté la chose dans ces conditions-ci, coupa Keller.

— Et je serai là pour l'aider, dit Hobbs.

— Puis-je demander comment vous allez faire ? dit le prêtre sans l'ombre d'ironie dans la voix.

— Je vais demander aux esprits de le guider et de recréer l'atmosphère de ce soir-là.

— Mon Dieu ! N'est-ce pas terriblement dangereux ?

— En effet, père Vincente, je crois que oui. Et c'est la raison pour laquelle je souhaitais votre présence ici. Nous aurons peut-être besoin de votre protection.

— Mais je ne suis qu'un prêtre ! Il règne ici une considérable force de mal ! Je ne serai peut-être pas assez fort pour la combattre !

— Nous n'avons que vous, dit Hobbs d'un ton neutre. Et le temps passe.

Il posa la main sur le bras du copilote et sortit une petite lampe électrique de sa poche. Le copilote la prit et éclaira l'intérieur de l'avion par la grande brèche qui s'ouvrait sur le côté. Puis, il grimpa et se retrouva dans la carcasse vide du 747. À part le mince faisceau de sa torche, l'obscurité était totale. Il dirigea la lumière vers l'endroit où il espérait trouver l'escalier en spirale qui montait vers le bar de la première classe et vers le cockpit. L'escalier était toujours là, tordu et roussi, mais encore utilisable. Il entendit les deux autres s'introduire avec peine à l'intérieur par la brèche. Pendant qu'il les attendait, il examina cette énorme déchirure qui leur permettait d'entrer dans l'appareil. Elle se trouvait à l'emplacement de la porte avant des passagers – celle qui, d'après Harry Tewson, avait été soufflée par l'explosion. Ses contours étaient déformés et déchiquetés. Une longue déchirure en partait et montait jusqu'au toit de l'appareil, laissant voir quelques étoiles du ciel clair. En explosant – que cela se soit passé avant la chute ou au moment de l'impact avec le sol –, la porte avait arraché le métal tout autour. Il éclaira l'intérieur de l'appareil et vit l'endroit où l'avion géant s'était cassé en deux, près de l'aile. Le fuselage n'avait pas mieux résisté qu'une coquille d'œuf à la violence du choc. Plus loin, il voyait les éléments de structure mis à nu ; les deux principaux soutiens de l'armature étaient toujours debout, énormes, mais ils étaient pliés comme les côtes brisées d'une baleine immense. Son cœur se serra, pris par l'angoisse que ressentent tous les pilotes à la vue d'un avion détruit, qu'il soit grand ou petit. Entendant ses deux compagnons trébucher dans l'ombre, il dirigea sa lampe vers eux pour les aider.

— Sainte Mère de Dieu ! s'exclama à voix basse le père Vincente.

Il regardait l'intérieur de l'appareil. Une forte odeur de métal brûlé et de tissu roussi flottait encore dans l'air et le prêtre songea que plus jamais cette odeur ne quitterait sa mémoire.

— Et maintenant ? demanda-t-il.

— On monte, dit Keller en pointant le rayon de sa lampe vers l'escalier.

— Supportera-t-il encore notre poids ? demanda le prêtre.

— Si nous montons un par un, il ne devrait pas y avoir de problème, répondit le copilote.

Il avança vers l'escalier, le prêtre et le médium sur les talons. Puis il commença à monter, en testant chaque degré et en veillant à éviter les trous qu'il y avait sur certaines marches. Un des côtés de l'escalier s'ouvrait sur le compartiment de première classe, qu'il balaya rapidement avec le faisceau de sa lampe. Mais il regretta de l'avoir fait. Il n'en restait pour ainsi dire rien du tout.

Il arriva ensuite au bar des passagers, où il se garda bien d'entrer. Le plancher y était dangereusement incliné et, au bout, il y avait une grande déchirure qui communiquait directement avec le corps principal de l'appareil. Il se dirigea vers l'avant, vers le cockpit : la petite porte qui y menait était ouverte, pivotant à vide sur ses gonds, mais intacte. Keller entra et regarda l'étroit habitacle. Comme il s'y attendait, le tableau de bord avait été enlevé et emporté dans les laboratoires. Tout l'avant du cockpit était effondré, du sol jusqu'au plafond et, chose incroyable, on voyait partiellement le cône en fibre de verre du radar, qui se trouve normalement dans le nez même du Jumbo et qui avait défoncé la paroi du cockpit. Des sièges des pilotes, il ne restait vraiment rien. Pour la millième fois, il se demanda comment diable il avait pu échapper à une telle catastrophe. Il y avait dans le toit un large trou qui pouvait peut-être fournir une explication : avait-il été projeté par cette brèche, une fois qu'elle avait été percée par un fragment de métal ? L'air froid de la nuit pénétrait par l'ouverture en un courant glacé qui lui donnait la chair de poule. Non, c'était impossible. Une pièce de métal d'une telle dimension et propulsée avec une force suffisante pour faire ce trou-là n'aurait pas pu l'éviter au passage. Il aurait été tué instantanément !

Mais une autre solution possible lui vint à l'esprit : en supposant qu'il y ait effectivement eu une explosion en bas et que la porte avant ait été soufflée par la déflagration, si pour une raison quelconque il se trouvait hors du cockpit au moment de l'impact, ne pouvait-il pas avoir été éjecté par la porte arrachée ?... Ce n'était pas très vraisemblable. Pourquoi serait-il sorti du cockpit à ce moment-là ? Par panique, peut-être ? Ou peut-être était-il descendu pour inspecter les dégâts causés par l'explosion ? Non, il n'en aurait pas eu le temps. Ce n'était vraiment pas possible. Et cependant... quelque ténu qu'il fût, c'était un fil auquel il pouvait se raccrocher ! Cela l'aiderait au moins à ne pas devenir fou.

— Tout va bien, là-haut, monsieur Keller ? demanda la voix du prêtre.

Il retourna vers l'escalier :

— Oui, ça va.

C'était la vérité. À part la tristesse bien naturelle qu'il ressentait en découvrant de plus près l'anéantissement d'une machine aussi perfectionnée, il ne ressentait plus guère de remords. Il se sentait perplexe, étonné, mais la mélancolie dépressive qui l'avait accablé pendant si longtemps semblait avoir disparu. Peut-être était-ce dû à l'expérience de la veille, qui lui avait donné l'impression tellement réelle de la présence de Cathy, ainsi que la certitude que sa mort ne signifiait pas qu'elle n'existait plus. C'était là une idée toute neuve pour lui, une idée terriblement excitante et qui aurait besoin de temps pour grandir dans son esprit avant qu'il puisse finalement l'accepter et l'apprécier pleinement. Et puis, il y avait encore autre chose : il sentait qu'il allait bientôt résoudre un mystère. De quel mystère s'agissait-il ? De sa survie ? De la cause de l'accident ? Non. C'était quelque chose de beaucoup plus grand. Mais il ne savait pas quoi. Il n'en avait qu'un vague pressentiment.

— Pouvons-nous monter, monsieur Keller ? (La voix du prêtre interrompit de nouveau ses réflexions.) Il fait terriblement sombre ici en bas, et c'est affreusement sinistre.

Le père Vincente faisait un effort pour que sa voix garde un timbre enjoué.

— Comment ? Excusez-moi – oui, bien sûr, venez me rejoindre. Un à la fois. Faites attention aux trous et tenez-vous au panneau latéral.

Le copilote éclaira l'escalier avec sa lampe de poche.

Le prêtre monta le premier, suivi de près par Hobbs. Tous trois se retrouvèrent bientôt entassés dans le petit espace qui séparait le cockpit du bar des passagers.

— Par ici, dit Keller, et il montra le chemin.

Le visage du prêtre s'assombrit lorsqu'il vit l'état dans lequel se trouvait le cockpit.

— Pauvres, pauvres gens, dit-il. (Et, regardant le copilote, il ajouta :) Vous avez eu beaucoup de chance, monsieur Keller.

— Vous croyez ? répliqua-t-il sans rancœur.

Hobbs prit la parole :

— Je suggère que nous commencions rapidement. Si les policiers revenaient, cela pourrait se révéler très fâcheux. Je suis sûr qu'ils nous expulseraient, puisque nous n'avons aucunement le droit d'être ici.

— Oui, vous avez certainement raison, dit le père Vincente. Ils nous auraient peut-être laissé faire si j'avais pu leur parler avant, mais dans ces circonstances…

Il ne termina pas sa phrase.

— Par quoi commençons-nous, monsieur Hobbs ? demanda Keller.

— Nous commençons par établir quelques règles de base, répondit le prêtre avant même que le spirite n'ait eu le temps d'ouvrir la bouche. Nous devons nous mettre d'accord sur trois principes : si nous avons l'impression de perdre le contrôle des événements, nous devons arrêter l'expérience. Par tous les moyens que nous jugerons nécessaires, insista-t-il en adressant à Hobbs un regard pénétrant. Deuxièmement, si la tension devient insupportable pour l'un d'entre nous, il faut que les deux autres s'interrompent immédiatement pour lui venir en aide. Enfin, quoi qu'il arrive, tout ce qui se sera passé ce soir doit rester entre nous, jusqu'au jour où, de commun accord, nous estimerons utile de faire connaître les faits. Puis-je avoir votre parole, monsieur Hobbs ?

— Certainement, répondit immédiatement le médium.

— Monsieur Keller ?

Le copilote se montra plus hésitant, puis il finit par hocher la tête :

— Oui, dit-il.

— Commençons.

Le prêtre posa sa serviette sur le sol brûlé du cockpit et l'ouvrit. Il en sortit deux longues bougies qu'il alluma immédiatement.

— Voilà qui nous donnera un peu plus de lumière, dit-il en les tendant aux deux hommes.

Ceux-ci trouvèrent des endroits où les faire tenir. En se retournant vers le prêtre, ils le virent en train de se draper d'un long morceau de tissu sur les épaules. La lumière étant à présent plus vive – quoique plus mystérieuse aussi –, ils purent voir qu'il s'agissait d'une étole violette. Puis il prit un crucifix et le plaça par terre devant eux, et sortit encore de la serviette une bouteille d'eau claire et un livre relié en cuir sombre.

— Je vais sanctifier les lieux à l'eau bénite avant que nous commencions, expliqua-t-il en dévissant le bouchon de la bouteille.

Trempant le bout des doigts dans l'eau bénite, il en aspergea l'intérieur du cockpit en murmurant une prière à peine audible et en faisant fréquemment le signe de la croix. Avant de remettre le couvercle, il aspergea encore les deux hommes tandis que ses lèvres remuaient en une muette supplication. Keller bouillait d'impatience, mais il laissa le prêtre achever son rituel.

Finalement, celui-ci revissa le bouchon sur la bouteille et, avec un sourire, il leur dit :

— Ce ne sont que de piètres préparatifs, mais il faut dire que j'ignore jusqu'où vous comptez aller. Après tout, je suis peut-être trop prudent.

Il déposa la bouteille à côté du crucifix, à portée de main. Se relevant, il leur dit encore :

— Je vais dire quelques prières avant que vous procédiez à l'expérience. Simple précaution supplémentaire. (Il sourit et, ouvrant son livre :) Je ne vous interromprai pas. (Puis il marqua un temps avant d'ajouter :) Sauf s'il le faut.

De nouveau, le père Vincente se posa des questions quant à la confiance qu'il accordait à ces deux hommes. Ils étaient venus le trouver dans la nuit avec leur affreuse histoire d'âmes désincarnées retenues sur terre pour d'obscures raisons, et ils lui avaient demandé de les aider à éclaircir ce mystère qui avait un lien quelconque avec le copilote : la réponse libérerait ces malheureuses âmes et, peut-être, délivrerait le jeune homme de son sentiment de culpabilité. Pourquoi avait-il cru en eux ? Outre que leur sincérité était évidente, il y avait une raison extrêmement simple : il les attendait ! Ou, du moins, il attendait que quelque chose du même genre se produise.

De nombreuses années auparavant, dans sa Suisse natale, un village qui n'était pas très éloigné du sien avait été victime d'une terrible tragédie. Une station de ski perchée à flanc de montagne bien au-dessus du village avait été complètement détruite par une avalanche, alors qu'elle était remplie de vacanciers – hommes, femmes et beaucoup d'enfants. Tous avaient été ensevelis, il n'y avait pas eu un seul survivant. Les villageois avaient bien entendu été désolés, mais leur tristesse s'était prolongée pendant des mois – bien au-delà de ce qui eût paru naturel. Un étrange sentiment d'oppression s'était mis à régner dans le hameau, puis des choses bizarres avaient commencé à se produire : des accidents, des morts subites, des cas de folie. Un prêtre de sa congrégation avait été appelé – un homme plus âgé et beaucoup plus sage que lui – et on avait procédé à un exorcisme. Il n'avait jamais pu découvrir avec certitude si tout cela n'avait existé que dans l'imagination des villageois, ou s'il y avait véritablement eu une force tangible qui hantait le village, mais une chose était certaine : la vie avait repris son cours normal peu de temps après la cérémonie qu'avait présidée le vieux prêtre. De même, au cours de son sacerdoce, lui-même avait plusieurs fois vécu des incidents qui, sans être ni très dramatiques ni même très importants, lui avaient apporté la preuve indubitable qu'il existe autour de nous des influences qui ne sont pas de ce monde.

Si ces hommes disaient vrai, son devoir était de s'en assurer, puis de faire en sorte que le problème soit résolu par une autorité supérieure. Lui n'était qu'un simple curé de paroisse : il y avait d'autres prêtres dans sa congrégation qui étaient plus expérimentés et infiniment plus à même de traiter des affaires de ce type.

— David, demanda Hobbs, pouvez-vous prendre une position la plus proche possible de celle que vous avez dû occuper lors du vol ?

— Il n'y a malheureusement pas moyen, répondit le copilote en montrant l'avant démoli. Ma place et celle du commandant ont été complètement détruites.

— Bon, placez-vous le plus près que vous pourrez.

Keller s'avança précautionneusement parmi les débris. Il savait qu'à tout moment le plancher risquait de céder et qu'alors tous trois seraient précipités dans la cabine qui était juste en dessous. Et là, il y avait trop de pointes de métal qui sortaient de partout pour qu'ils puissent ressortir intacts d'une telle chute. Arrivé au point extrême qu'il y avait moyen d'atteindre, il s'accroupit au milieu du monceau de débris – et il s'efforça de ne pas tenir compte de la sensation d'effroi que cela provoquait en lui.

— J'y suis, cria-t-il par-dessus son épaule.

Hobbs se mit à ramper vers lui. Pendant ce temps, le prêtre poursuivait ses litanies à mi-voix.

— À présent, David, fermez les yeux et essayez de vous reporter vers cette nuit-là. Si vous n'y arrivez pas, allez au-delà et retrouvez un moment immédiatement antérieur.

Keller se concentra, mais en vain : tout restait vide. Il secoua la tête.

— Essayez encore. N'importe quoi, même avant le vol, dit Hobbs, pressant.

Il repensa à sa dispute avec le commandant Rogan, dans le hangar. Le visage furieux du pilote. Ses mots, empreints de haine. Il s'efforça de se remémorer les conséquences de cette dispute, mais n'y parvint pas. Il ne retrouvait rien. Levant la main vers ses yeux, il se mit à les frotter vigoureusement. *Bon sang, pourquoi ne puis-je pas me souvenir ?* La confiance qu'il venait de regagner commençait à le quitter. Sa résolution faiblit. *Cathy, pourquoi ne m'aides-tu pas ? Je sais que tu ne m'as pas quitté. Je t'en prie, je t'en supplie, aide-moi !*

Rien.

Avec un soupir d'impuissance, il tourna la tête vers Hobbs et se raidit lorsqu'il vit le visage du spirite dans la pénombre. Ses yeux étaient mi-clos et on n'en voyait que le blanc. Ses traits avaient l'air durci. Soudain, Keller remarqua que la température avait baissé de plusieurs degrés ; l'haleine qui sortait de la bouche d'Hobbs se condensait en un petit nuage de vapeur. Et il ne faisait pas seulement plus froid : l'atmosphère tout entière s'était transformée. Dans le cockpit régnait une tension, un atroce sentiment d'oppression, la sensation quasi physique d'un poids immense qui pesait sur eux.

Keller voulut bouger, mais ses membres étaient immobilisés par un lien tout-puissant. Il voulut parler, mais sa gorge était sèche et les mots ne parvinrent pas à se former. Derrière lui, les prières du prêtre tremblèrent pendant quelques secondes, puis reprirent d'une voix plus aiguë, hésitante, comme contrainte.

Tout à coup, le copilote sentit une pression sur son dos, une sensation froide, glacée, qui partait de la base de sa colonne vertébrale et montait tout le long. Les muscles de son cou et de ses épaules s'arrondirent et il fit un effort suprême pour bouger les bras. On aurait dit… on aurait dit que quelque chose essayait… d'entrer… en lui ! La répulsion fut telle qu'il eut une nausée et qu'il sentit la bile lui monter dans la gorge. Il lutta contre cette force, contre cette chose physique, vivante, qui luttait elle aussi et tâchait de le dominer. Son pouls battait follement dans ses oreilles et il fut soudain conscient du mouvement de son cœur qui cognait à un rythme dément, puis se mit à ralentir, à devenir de plomb… Allait-il s'arrêter ? Tout à coup, il se remit à battre plus vite, plus vite encore, trop vite ! Mais où était le curé ? Pourquoi ne faisait-il rien ?

Mais le père Vincente ignorait tout du combat qui se menait en Keller. Il était certes conscient de la terrible présence qui se trouvait au milieu d'eux, de cette chose abominable, malveillante qui s'était abattue sur eux, et il avait redoublé de ferveur dans ses prières. Mais il ne se rendait pas compte de l'état dans lequel se trouvaient les deux hommes qui étaient en face de lui. La lumière était mauvaise, et il ne voyait que leurs silhouettes, Hobbs à genoux et Keller accroupi. Rien ne permettait de deviner leur désarroi. Il prit le crucifix et le pressa contre sa poitrine.

Keller perdait pied. L'être monstrueux – quel qu'il fût – commençait à se répandre en lui, sapant ses forces, investissant sa volonté, engloutissant son âme. Alors, il entendit un ricanement, grave, rauque. *Démoniaque !* Ses yeux – la seule chose qu'il pût encore bouger – se dirigèrent vers le médium qui était agenouillé à ses côtés. Ce ricanement était venu de lui ! Rempli d'horreur, Keller vit que ses yeux étaient à présent grands ouverts et qu'ils le considéraient avec un plaisir malsain, sinistre. De nouveau, un ricanement s'échappa de ses lèvres tordues par un rictus.

— Sois le bienvenu, Keller. (La voix venait d'Hobbs, mais elle ne lui appartenait pas. C'était la même voix grondante, profonde, qu'il avait entendue la veille.) Tu as fini par venir me trouver, hein, salaud ?

Le père Vincente avait entendu. Il se figea en réalisant ce qui était en train de se produire. Son corps tout entier se mit à trembler de frayeur.

— Au nom de Dieu, non ! cria-t-il et, se jetant en avant, il voulut attraper la fiole qui était par terre.

Mais dans sa hâte – et à cause aussi de l'obscurité – il trébucha et la petite bouteille lui échappa des mains et alla rouler hors de vue, sous un tas de ferraille effondrée. Tombant à genoux, il voulut désespérément la chercher, mais la lueur des bougies, ainsi que celle de la torche, avaient déjà considérablement diminué.

Hobbs – ou plutôt la chose qui à présent était Hobbs – tourna lentement la tête pour envelopper le prêtre d'un regard de mépris.

— Rampe donc, curaillon, espèce de limace ! Sangsue à soutane ! (Encore un ricanement, bas et enroué.) Tu te figures que quelques gouttes de pisse suffiraient à me faire partir ?

Le père Vincente arrêta de chercher pour regarder Hobbs. Brusquement, il tendit le crucifix vers lui et dit d'une voix forte :

— Seigneur Dieu, Père Tout-Puissant, Dieu éternel et Père de Notre Seigneur Jésus-Christ ! Toi qui as condamné une fois pour toutes l'ange infidèle à brûler dans la Géhenne de feu ! Toi qui as envoyé sur cette Terre ton Fils unique pour qu'il en chasse le lion rugissant ! Hâte-toi de venir à notre secours…

L'être qui était en Hobbs éclata d'un rire sonore, épouvantable, qui remplit les oreilles du prêtre de sa stridence. Le rire devint de plus en plus aigu, de plus en plus violent : le corps du spirite se balançait d'avant en arrière en se moquant du prêtre. Le père Vincente hésita un instant, puis reprit :

— Hâte-toi de venir à notre secours et arrache à la damnation et aux griffes du démon cet homme que Tu as fait à ton image et à ta ressemblance. Seigneur Dieu, frappe de terreur l'a…

— Assez ! hurla la créature. Pauvre imbécile, crois-tu que les mots soient assez forts ?

Elle regarda le prêtre.

Au même moment, la croix se mit à chauffer à blanc entre les mains du père Vincente, qui la lâcha avec un cri de douleur et tomba à la renverse. Le crucifix de métal, qui était tombé par terre entre Hobbs et le prêtre, laissait échapper de noirs filets de fumée.

La créature se remit à ricaner, et le prêtre reprit aussitôt ses incantations :

— Frappe de terreur l'animal qui est en train de dévaster tes vignobles ! Que ta main toute-puissante le chasse…

Keller sentit la pression se relâcher un tout petit peu. Les paroles lancinantes du prêtre lui parvenaient et, en quelque sorte, le remplissaient. Il s'était senti sombrer, sombrer... s'enfoncer dans un abîme de ténèbres au fond duquel un seul petit objet blanc et rond l'attendait. À mesure qu'en tombant il s'en rapprochait, il avait vu deux yeux noirs qui l'attiraient vers eux, et une bouche en cœur qui se moquait de lui en silence. Des mains s'étaient accrochées à sa gorge et sa respiration était devenue difficile. Il avait vu la longue balafre boursouflée, la tache brune sur la figure de plastique de la poupée ! Le visage de la poupée ! Il s'était souvenu de la petite fille qui était montée à bord de l'avion avec une petite poupée de plastique dans les bras ! Il s'en souvenait !

Et c'est alors que les paroles monocordes du prêtre étaient arrivées jusqu'à lui, d'abord extrêmement distantes, puis de plus en plus audibles, de plus en plus fortes au fur et à mesure qu'elles venaient le chercher. Il s'entendit prononcer les paroles inconnues en même temps que le prêtre, des paroles qu'il n'avait jamais entendues auparavant. Aucun son ne s'échappait de ses lèvres, mais à l'intérieur de lui-même, au fond des cavernes de son être, il les disait :

— ... de ton serviteur, afin qu'il ne puisse plus retenir en captivité cet homme qu'il t'a plu de créer...

Il commença à émerger, à flotter vers la surface, vers la lumière.

— ... à ton image et à ta ressemblance, et de racheter par ton Fils, qui vit et règne avec Toi...

Les mains invisibles desserrèrent leur étreinte.

— ... dans l'unité du Saint-Esprit...

Il arrivait à la surface, la voix devenait plus forte.

— ... Dieu, pour les siècles des siècles...

Avec un hoquet, il tomba en avant, délivré de la terrible pression qui l'avait tenu dans sa poigne asphyxiante.

Hobbs regardait toujours le prêtre, et un torrent d'injures s'écoulait de ses lèvres tordues. Se redressant avec peine, Keller lui allongea un coup de poing qui le renversa sur l'amas de ferrailles derrière lui. L'être resta couché là, dans l'obscurité, et darda vers le copilote un regard plein de malice et de haine. Un air mauvais, un sourire hargneux se dessinèrent sur sa face.

— Tu crois que tu t'en es sorti ? lâcha-t-il.

Tout à coup, la carcasse brisée de l'avion se mit à vibrer. Des fragments de métal se détachèrent et tombèrent avec un bruit mat. Toujours par terre, la chose riait à gorge déployée et se moquait de leur détresse. Le tremblement devint plus violent, l'épave fut de plus en plus secouée. Un gémissement suraigu remplit l'étroit habitacle, leur perçant les tympans et pénétrant jusque derrière leurs yeux en leur causant une douleur insoutenable. Les secousses devinrent si fortes que Keller perdit l'équilibre et tomba en arrière contre ce qui avait été le support du tableau de commandes électroniques. Les deux bougies tombèrent et il ne leur resta plus que la faible lueur de la lampe de poche. L'univers en plein cataclysme se mua en un gouffre de bruits : le fracas du métal qui tombait, les mugissements de l'appareil lui-même, souffrant de cette nouvelle atteinte à sa carcasse déjà trop violentée, le hurlement aigu qui surpassait tout autre son, le rire obscène et railleur de l'être qui habitait Hobbs – et, à travers tout, la fervente incantation du prêtre, qui haussait le ton pour ne pas être couvert par le vacarme.

Keller plaqua les mains sur ses oreilles et se mit à balancer la tête de droite à gauche. Un cri s'échappa de sa gorge, comme si ce bruit de l'intérieur pouvait servir de barrière à la tourmente extérieure. Et alors, au moment où l'avion semblait ne plus pouvoir résister une seconde de plus à cet assaut, où tous trois se disaient que le sol sur lequel ils étaient tapis allait immanquablement craquer, les précipiter dans la cabine et faire tomber les murs au-dessus d'eux, à ce moment-là, le hurlement commença à faiblir. Keller n'en fut pas immédiatement conscient, car sa tête était encore pleine d'échos et de résonances. Puis, le tremblement cessa, avec une telle brusquerie que c'en fut presque désagréable, et il réalisa que le calme s'était fait – mais c'était un calme angoissant. Il retira les mains de ses oreilles : on n'entendait plus que le débit monotone des prières du prêtre. Dans la faible lumière, il distingua la silhouette d'Hobbs blottie dans un coin.

C'est alors qu'il remarqua l'odeur qui flottait; une puanteur abominable, fétide de pourriture. Pire : l'odeur nauséabonde de la chair brûlée. Des ombres plus noires semblaient tourbillonner dans le cockpit. Tout d'abord, il crut que c'étaient des cendres qui avaient été remuées par les secousses et qui retombaient à présent sur le sol carbonisé. Mais bientôt il perçut des voix. Des chuchotements. Troublés, effrayés. Quelque chose de froid lui toucha la main et se rétracta vivement tout contre le mur.

Un grognement de bête lui parvint : de l'autre côté du cockpit, la sombre silhouette d'Hobbs était en train de se relever.

Les chuchotements se firent plus sonores, presque stridents. Des voix plus claires se faisaient entendre :

— Keller… Il est là !… Keller… Est-ce que c'est lui ?…

Keller se retourna d'un bloc : une des voix avait parlé à quelques centimètres de lui, comme si quelqu'un s'était accroupi à côté de lui pour murmurer dans son oreille :

— Dave… Aide-nous… Trouve-le pour nous…

C'était la voix de Rogan !

Elle semblait fatiguée, enrouée, mais il n'y avait pas de doute, c'était bien celle du commandant Rogan.

— Trouver qui, commandant ? Qui faut-il que je trouve ?

La voix de Keller était faible et chevrotante.

C'est une autre voix qui répondit, mais elle venait du même endroit :

— Trouve celui qui m'a fait ça ! (Il y avait de la colère dans cette voix.) À nous tous ! Nous allons te montrer !

— Imbéciles ! (Debout dans la lumière de la lampe de poche, Hobbs regardait Keller d'un air menaçant.) Nous avons celui-ci ! Il est des nôtres ! Emmenons-le !

Keller banda ses muscles, prêt à bondir hors de portée si le médium avançait vers lui.

— Non... non... (C'était de nouveau la voix de Rogan.) Pas Keller... l'autre... (D'autres voix se joignirent à la sienne.) L'autre...

Dans un coin éloigné retentit un pleur d'enfant :

— Maman, j'ai peur. Où est-ce qu'on est ?

Un cri déchira l'air :

— Nous tombons !

Puis une autre voix, affolée :

— Au secours !

Et un vaste gémissement s'éleva soudain, se répercutant d'un mur à l'autre pour s'échapper ensuite dans la nuit par le trou du toit.

— Silence ! s'écria la chose à l'intérieur d'Hobbs.

Puis, il se mit à rire. D'un rire bas et vil, menaçant, et qui remplit d'épouvante le cœur de Keller. Ensuite, sous les yeux du copilote, l'homme se baissa pour ramasser quelque chose. Quand il se redressa, il avait à la main un objet d'aspect acéré et Keller put voir, grâce à la lampe de poche, que c'était une barre de métal tordu. Hobbs fit un pas en direction du copilote.

Le père Vincente avait assisté à toute la scène. Horrifié, les lèvres prononçant toujours les prières silencieuses qui s'étaient révélées tellement inefficaces. Quelle folie de sa part, d'avoir permis que cela se fasse ! Il n'était pas digne de s'attaquer à une perversion d'une telle ampleur. Il voyait Hobbs marcher sur Keller en brandissant une barre de métal qu'il levait à présent, prêt à frapper. Mais l'arme tremblait dans sa main, et on eût dit qu'un combat intérieur se livrait dans l'esprit du médium possédé. Le visage d'Hobbs n'était plus qu'un masque de rage. Ses yeux luisants semblaient sur le point de sortir de leurs orbites. Une grosse veine mauve palpitait à sa tempe. Un des côtés de sa bouche était anormalement rétracté : ses bandages s'étaient arrachés et on voyait ses lèvres blessées, mutilées, déformées par une hideuse grimace qui découvrait partiellement ses dents et ses gencives.

Provocant, il lançait des phrases ordurières et impures et, petit à petit, sa grimace se transformait en un sourire de triomphe. La main qui tenait la ferraille tranchante commença à descendre vivement.

Mais déjà Keller bondissait en avant, plein d'une rage intense. Son épaule heurta brutalement la poitrine d'Hobbs et les deux hommes tombèrent lourdement contre le mur, les bras et les jambes battant furieusement l'air. Des ombres noires, ténébreuses, glissèrent devant les yeux effarés du prêtre, des corps désincarnés qui s'écartaient en tourbillonnant. Sans rien en voir, le père Vincente savait que l'avion tout entier – et pas seulement le cockpit – était rempli de ces ombres. Il les sentait, toutes ces âmes tourmentées, égarées – bon nombre d'entre elles étaient vindicatives et rancunières, et d'autres tout simplement effrayées.

Soudain, le corps de Keller vint heurter le prêtre, projeté avec une force surhumaine par le démon qui habitait le médium. Le rire de ce dernier retentit, moqueur, tandis que le père Vincente s'affaissait, le souffle coupé par le poids du copilote. Il dut rester un instant par terre, haletant, aspirant à grands traits la poussière de suie qui était en suspension dans l'air et dont la répugnante puanteur le faisait étouffer. La lampe de poche, bousculée, envoyait à présent son maigre rayon sur le côté et faisait briller un objet tout contre la charpente métallique qui avait jadis soutenu le siège du mécanicien naviguant. C'était un objet de verre.

Hobbs, qui s'était relevé, s'avançait d'une démarche pesante vers Keller. Ce dernier était en train de se redresser lentement, sur un genou, soufflant bruyamment mais néanmoins prêt à bondir de nouveau vers le monstre. Il ne ressentait aucune peur. Rien qu'un dégoût immense, une haine profonde pour la vile créature qui utilisait le corps du petit homme. Hobbs se tenait à la paroi du cockpit, ne voulant pas risquer de trébucher sur le sol inégal maintenant que sa proie était presque vaincue. Toutes les voix criaient, la plupart pour encourager et exciter le démon, et quelques autres, celles qu'il n'avait pas encore totalement corrompues, pour l'arrêter, tout comme elles l'avaient fait au moment où il avait voulu frapper Keller avec la barre de métal. Mais il les avait en son pouvoir. Il était trop rusé et trop puissant pour eux : déjà de son vivant, Goswell avait réussi à acquérir ce pouvoir. Le rire méprisant du monstre se mua en un ricanement rugissant lorsqu'il fut en face de Keller. Dans le regard ferme du copilote ne transparaissait pas la moindre crainte. Ce fou ne se rendait pas compte que ce qui le menaçait était éternel.

Le monstre se lança en avant avec un cri de triomphe. Le copilote se pencha légèrement pour mieux essuyer le choc. Brusquement, une ombre noire surgit entre eux. Un liquide claqua sur le visage du médium et le démon poussa un hurlement d'angoisse et de douleur. L'eau bénite lui brûlait les chairs, les déchirait, les pénétrait, les arrachait à son corps humain. Hobbs recula en chancelant et tomba à la renverse, les deux mains sur son visage en feu. Déjà des ampoules se formaient entre ses doigts, et sa peau crépitait comme sous l'effet d'un acide. Le démon qui était à l'intérieur luttait pour demeurer en possession du mortel, mais le prêtre ne faiblit pas et fit encore couler de l'eau bénite sur les mains et le cou d'Hobbs. La peau de son crâne se détacha à mesure que le liquide sacré l'attaquait, des bouffées de vapeurs blanches s'en échappaient tandis que d'énormes crevasses se formaient aussitôt. L'âme damnée hurlait à la mort. C'en était trop ! L'excès de douleur la faisait se tordre à l'intérieur du corps. Le monstre perdait la partie ! D'autres volontés joignirent leurs efforts pour le faire fuir : le médium, luttant désespérément pour récupérer son corps, et ceux parmi les esprits qui refusaient, malgré leur trouble et leur confusion, de se plier à sa volonté.

L'épuisement et la torture étaient insoutenables. Le démon s'enfuit.

Keller, toujours penché vers l'avant, figé sur place par le geste du père Vincente et ses horribles conséquences, sentit passer un souffle d'air glacé tandis que ses narines s'emplissaient d'une odeur incroyablement fétide, comme si un être de putréfaction l'avait tout à coup inondé de son haleine nauséabonde. Le choc et la réaction instinctive qu'il eut de s'écarter pour laisser passer l'invisible abomination lui firent faire un pas en arrière et, franchissant à reculons la porte ouverte, il trébucha sur un débris quelconque et tomba. Cherchant à se rattraper, il agrippa un morceau de métal qui s'effrita dans sa main – et il se sentit précipité dans l'escalier, la tête rebondissant sur les marches, le corps culbutant et dégringolant, arrachant au passage des fragments de la paroi. Il arriva comme une masse au pied de l'escalier et un noir d'encre l'engloutit.

Il était couché là, paisible, immobile. Ses yeux étaient ouverts et cependant il ne voyait rien. Il entendait des voix. Mais ce n'étaient plus les chuchotements des âmes mortes : c'étaient des voix dont il se souvenait. Les voix du commandant Rogan, de Cathy, d'Alan, leur mécanicien naviguant, celles des passagers – des enfants excités, des mères nerveuses, des hommes d'affaires se parlant de loin avec une jovialité inhabituelle… Il entendit les moteurs de l'appareil se mettre en marche et le Jumbo devenir un être vivant, vibrant de toute sa puissance débridée. Il sentit le léger mouvement de l'avion qui était amené sur la piste par le tracteur. Puis la voix du commandant Rogan lui parvint :

— *Consul* 2802 demande instructions de roulement.

— *Consul* 2802, répondit la radio, autorisé à rouler vers la piste vingt-huit droite. Pour les instructions de route, appelez le unité-unité-huit virgule six-cinq…

Keller se retrouvait dans le poste de pilotage.

Le commandant était assis à sa gauche et parlait dans son casque, en effectuant patiemment les différentes manœuvres préalables au décollage.

C'était de nouveau la fameuse nuit, celle où le 747 était parti pour son dernier voyage !

Chapitre 18

Le démon fuyait dans la nuit, agité, gémissant de douleur. À mesure que quelques forces lui revenaient, il se jetait de tous côtés, ivre de vengeance.

La sirène de l'ambulance interrompit Ernest Goodwin dans son travail. Il sortit de la chambre noire, s'assurant, avant d'ouvrir la porte, qu'aucun film non exposé ne se trouvait à découvert, et alla vers la fenêtre qui donnait sur la grand-rue. L'ayant ouverte, il se pencha et tendit le cou pour voir où l'ambulance s'était arrêtée.

Elle avait l'air d'avoir stoppé juste devant l'église. Tonnerre, le pasteur aurait-il fait une rechute ? Il eut un geste d'indignation. Le révérend Biddlestone venait à peine de rentrer chez lui, cet après-midi même, lui avait-on dit. Scandaleux, les médecins d'aujourd'hui ! Ils renvoient les patients chez eux avant même qu'ils ne soient parfaitement rétablis, pour l'unique raison que leurs hôpitaux sont bondés ! De nos jours, il faut réellement être mourant pour être admis à l'hôpital. Et à ce moment-là, il vaut mieux mourir sans traîner, sinon on se fait éjecter au bout de quelques jours ! Hochant la tête, il rentra le buste et ferma la fenêtre d'une poussée. Il retourna à la chambre noire et s'arrêta pour regarder les piles de photos fraîchement glacées, prêtes à être rognées. En prenant une au hasard, il l'examina une fois de plus. C'était celle qui le fascinait le plus, celle qui représentait les rangées de cadavres recouverts de draps. Pourquoi ressentait-il cette curieuse affinité, comme s'il avait connu les gens qui gisaient sous ces linceuls ensanglantés ? Il haussa les épaules. Le fait de s'être trouvé sur les lieux la nuit de l'accident, et d'avoir passé des heures, ensuite, en compagnie des photos de ce long holocauste, l'avait familiarisé plus que quiconque avec le désastre. Presque autant que les victimes elles-mêmes.

Il marcha paresseusement vers la rogneuse et plaça la photographie sur le socle de bois, en l'appuyant contre l'équerre de métal qui servait de guide. Soulevant la rame d'une trentaine de centimètres, il fit glisser la photo de façon qu'elle dépasse de quelques millimètres. Puis, il abaissa rapidement la lame et une fine tranche de papier bromure tomba par terre. Il répéta le processus pour les trois autres côtés. Toutes les photos qu'il avait développées pendant la journée devaient encore être rognées de la même façon, et il lui restait aussi d'autres épreuves à développer. Mais Jacob avait promis de l'aider quand il rentrerait. Pourvu qu'il ne tarde pas trop. Il était impatient d'apprendre ce qu'il aurait décroché comme affaire. Ernest retourna dans la chambre noire en emportant la photo des rangées de cadavres. Il ne remarqua pas le froid intense qui venait de se faire dans la petite pièce.

Fermant la porte derrière lui, il posa la photo sur une table de travail et alla à l'agrandisseur. Il plaça une feuille de papier doux sous le cadre métallique, la face lisse vers le haut, et alluma la lampe de l'appareil en comptant le temps d'exposition à l'aide d'un vieux chronomètre. Inutile de vérifier le centrage ou la dimension : il avait déjà tiré quelques douzaines d'épreuves de ce même négatif. Il ne prit même pas la peine de jeter un coup d'œil à l'image qui se projetait sur le papier sensible.

Au moment voulu, il éteignit la lampe, dégagea le papier et alla le plonger dans le liquide révélateur, en veillant à bien l'enfoncer d'un doigt, afin que le papier soit entièrement immergé. Il agita la surface du révélateur pendant quelques secondes puis, lorsque l'image commença à apparaître, il se pencha en avant. Il s'attendait à voir l'image d'un des réacteurs du Jumbo gisant à l'écart dans le champ, détaché de l'aile sous laquelle il était fixé originellement – misérable sculpture de métal précieux rendue inutile par le choc. Tout autour, un groupe d'hommes armés de blocs-notes examinaient son mécanisme mis à nu, tandis que l'un d'entre eux soulevait avec précaution son adaptateur de poussée tombé à plusieurs pieds de là. Voilà ce qu'il s'attendait à voir.

Au lieu de cela, c'est l'image d'un homme qui fit son apparition, d'abord lentement, puis très rapidement. Ernest n'avait jamais vu un personnage aussi étrange, ni avec un air aussi foncièrement mauvais.

L'homme était complètement nu. Son corps mince, décharné, se tordait comme si les vers qui envahissent les cadavres mis en terre avaient déjà commencé à dévorer son corps vivant. Son visage farouche n'était qu'un masque grimaçant de méchanceté où les yeux, brûlant de malveillance, semblaient crever le papier qui s'obscurcissait. La bouche aux lèvres luisantes s'entrouvrait pour un rictus sinistre qui laissait à découvert des dents cassées. Des touffes de cheveux éparses pendaient de son crâne dégarni et sa face ravagée, sillonnée par les profondes rides noires de la perversion, ressemblait aux lugubres rochers de quelque lointain pays érodé par les pluies. Les épaules étroites s'arrondissaient, tandis que l'abdomen ballonné et le maigre bassin se poussaient en avant dans un geste plein d'obscénité. Ses deux mains osseuses, semblables à des serres d'oiseau de proie, tenaient un pénis démesuré, enflé. Quant aux testicules, ils pendaient presque jusqu'aux genoux, comme deux sacs grotesquement détendus. Les jambes, enfin, qui supportaient ce corps squelettique, étaient comme des allumettes et couvertes de pustules, symptomatiques d'une immonde maladie latente.

À mesure que les produits chimiques poursuivaient leur action, le processus du développement continuait et l'image s'obscurcissait de plus en plus, pour se fondre peu à peu dans l'ombre environnante. Bientôt, on n'y vit plus que les yeux, dont les pupilles luisaient d'un sombre éclat hypnotique et regardaient fixement Ernest. Puis, ils disparurent eux aussi.

Un éclat de rire retentit derrière lui, tandis que son esprit effrayé cherchait à se rappeler où il avait vu ce personnage. Il devait y avoir des années de cela – au moins quinze ans, peut-être même vingt – et c'était dans un journal ou un magazine qu'il l'avait vu. Cela avait quelque chose à voir avec les activités de cet homme pendant la guerre, son exil forcé, et de nouveaux troubles qu'il avait fomentés aux États-Unis. Il ne se souvenait pas des détails de l'affaire, mais en revanche un tel visage ne s'oubliait pas. Un visage de monstre. Il baissa de nouveau les yeux vers la photographie noire qui flottait dans le bain, et il n'y vit plus que le reflet rouge de son propre visage.

Figé d'horreur en entendant ce rire, Ernest n'osa pas se retourner pour voir qui était dans la chambre noire avec lui, quel être pouvait avoir ri de cette manière rauque et malveillante. Au bas de sa nuque, une pression froide se fit sentir. Et une haleine glacée lui mordait la joue. Le rire était tout proche, à présent. Paralysé, il ne put que garder les yeux braqués sur son propre reflet, qui dansait et ondulait doucement sur le liquide jaunâtre. Son propre regard semblait l'observer comme s'il comprenait son angoisse.

Le froid se referma sur son corps, pareil à une étreinte de glace.

Jacob Samuels grimpa quatre à quatre l'escalier qui montait au studio, bouillant d'irritation, l'esprit agité et incapable de se fixer sur une idée. *Les truands ! Cent livres le négatif ! Ils sont tous les mêmes, ces magazines ! Quand on pense qu'une revue à tirage international essaie de me flouer pour quelques sous ! Faut le faire ! Ah, les dégueulasses ! J'irai pas plus bas que deux cent cinquante. J'avais d'abord pensé trois cent cinquante et ils m'ont ri au nez ! Ils prétendant que ce ne sont plus des nouvelles toutes fraîches, que tout le monde a déjà vu ces photos, qu'y a plus d'exclusivité. Mais je leur ai dit, moi, que mes clichés n'avaient pas tous été utilisés. J'en ai encore des tas, peut-être un peu moins intéressants, mais dramatiques quand même, et émouvants. Je leur donne tout le paquet. Avec les droits. Ils font une affaire ! Je sais bien qu'à Londres les grands photographes empochent jusqu'à quatre cents balles par jour, rien que pour des photos de pub ! Moi, je leur vends du vécu, du drame, de la tragédie prise sur le vif ! Ces gens-là n'ont aucune imagination. J'aime encore mieux accepter l'offre de* Paris-Match *que de traiter avec des* gonifs *pareils. D'accord, on a déjà fait pas mal d'argent avec l'accident d'avion, mais ce coup-ci, ça devait être le business de notre vie, le coup de maître. Si on avait eu l'affaire, on aurait été peinards pour toujours. On aurait pu s'agrandir, faire des boulots plus importants. J'aurais fait plus de reportages, et Ernie aurait continué les trucs plus mondains – portraits, mariages, sites industriels… Il a ses limites, Ernie. On aurait même pu aller s'installer à Slough, pour être plus près du centre. Évidemment, pas à Londres, tous les* loyers sont exor*bitants, même si on avait fait fortune. Ah, les salauds, les fils de pute ! Après tout, il y a d'autres magazines que leur feuille de chou, et des plus importants. Eux, ça les intéressera.* Toujours grognant, Jacob poussa la porte du studio.

— Ernie ? appela-t-il en tournant l'interrupteur. T'es dans la chambre noire, Ernie ?

Pas de réponse.

Où est encore passé ce shlemiel *? Il sait bien, pourtant, qu'il y a un boulot fou. Il ne peut tout de même pas avoir tout fini, tout seul.* Jacob fit claquer sa langue d'énervement et s'extirpa de son manteau, qu'il accrocha derrière la porte. Tout en se frottant les mains pour se réchauffer, il marcha vers les monceaux de photos qui attendaient d'être rognées. *Merde, qu'est-ce qu'il fait froid, ici.* Il jeta un coup d'œil aux fenêtres pour s'assurer qu'elles étaient bien fermées. Il examina les épreuves, en louchant pour mieux voir. *Ce crétin aura encore oublié de nettoyer la lentille !* De minuscules points blancs maculaient les photos. *Eh bien, je n'ai pas l'intention de passer la nuit à faire du repiquage. Il n'a qu'à les recommencer lui-même.*

Dégoûté, il alla frapper à la porte de la chambre noire.

— Ernie, t'es là ?

Il attendit une réponse, mais en vain.

Soudain, il aperçut la rogneuse, dont la lame était restée levée, à angle droit par rapport à la base. C'était encore une des choses qui irritaient Jacob : son copain laissait toujours la lame de la rogneuse en l'air au lieu de l'abaisser contre le socle de bois. *Un de ces quatre matins, y a quelqu'un qui va l'attraper sur les doigts. Je me tue à le lui répéter.* Il alla vers la dangereuse lame dans le but de la rabaisser, et son attention fut attirée par la photographie qui se trouvait sur le plateau. Il la regarda – quelle horrible image ! Toutes ces rangées de cadavres ! *Je me demande pourquoi Ernie aime tellement cette photo-ci en particulier. C'est sans doute* lui *qui l'a prise.* Quelle vision déprimante ! Pas le moindre drame, rien que ce calme tellement angoissant… Soudain, un petit détail blanc dans un coin du cliché accrocha son regard. Il ne l'avait pas encore remarqué. On aurait dit un corps minuscule, couché dans la boue un peu à l'écart des rangées de cadavres. Tonnerre, serait-ce un bébé ? Avec un soupir de soulagement, il constata qu'en fait il s'agissait d'une poupée. D'ailleurs, il croyait se rappeler qu'il n'y avait pas de bébés dans l'avion. *Tout de même, c'est drôle que cette poupée ne m'ait pas frappé plus tôt. Elle donne à la photo quelque chose de très poignant. Après tout, ce n'est peut-être pas une si mauvaise photo.*

Il se pencha davantage. Quel curieux regard elle a, cette poupée. Un regard presque humain. Ou plutôt... presque *inhumain* !

À ce moment-là, une chose étrange se produisit.

De petits filets de fumée blanche commencèrent à s'échapper de la photographie, dont les bords se mirent à se recroqueviller vers l'intérieur. Jacob sursauta. *Qu'est-ce qui se passe ?* De très petites flammes se mirent à lécher la photo en noir et blanc, à en parcourir la surface en dévorant le papier... pour la seconde fois, les cadavres couverts par les draps étaient livrés au feu. Le cliché se replia sur lui-même au point de ne plus former qu'une boule, et alors, avec un brusque crépitement, les flammes achevèrent de le consumer. Il n'en resta plus que des cendres noires qui se déplièrent lentement.

Ça alors ! Comment cela a-t-il pu se passer ? Le photographe secoua la tête, ahuri. D'un doigt hésitant, il toucha les débris de papier carbonisé, et ils tombèrent en poussière. Tout à coup, il sentit un mouvement plutôt qu'il ne le vit et il retira prestement sa main : la lame de la rogneuse s'abattait à la vitesse de l'éclair. Il recula, tremblant. La lame, qui avait bien quatre-vingt-dix centimètres de long et était aussi tranchante qu'une lame de rasoir, était tombée avec un affreux bruit de broyeuse, de hachoir.

Son cœur battait la chamade. *Tonnerre, j'ai bien failli y laisser la main ! Mais qu'est-ce qui se passe, ici ? Et où est ce* meshuggeneh *d'Ernie?* Un souffle froid tourbillonna soudain dans la pièce et le fit frissonner. Le dos de ses mains et de ses bras se couvrirent de chair de poule. Il entendit un bruit dans la chambre noire. Un coup sourd.

— Ernie, c'est toi ? Tu es en train de me faire marcher, Ernie ?

Il entendit quelque chose qui ressemblait à un petit rire étouffé. Marchant vers la porte de la chambre noire, il y colla une oreille.

— Est-ce que tu es là, Ernie ?

Toujours pas de réponse, mais il crut percevoir un mouvement. Il cogna sur la porte, un bon coup.

— Attention, *goy*, j'entre ! Tant pis pour toi si t'as des films à découvert !

Pour un photographe, même du type le plus classique, Jacob Samuels manquait décidément d'imagination. S'il en avait eu davantage, peut-être n'aurait-il pas ouvert la porte aussi étourdiment. Il savait qu'il se passait à Eton des choses étranges, il était conscient de la tension qui était montée parmi les habitants, mais il avait été trop occupé, ces dernières semaines, pour y être sensible. Cette photo qui s'était mise à brûler, la rogneuse qui était tombée, tout ça c'étaient des mystères à élucider. Ils venaient de se produire et, bien sûr, ils avaient une explication toute simple. Mais il avait des problèmes plus importants à résoudre – des problèmes financiers – et ne voulait pas perdre une minute de son précieux temps à essayer de pondérer l'impondérable. Il tourna donc le bouton et tira la porte avec irritation. Une horrible puanteur l'assaillit, qui lui fit froncer le nez de dégoût, tandis qu'une rafale glacée le faisait frissonner de la tête aux pieds. Il prit son mouchoir et se l'appliqua sur le nez. Puis, plissant les yeux, il tâcha de percer les ténèbres de la chambre noire.

La lampe rouge semblait dispenser moins de lumière encore qu'à l'accoutumée, mais il crut distinguer une sombre silhouette au fond de la pièce, à côté du bassin d'eau.

— C'est toi, Ernie ? demanda-t-il sans assurance.

Pour la première fois, il prit vraiment peur. Car, en guise de réponse, il entendit le bruit rauque d'une respiration. Aussitôt, son imagination se réveilla et, avec elle, la peur. C'était une respiration profonde, graillonnante, qui semblait venir de cordes vocales mutilées. Cela provenait d'un autre monde !

L'odeur était épouvantable et tellement malsaine qu'elle lui faisait tourner la tête.

— Qui... qui est là ? s'écria-t-il en se tenant au chambranle de la porte pour ne pas perdre l'équilibre.

C'est un ricanement qui lui répondit. Un ricanement affreux.

Puis, une voix se fit entendre.

— Salut, youpin.

Quelque chose le poussa par-derrière. Des mains invisibles. Puissantes. Il chancela et tomba en avant, sur les genoux, dans la lueur rouge de la pièce. La silhouette se détacha de la zone d'ombre où elle se tenait, s'approcha de lui et s'accroupit. Il se retrouva nez à nez avec le visage pourpre de son associé. Et cependant ce n'était pas lui. C'étaient ses traits, mais leur expression était totalement étrangère à Ernie. Ce regard-ci contenait toute la vilenie qui existait sur terre. C'était comme si tous les vices de l'humanité avaient pu être rassemblés et personnifiés par un visage. C'était la face du Diable !

Jacob gémit, en proie à la terreur la plus abjecte. Jamais il n'avait ressenti une peur aussi totale, aussi paralysante. Les petits muscles qui entouraient les racines de ses cheveux se bandèrent, ses pupilles s'agrandirent démesurément, et son cœur se mit à tambouriner follement dans sa poitrine.

Le sang quitta ses entrailles pour affluer dans les muscles environnants, et il fut pris d'une douleur vive et étrange au creux de l'estomac. Des sécrétions se déversèrent dans ses vaisseaux et tout son corps fut saisi d'un picotement. Ses muscles se contractèrent et se détendirent, il tremblait violemment. Ses boyaux se relâchèrent brusquement et un liquide chaud et brun lui coula entre les jambes. Il ouvrit la bouche pour crier, mais il n'en sortit qu'un gargouillis sec et étouffé.

— Sale youtre, dit la voix. Regarde comme tu trouilles. Tu chies dans ta culotte.

Jacob sentit des doigts de fer l'empoigner sous les aisselles. Le visage du démon se rapprocha, grimaçant.

— Comme *Mastomah*, le Prince, sera content de te voir ! Comme *Agaliarept* se réjouira ! Comme *Glasyalapolas* exultera !

Le photographe se sentit soulevé, sans que la face maudite s'éloigne de son visage. L'haleine fétide de cette bouche qui n'était qu'à quelques centimètres de la sienne pénétrait dans sa gorge, descendait dans ses poumons, se propageait dans son corps tout entier.

— Eh bien, le youpin, on ne trouve plus rien à dire ?

Un ricanement.

— Tu vois, c'est ton copain qui te porte. Devine où ? À ta place, j'appellerai *Yahweh* au secours.

De nouveau, l'immonde rire.

Le corps replet de Jacob était transporté vers le bassin d'eau, ses pieds traînant misérablement par terre. La voix continuait à chuchoter, cruelle, à son oreille :

— Ils s'imaginent qu'ils m'ont anéanti. Le curé croit m'avoir tué avec son eau. Tu vois ce que ces imbéciles de croyants pensent, youpin ? Ils m'ont brûlé, oui comme l'incendie a brûlé mon corps. Mais je ne suis pas mort. Je ne peux pas mourir.

Jacob parvint à crier : ses pieds avaient quitté le sol et son corps était plié de force vers l'eau du bassin. Son cri se changea en gargouillement : sa tête était poussée sous l'eau, dans un grand tourbillon de photos en noir et blanc. Son nez étant aplati contre la grille qui garnissait le fond du réservoir, il essaya de tourner la tête pour relâcher un peu la pression. Mais les mains qui le maintenaient étaient trop fortes pour lui.

L'eau s'engouffra dans sa bouche ouverte et dans ses narines, il ne put éviter d'aspirer et l'eau se précipita dans sa gorge pour envahir ses poumons, comme l'avait fait l'haleine du monstre, quelques instants auparavant. Mais cette fois, l'effet fut mortel. Une grisaille s'insinua dans son cerveau et en chassa peu à peu toutes les images, comme un rideau de théâtre. Lorsque la toile grise eut terminé sa descente, la vie quitta le corps de Jacob, comme une vieille connaissance lassée d'une trop longue amitié.

Lorsque le corps eut cessé de se débattre, et que les courtes jambes pendirent, inertes, vidées par leurs coups de pied frénétiques, le démon relâcha son emprise et abandonna sa victime, le torse flottant à demi dans l'eau.

Puis, en sortant de la chambre noire, il passa devant les piles d'épreuves sèches qui attendaient sur une table de travail. À son approche, elles se recroquevillèrent et se mirent à flamber. Alors, il balaya d'un bras tous les négatifs qui se trouvaient là, les jetant par terre, au milieu de la pièce. Il ouvrit d'un coup sec les portes des placards et en sortit des centaines de boîtes jaunes contenant des rouleaux de pellicule, ainsi que des boîtes rectangulaires remplies de films en feuilles, et les ajouta à la pile de négatifs qui s'enroulaient sur le sol. Puis, il alla chercher les épreuves qui étaient en train de brûler et en empoigna plusieurs piles, sans prendre garde aux ampoules qui apparaissaient sur ses mains.

La douleur n'avait plus aucune signification pour le démon. Mais l'âme qu'il tenait emprisonnée au fond de ce corps se mit à hurler et à se tordre de mal au contact destructeur des flammes.

L'être transporta les piles de photos en feu jusqu'au milieu de la pièce et les laissa tomber parmi le monceau de négatifs et de boîtes de films. Immédiatement, les négatifs s'enflammèrent vivement, puis les boîtes jaunes furent englouties elles aussi par le feu. Ernest Goodwin se trouvait au milieu du brasier qui ne faisait que grandir – et l'être qui possédait son corps se mit à rire bruyamment. Le feu était désormais un vieil ami. Son corps mortel avait été consumé par les flammes – à présent, elles le nourrissaient.

Il traversa le foyer et, ouvrant la porte du studio, il invita les autres à le suivre. Il restait encore beaucoup à faire, au cours de la nuit.

Chapitre 19

— Londres sol, *Consul* 2802, instructions ?

Le commandant Rogan commençait à s'impatienter. Il avait horreur des départs en retard, détestait gaspiller le combustible et avoir à retenir la puissance vibrante qui grondait dans les quatre moteurs à réaction. Jusqu'à présent, ils n'avaient encore été retardés que d'une minute, mais le pilote avait déjà été mis de mauvaise humeur par d'autres raisons, plus personnelles, et le fait que leur décollage soit ainsi différé, ne fût-ce que de quelques instants, l'irritait d'autant plus.

— 2802, maintenez position, répondit une voix métallique.

— Bon sang, gronda Rogan pour lui-même, sans parler dans son micro.

Keller lui lança un regard rapide, mais le commandant ne voulut pas le voir et continua à regarder droit devant lui, dans la nuit.

Mon Dieu, songea le copilote, *c'en est fait de notre relation.* Pourquoi Beth ne s'était-elle pas tue ? Qu'avait-elle cru pouvoir obtenir en révélant à son mari qu'elle l'avait trompé avec son protégé – son ami ? Il y avait tant d'autres noms à citer, alors pourquoi le sien ? L'aventure d'une nuit. Rien de sérieux. Une faiblesse de sa part. C'était impardonnable, bien sûr. Mais, alors qu'il y en avait eu tant d'autres, probablement beaucoup plus sérieux, pourquoi l'avoir mentionné, lui ? Évidemment, Beth avait voulu blesser Peter Rogan dans ce qui atteindrait le plus douloureusement son orgueil – et elle y avait réussi. Ce n'était pas l'infidélité de sa femme qui l'avait le plus heurté : c'était l'humiliation d'avoir été dupé par son propre subordonné. Par quelqu'un à qui il faisait confiance.

En parlerait-il à Cathy ?

Keller avait déjà décidé de lui en parler lui-même dès qu'il en aurait l'occasion. Il était inutile de vivre dans la crainte permanente que quelqu'un d'autre lui dévoile son infidélité. Elle serait terriblement peinée lorsqu'il le lui dirait, mais si elle l'apprenait par quelqu'un d'autre… Il préférait chasser cette idée de son esprit. Si elle l'aimait assez et qu'il se montrait honnête vis-à-vis d'elle, elle pardonnerait. Sinon… Il chassa également cette pensée-là de son esprit. Quoi qu'il advienne, une chose était certaine : il ne fallait pas qu'il la perde. Elle lui était devenue trop précieuse. Quant à Rogan, c'était une autre affaire. Il savait qu'il ne pardonnerait jamais tout à fait. Et le coup qu'il lui avait donné la veille, et qui l'avait fait tomber, n'était pas là pour arranger les choses. *Je suis désolé, commandant*, dit-il mentalement. *Peut-être pourrai-je un jour me racheter à vos yeux.*

— *Consul* 2802, dit la voix métallique, arrachant les deux hommes à leurs pensées, autorisé à suivre votre plan de vol pour Washington Dulles. Départ standard aux instruments Daventry 2, avec niveau de vol 350 pour la croisière. Affichez Mode Alpha Code 4208.

Avec un soupir de soulagement, le commandant Rogan répéta leur plan de vol.

— *Roger*, *Consul* 2802. Correct, répondit immédiatement la voix. Contactez unité-deux-unité virgule trois.

— Londres sol. *Consul* 2802 au point d'attente vingt-huit droite. Autorisation décollage ?

— 2802, après l'atterrissage du DC 8, alignez-vous et maintenez.

— 2802. On s'aligne après l'atterrissage.
— 2802 autorisé au décollage.
— 2802. OK, on roule.

Le 747 se mit à foncer sur la piste, et à prendre de la vitesse : la force des réacteurs plaquait tout le monde contre son siège, les passagers comme les membres de l'équipage. Et, en l'espace de quelques secondes, le point V. *1* fut atteint et dépassé. Plus question de ne pas décoller. Puis, le commandant Rogan poussa jusqu'à V. *Rot.* et dit : « Rotation. » Le Jumbo prit lentement son attitude de décollage. À ce moment, le commandant fit doucement monter dans l'air le nez du Jumbo et le monstre commença son ascension, incroyable de puissance, fendant l'air fluide, se transformant en un gracieux géant à mesure qu'il montait dans la nuit.

Keller se détendit... Le Jumbo prenait de la hauteur et entamait une grande courbe dans le ciel, pour se diriger vers la route qui lui avait été assignée, Amber One. C'était bien vrai : quand on décollait dans la majesté d'un appareil comme celui-ci, on laissait ses soucis derrière soi, au sol. Le commandant lui-même avait l'air plus détendu, tandis qu'ils passaient en revue la liste des vérifications d'après-décollage. La tension quittait son visage de façon presque visible. Keller l'observait tandis qu'il donnait la permission de détacher les ceintures de sécurité et de fumer. Le pilote le regarda, pendant une brève seconde, puis il se détourna pour contrôler ses instruments. Son visage était resté insondable.

À ce moment-là, Cathy fit irruption dans le cockpit :
— Commandant Rogan, dit-elle d'un ton pressant.
— Qu'y a-t-il, Cathy ? répondit-il sèchement, sans quitter les instruments des yeux.
— Un des passagers de première classe a trouvé quelque chose dans son attaché-case. (Elle jeta un coup d'œil à

Keller et une étincelle d'émotion passa entre eux.) Cela ressemble à… une bombe!

Le commandant tourna la tête d'un coup brusque.

— Vous êtes certaine? aboya-t-il.

La brutalité de sa réponse la fit tressaillir.

— Il y a… il y a un mécanisme qui a l'air d'être une minuterie. Le passager ne sait pas comment cela a pu être introduit dans son bagage.

— Et les autres passagers, se sont-ils rendu compte de quelque chose?

— En première, oui. En seconde classe, ceux qui sont à l'avant ont remarqué une certaine agitation et se demandent à quoi elle est due.

— Bon. (Il regarda Keller.) Descends voir ce que c'est.

— Vous allez brancher le code d'alarme?

— Pas avant que tu sois allé voir, répondit Rogan, glacial.

Cathy les considéra tous deux avec curiosité, distraite pour un instant du danger qu'il y avait en bas. Elle n'avait jamais entendu le commandant s'adresser de cette façon-là à Dave, et pourtant ils avaient déjà connu des périodes de crise, dans le passé. Keller, qui avait déjà défait sa ceinture et s'était levé, regardait le pilote comme s'il avait quelque chose à lui dire. Rogan le regardait froidement, et Cathy sentait la tension qui grandissait entre eux.

— Alors? demanda le commandant avec fureur, le visage levé vers Keller – un visage plein de colère, et non de peur. Tu vas te décider à y aller, oui ou non?

Sans un mot, Keller se retourna, se glissa hors de l'étroit habitacle et arriva devant Cathy. Il vit qu'elle était toute pâle, plus inquiète pour lui qu'à cause du danger qui les menaçait peut-être. Il lui adressa un sourire rassurant et lui prit le bras:

— Passe devant, lui dit-il.

En passant à côté du mécanicien naviguant, qui était déjà couvert de sueur, il lui donna une tape sur l'épaule en lui criant, à cause du bruit des moteurs :

— C'est pas encore le moment de mettre ton parachute, Al !

L'autre lui répondit par un faible sourire et leva les pouces pour lui souhaiter bonne chance. Ils se hâtèrent de quitter le cockpit et s'engagèrent dans l'escalier en spirale. Cathy s'arrêta au milieu pour se retourner vers lui. Son visage était livide, à présent, et ses yeux immenses. Tendant le bras vers elle, il mit sa main en coupe autour de son visage offert et fit glisser ses doigts sur la douceur de sa joue, en lui souriant pour l'encourager. Ils reprirent leur descente.

Le chef steward, Brody, les attendait en bas de l'escalier et, lorsqu'il vit Keller, il lui indiqua le compartiment de première classe. Le copilote ne perdit pas de temps à poser des questions et se dirigea en hâte vers la première, sans se préoccuper des rangées de visages anxieux et tendus qu'il laissait derrière lui. La scène qui se présenta à lui le fit stopper net.

Sir James Barret était assis de biais sur son siège, les pieds dans le couloir central, une étroite mallette noire ouverte sur les genoux. Il avait l'air atterré. L'attitude des autres passagers variait de la panique intégrale à la curiosité mêlée d'effroi. À côté de Sir James était assis un homme plus jeune, son secrétaire personnel, qui se collait contre le hublot comme pour s'enfoncer dans le fuselage de l'avion et s'y mettre à l'abri de ce dispositif menaçant qui se trouvait dans la mallette. Quatre hommes d'affaires japonais, qui occupaient la rangée voisine, avaient quitté leur place pour aller se blottir vers le nez de l'appareil, où ils baragouinaient avec excitation. Une femme berçait dans ses bras une petite fille en pleurs – elle-même paraissait au bord des larmes. Une poupée de plastique, qui était tombée dans le couloir, considérait la scène d'un œil froid et sans regard. Un homme à l'accent américain vociférait, enjoignant Sir James de faire quelque chose. Son compagnon le tirait par la manche en essayant de le calmer, mais sans grand succès.

Et il y avait encore un homme, tout seul, qui se tenait debout devant son siège, une main posée sur son dossier et l'autre sur celui du siège qui était devant lui et sur lequel il prenait appui. D'une maigreur famélique, il avait la peau jaunâtre et le visage sillonné d'innombrables rides très profondes. Il souriait. D'un sourire qui contenait un mélange de peur et d'excitation. Et de moquerie.

Sir James semblait incapable de détourner les yeux de sa mallette. Lorsque Keller s'approcha, il la fit pivoter avec précaution sur ses genoux, pour lui en montrer le contenu. C'était bel et bien une bombe, Keller n'en douta plus dès l'instant où il vit le réseau compliqué de fils électriques, les tubes de plastique, la minuterie. Et il comprit en même temps de quelle façon elle avait été introduite à bord. Il ouvrit la bouche pour dire à Sir James de ne pas bouger, mais au même moment une lumière blanche, aveuglante, jaillit devant lui, et un souffle d'air brûlant le souleva de terre et l'emporta, enveloppé dans un cocon de lumière, jusque dans la cabine.

Son corps heurta quelque chose de dur, puis il tomba par terre. Chose incroyable, il ne ressentait pas la moindre douleur : rien qu'une bizarre torpeur. Il se força à ouvrir les yeux et se demanda pourquoi le monde penchait aussi fortement, pourquoi les passagers se débattaient et dégringolaient à cause de l'inclinaison du sol. Pourquoi la cabine était soudain envahie par les flammes. Puis, il vit la porte avant qui, à demi arrachée à son cadre, pendait comme par miracle, ne tenant plus que par de minces bouts de métal. L'air noir de la nuit s'engouffrait en mugissant par le trou ainsi formé. Et son esprit bouleversé commença petit à petit à réaliser ce qui s'était passé.

Il chercha à se relever, étonné de n'avoir mal nulle part, mais il ne parvint qu'à se soulever sur un coude. Il voulut crier : Cathy rampait vers lui, le visage ensanglanté et empreint d'épouvante, les yeux écarquillés par la terreur – et l'amour –, la bouche ouverte pour hurler. Mais il n'entendait rien. L'intérieur de l'avion n'était plus qu'une tourmente de silence. Puis, le monde commença à s'obscurcir, à disparaître, ses yeux commencèrent à ne plus vouloir voir tant d'atrocités et il eut une dernière vision, fugitive, de Cathy : luttant de tout son corps pour résister à la pente de l'appareil, elle tendait vers lui une main tremblante et couverte de sang. Et son visage reflétait à présent un immense chagrin.

À ce moment-là, tout se désintégra pour faire place à un vide paisible, à un sommeil réparateur.

Quelqu'un lui souleva les paupières et, instantanément, il s'éveilla. Clignant les yeux et détournant la tête, il se dégagea de ces pouces qui le maintenaient de force et son regard rencontra le visage anxieux du père Vincente.

— Comment vous sentez-vous ? demanda le prêtre. Ne bougez pas avant que nous soyons sûrs que vous n'avez rien de cassé.

Docile, Keller se laissa tâter par les doigts experts du prêtre, tandis que mentalement il s'efforçait de ramener ses sens à la réalité présente. Tout lui revint d'un seul coup, toute cette affreuse vision de cauchemar : la bombe, l'explosion, l'inclinaison de la cabine pendant la chute de l'appareil, et l'angoisse qui se reflétait sur le visage blessé de Cathy. Le geste qu'elle avait fait vers lui. Une larme perla au coin de chacun de ses yeux, qu'il se hâta de chasser en battant des paupières. Peut-être eût-il mieux valu qu'il ne se souvienne de rien.

Mais au moins, il pouvait être sûr, à présent, de ce qui avait provoqué l'accident ! L'antagonisme qui l'avait opposé au commandant n'avait joué aucun rôle dans l'évolution des faits. Ni lui ni le pilote n'avaient commis la moindre négligence. Tout cela n'était pas lié à eux. Et maintenant, il savait comment il avait été possible que la bombe fût introduite à bord sans être détectée. Il essaya de s'asseoir, mais les mains du père Vincente l'en empêchèrent :

— Un peu de patience, monsieur Keller, j'ai presque terminé.

— Je me sens très bien, insista Keller en regardant autour de lui. Où est Hobbs ? demanda-t-il anxieusement.

— Je suis là, David, répondit une voix étouffée sortant de l'ombre.

Une silhouette s'avança péniblement et le médium lui apparut, pressant un mouchoir rougi sur sa bouche. Les bougies avaient été rallumées et la lumière de la lampe de poche avait retrouvé une certaine vigueur. L'avion baignait dans le calme et le silence.

— Hobbs, c'était bien une bombe ! Quand je me suis évanoui, j'ai revu tout ce qui s'était passé cette nuit-là !

— Oui, c'était une bombe, en effet, dit Hobbs avec lassitude.

Keller tâcha de discerner ses traits à la lueur tremblotante des bougies – le rayon de la lampe de poche étant braqué sur lui-même. De terribles marques pourpres étaient apparues sur le front et les joues du médium. Ses cheveux avaient été complètement brûlés à plusieurs endroits et son cuir chevelu était couvert d'ampoules. Keller en vit même de nouvelles qui se formaient.

— Grands dieux ! s'exclama-t-il, incapable de dire autre chose.

— Il semble que vous n'ayez rien de cassé, monsieur Keller, annonça en se redressant le père Vincente, qui était arrivé au terme de son examen rapide mais détaillé.

— Bien sûr, je vous l'ai dit, je me sens bien, dit Keller, qui n'arrivait pas à détacher son regard de la tête mutilée d'Hobbs.

— M. Hobbs doit se rendre immédiatement à l'hôpital, dit le prêtre. Il a été gravement brûlé. En outre, les coupures qu'il avait autour de la bouche se sont rouvertes, et il faut les faire soigner. D'ailleurs, un bon calmant nous ferait du bien à tous les trois.

— Non. (Hobbs avait retiré le mouchoir de sa bouche pour se faire mieux comprendre, et ses deux compagnons ne purent réprimer un tressaillement à la vue de ses lèvres tuméfiées et sanguinolentes.) Il y a encore beaucoup à faire, ce soir.

— Mais vous ne pouvez pas continuer dans votre état, protesta le père Vincente.

— Nous n'avons pas le choix.

— Il a raison. Ce n'est pas fini, dit Keller en se dressant sur son séant. Comment se fait-il que vous, vous soyez tellement sûr que c'était une bombe ? demanda-t-il à Hobbs.

Le médium était occupé à étancher – mais sans y réussir tout à fait – le flot de sang qui s'écoulait de ses lèvres. Dès qu'il parlait, il grimaçait de douleur.

— Pendant que j'étais sous... une autre voix m'a parlé. C'était une voix différente. Troublée et effrayée, comme les autres, mais différente tout de même. (Il ploya sous l'effet de la douleur et les deux autres se précipitèrent pour le soutenir.) Non, non, ça va. Laissez-moi seulement quelques minutes de repos...

Ils attendirent, sans un mot, qu'Hobbs ait recouvré suffisamment de forces pour continuer :

— Cette... cette voix... est parvenue à me dire ce qui...

s'était passé... qui... responsable... Il faut... nous devons chercher... cette personne... ce soir... tout de suite... devons enrayer...

Il retomba en avant, en gémissant.

Keller lui posa la main sur l'épaule.

— Cette voix, dit-il, qui était-ce ? Qui est-ce qui vous a parlé ?

Hobbs faisait des efforts pour surmonter son martyre.

— Je... je ne sais pas... Ce n'était pas clair... voulait nous aider... je vais... vous conduire à... l'homme.

— À qui ? À celui qui a posé la bombe ?

— Oui.

— Comment feriez-vous cela ? interrompit le prêtre.

— Son image... dans mon esprit... Il m'a montré...

— Alors, c'est la police que cela concerne, à présent, dit le père Vincente d'un ton décidé.

— Pas le temps... pas le temps...

— Il a raison, dit Keller. Et d'ailleurs, comment expliqueriez-vous tout cela à la police ?

— Il faut faire... vite. Y aller... ce soir.

Hobbs réussit, moyennant des efforts surhumains et avec l'aide du prêtre et du copilote, à se remettre sur ses pieds. Il était extrêmement faible, mais il pouvait marcher.

Quant à Keller, les pensées se bousculaient follement dans sa tête. Cette bombe. Introduite à bord par Sir James. Aussi simple que cela. Sir James, qui était directeur ou administrateur de nombreuses sociétés, était entre autres directeur de la compagnie aérienne qui employait Keller. Et, bien souvent, il embarquait avec l'équipage pour échapper aux fastidieux contrôles douaniers ainsi qu'à la fouille des bagages à main. C'était un privilège qu'il s'accordait et qui était, bien entendu, tout à fait officieux – d'ailleurs, il n'y avait pas toujours recours. Mais cette fois-ci, Keller en était certain, cela avait été le cas. C'était tellement facile.

Mais qui avait posé la bombe ? Quel maniaque avait été capable de tuer plus de trois cents personnes pour atteindre un seul homme ? Ou bien avait-on précisément voulu commettre un assassinat de masse ? Et comment Sir James ne s'était-il pas rendu compte de la présence de cette bombe dans son attaché-case avant d'embarquer dans le Jumbo ? Il y avait encore tant de questions auxquelles il manquait les réponses ! Sa propre survie, par exemple. Il avait déjà entendu parler de cas similaires, de gens qui s'étaient trouvés dans la trajectoire directe d'une explosion et qui en étaient miraculeusement sortis indemnes. Cela s'expliquait par le déplacement d'air, qui atteignait la personne avant la déflagration elle-même et formait autour de son corps comme un écran protecteur. C'était peu probable, mais pas impossible. Son corps avait heurté quelque chose de dur qu'il avait été contraint de contourner avant de tomber, pratiquement, sur l'escalier. Était-ce cela qui l'avait protégé de la terrible flamme qui avait accompagné l'explosion ? Ensuite, tandis que le 747 tombait à pic, la porte qui pendait, accrochée à ce qu'il restait de ses gonds, avait dû être tordue et détachée, éraflant l'aile au passage, comme Tewson l'avait deviné. Et lui, qui se trouvait tout près de l'ouverture béante, avait sans doute été projeté au-dehors, où il avait atterri sur la terre meuble du champ.

Le copilote se sentait soulagé. Soulagé d'avoir trouvé une explication à sa survie. Soulagé de savoir que la responsabilité de la catastrophe ne pouvait aucunement être attribuée ni au commandant Rogan ni à lui-même. Mais c'était un soulagement qui ne lui apportait aucune sérénité.

Ils sortirent de la carcasse, étonnés qu'elle ne se soit pas complètement désintégrée, étonnés aussi de ne pas trouver à la sortie un comité d'accueil composé de policiers. Pourtant, le vacarme terrifiant qui s'était fait dans l'épave devait avoir attiré l'attention ! Mais, soudain, le père Vincente leur montra du doigt la raison pour laquelle on ne les avait absolument pas remarqués.

À l'est, du côté de la grand-rue d'Eton, des flammes léchaient le ciel et remplissaient la nuit de lueurs rouges. Apparemment, une des boutiques ou un des immeubles de la grand-rue avait pris feu.

Et l'incendie se propageait.

Chapitre 20

Les trois garçons, dont deux portaient de petites boîtes de peinture, longèrent à pas de loup la longue colonnade obscure et passèrent devant les murs de pierre où s'inscrivaient – macabres, mais ô combien fiers ! – les noms des nombreux anciens élèves d'Eton qui avaient été tués pendant la guerre de 1914-1918. L'un des trois s'efforçait en vain de réprimer un fou rire.

— Bon sang, Greene, ta gueule ! souffla leur chef.

Le coupable fit de son mieux pour étouffer dans un mouchoir crasseux le bruit qu'il faisait.

Arrivés devant le porche de la chapelle, ils s'arrêtèrent en face de la lourde porte de bois et tendirent l'oreille, à l'affût d'éventuels cris, ou de bruits de pas lancés à leur poursuite.

— Dis donc, Spelling, chuchota un des garçons en haletant un peu, tu ne crois pas qu'on devrait rentrer ? Si on se fait pincer, qu'est-ce qu'on va prendre !

Le chef de l'expédition se tourna vers lui avec un dégoût suprême :

— T'as les jetons ? T'as qu'à foutre le camp, mon vieux Clemens. Après tout, c'est toi qui as eu l'idée, non ?

— Oui, mais c'était de la blague. Tu comprends, j'ai eu cette idée, comme ça, mais j'aurais jamais cru que vous me prendriez au sérieux.

Il gratta nerveusement un bouton qu'il avait sur le nez.

— Eh bien, on t'a pris au sérieux quand même. Et t'es dans le coup avec nous, alors tu ferais mieux de la fermer.

Cette fameuse idée était venue à Clemens la veille au soir, tandis qu'ils étaient au lit tous les trois, incapables de dormir, excités par toutes les histoires exaltantes – mais non moins lugubres – qui avaient fait le tour du collège pendant la journée. On avait beaucoup parlé de la mort mystérieuse de Thatcher, du drame de ce couple qui s'était jeté par la fenêtre, du cadavre qui avait été découvert au bord de la rivière, et de tous les autres événements pour le moins insolites qui s'étaient succédé et dont le moindre n'était pas l'aventure du pasteur, qui était devenu dingue le jour même. Les ragots avaient circulé bon train, en s'intensifiant à mesure que chaque garçon avait pris plaisir à en raconter une version plus macabre que les précédentes.

L'explication qui avait eu le plus de succès jusque-là supposait que le pasteur, occultiste, s'adonnait à la magie noire. Le couple qui s'était suicidé faisait partie de ses adeptes. Le gros Thatcher avait été immolé par eux au Prince des Ténèbres. Quant à l'homme de la rivière, il avait surpris une de leurs cérémonies secrètes et en était mort de frayeur. Mais le Diable n'avait pas été satisfait par le sacrifice et il avait fait perdre la boule au pasteur, tandis que les deux autres s'étaient tués, rongés par le remords ! Le fait que la chronologie de cette version était parfaitement illogique ne dérangeait nullement les collégiens, ni d'ailleurs le fait que le révérend Biddlestone avait été vu le lendemain à son retour de l'hôpital, en parfaite santé. Il faudrait dorénavant prendre des précautions vis-à-vis du pasteur et porter une croix en or pour se protéger contre son mauvais œil ! (Pour ceux qui ne possédaient pas de croix, une médaille de saint Christophe pouvait suffire.) Les aînés parmi les collégiens s'étaient moqués des plus jeunes et le « *Pop* » avait énoncé sa désapprobation à l'égard de tous ceux qui répandaient des bruits aussi stupides.

Néanmoins, pour Spelling, Greene et Clemens, qui avaient quinze ans et partageaient la même chambre dans leur maison d'*oppidans*, ces histoires donnaient un frisson trop agréable pour qu'on les abandonne aussi rapidement. De plus, elles offraient une occasion rêvée d'utiliser les clés de la chapelle. Bien sûr, ils ne possédaient pas les véritables clés, mais ils en avaient les parfaites répliques, confectionnées par Greene au cours de travaux manuels un jour que les originaux avaient été « empruntés » à Saunders, le concierge, qui était responsable de la chapelle et veillait entre autres à ce que les visiteurs ne gravent pas leurs initiales dans les boiseries anciennes. Les clés avaient été remises à leur place avant même que Saunders ait pu se rendre compte de leur disparition – et, dans l'intervalle, on en avait pris l'empreinte dans de la plasticine. Mais à quoi les utiliser ? Voilà la question qui s'était posée ensuite.

Jusqu'au moment où les choses s'étaient organisées d'elles-mêmes grâce aux histoires de fantômes et de magie noire qui avaient circulé dans le collège. Leur première idée, sans grand intérêt d'ailleurs, avait été de s'introduire dans la chapelle et d'aller graver leurs initiales quelque part. Non pas parmi les centaines de noms inscrits par les Etoniens d'antan, dont beaucoup étaient devenus célèbres par la suite, mais dans quelque endroit choisi, caché, où personne ne les découvrirait jamais. Un endroit secret, connu d'eux trois seulement, et qui leur permettrait, pendant les services, de se regarder d'un air entendu, en jouissant intérieurement de savoir leurs noms déposés là, en compagnie des immortels, pour l'éternité ! De nos jours, la chose était interdite, mais, évidemment, cela ne la rendait que plus désirable. Ils s'étaient mis d'accord pour prendre un endroit sur la tombe fort élaborée du principal Thomas

Murray, à gauche de l'autel : sans doute quelque part sur l'effigie sculptée qui était au bas du monument. Personne n'y dénicherait jamais leurs initiales, s'ils les traçaient discrètement. Quelle satisfaction, lorsque, quelques années plus tard, ils reviendraient au collège, de pouvoir montrer ces traces de leur passage à leurs femmes et à leurs enfants – ou à leurs maîtresses ! Voilà donc quelles avaient été leurs premières intentions. Puis, Clemens s'était mis à imaginer un bien meilleur plan.

Que penseriez-vous si, un jour, au moment où toute l'école arrive en rangs pour le service du matin, on trouvait la chapelle remplie de signes cabalistiques, d'emblèmes de sorcellerie, de symboles occultes ? Quelle frénésie cela déclencherait ! Quelle agitation ! Le collège ne s'en remettrait jamais ! Et l'atmosphère était tout à fait propice en ce moment. Bien sûr, tout pourrait être nettoyé par la suite, donc il n'y aurait pas de dégâts véritables. Ce serait un coup dont on rirait pendant des années !

Dès le matin, Spelling avait été acheter un livre sur les sciences occultes dans une des vieilles boutiques de livres d'occasion, dans la grand-rue, et ils y avaient trouvé tout un tas de formidables symboles diaboliques à copier. Il faudrait évidemment qu'ils se débarrassent du bouquin dès qu'ils n'en auraient plus besoin : si jamais on découvrait qu'ils avaient été les auteurs de la plaisanterie, les conséquences seraient désastreuses pour tous les trois ! Il faudrait également détruire les clés. Mais le plus beau de tout était de se dire qu'ils pourraient refermer à clé derrière eux, et que, du coup, le forfait aurait d'autant plus l'air d'avoir été accompli par des forces surnaturelles !

Au fur et à mesure que la soirée s'avançait, Clemens s'était montré de plus en plus réticent. Cette idée était stupide ! Ils allaient être renvoyés sur l'heure ! En outre, les abords de la chapelle n'étaient pas très rassurants, la nuit. Spelling avait menacé de lui donner un bon coup de poing s'il n'arrêtait pas ses jérémiades. C'était la meilleure trouvaille qui ait été faite au collège depuis des années – des siècles, peut-être ! Quelle merveilleuse façon d'en boucher un coin au vieux Griggs-Meade, le directeur, ce sale hypocrite ! Ça lui apprendrait à réviser ses éternels sermons sur le-mal-qui-n'existe-que-dans-les-cœurs. Ça lui ferait voir que le mal est une force véritable, tangible, vivante ! Parole de Mister Hyde !

Greene se remit à rire sous cape.

— Alors, espèces d'empotés ! chuchota-t-il bruyamment. Allons-y !

Spelling jeta un dernier regard, furtif, autour de lui, puis il tira de la poche de son pantalon une longue clé luisante. Posément, il l'inséra dans le trou de la serrure. Tous trois retenaient leur souffle et serraient les mâchoires. Spelling fit pivoter son poignet et s'exclama :

— C'est déjà ouvert !

En ne respirant toujours qu'à petits coups, il poussa doucement le battant, en remerciant Dieu que Saunders ait veillé à bien huiler les gonds.

— Allons-nous-en, Spelling. Si c'est ouvert, c'est qu'il doit y avoir quelqu'un, dit nerveusement Clemens en regardant de tous les côtés.

— Mais non, regarde ! Il n'y a pas de lumière à l'intérieur. Ce vieux crétin de Saunders aura simplement oublié de fermer. (Spelling passa la tête dans l'entrebâillement, puis se glissa à l'intérieur.) Venez, ordonna-t-il.

— Vas-y, Clemens, passe le premier, dit Greene.

Et il poussa son camarade, qui alla heurter de front Spelling, dans l'obscurité.

— Fais attention, balourd ! siffla Spelling. Alors, Greene, amène-toi et ferme cette fichue porte, qu'on puisse allumer la lampe de poche.

Le troisième garnement entra dans le hall de l'avant-corps et ferma la porte derrière lui. Le long rectangle de ciel s'amincit et disparut.

Un étroit filet de lumière jaillit au travers des ténèbres, issu de la lampe de poche de Spelling.

— Tu es sûr qu'il n'y a personne ici ? demanda Clemens avec anxiété.

— Comment veux-tu que quelqu'un ait pu monter cet escalier dans le noir ? répliqua Spelling. Maintenant, fermez-la, on va entrer dans la chapelle. Suivez-moi.

Sans un mot, il gravit les larges marches de bois, les deux autres sur les talons. Les sens en éveil, tous trois avaient une conscience aiguë du moindre craquement, du moindre grincement qui sortait du vieil escalier.

Arrivés devant la porte, ils eurent la surprise de la trouver ouverte, elle aussi.

— Ma parole, le vieux Saunders devait être complètement dans les vapes, s'écria Greene. (Puis il se mit à glousser.) Vous savez quoi ? En repartant, on fermera à clé pour lui !

Les autres acquiescèrent par un petit rire nerveux. Puis, Spelling passa la tête, de nouveau, et balaya les murs avec le rayon de sa lampe. Le porche de la chapelle était déjà relativement grand – aussi grand que bon nombre de petites églises de couvents – et il était décoré d'emblèmes héraldiques. Avant d'y pénétrer, ils tendirent soigneusement l'oreille, puis ils s'avancèrent avec précaution sur le dallage, vers l'entrée de la chapelle principale. Clemens s'attendait vaguement à voir toutes les lumières s'allumer d'un coup, tandis qu'une voix furieuse leur demanderait ce qu'ils étaient en train de faire. Mais rien ne vint troubler leur progression.

Il faisait infiniment plus clair dans la chapelle elle-même, grâce aux hauts vitraux qui laissaient passer une certaine lumière de l'extérieur, en y mêlant tout un jeu de couleurs mal définies. Néanmoins, elle restait terriblement impressionnante et lugubre aux yeux de Clemens. Et, si Greene ne l'avait pas suivi d'aussi près, il aurait tourné les talons et se serait enfui sans demander son reste.

Les trois garçons scrutèrent les profondeurs obscures de la chapelle, ses hautes voûtes en éventail, ses rangées de bancs, sombres, magnifiquement sculptés, qui faisaient la haie de part et d'autre de la large nef. Sur ceux du fond se trouvaient les inscriptions de riches ou de célèbres Etoniens du passé. À peine visible dans l'ombre, le monumental autel de marbre adossé à de riches tapisseries se dressait au bout de l'édifice de style flamboyant. Et les fragments de fresques qui couvraient les murs de la première moitié de la chapelle ne leur apparaissaient que comme des taches grisâtres aux contours légèrement plus foncés.

Aucun des trois garçons ne vit la silhouette habillée de blanc qui était assise dans le noir à la dernière rangée de bancs. Par contre, tous les trois remarquèrent le froid atroce qui leur perça soudain les os.

—Merde alors, qu'est-ce qu'il fait froid! murmura Spelling.

Clemens, choqué par ce langage ordurier dans un lieu aussi sacré, se borna à considérer la tache claire que formait le visage de Spelling.

—Allez, on s'y met! dit Greene avec avidité.

Et, plein d'entrain, il se mit à marcher le long de la nef en balançant son pot de peinture et en fredonnant sa rengaine favorite du moment. Le froid glacial qui remplissait la chapelle n'avait pas du tout l'air de l'importuner.

—Après toi, boutonneux, dit cruellement Spelling à Clemens, persuadé que ce dernier prendrait la poudre d'escampette si l'occasion lui en était donnée.

L'autre haussa les épaules avec découragement et suivit Greene en direction de l'autel. Après un dernier regard derrière lui, Spelling les suivit à son tour. Il croyait avoir aperçu quelque chose de blanc contre le mur de gauche, mais comme il allait diriger le faisceau de sa lampe de ce côté-là, la voix de Greene l'interrompit :

— Ça pue, ici ! À croire qu'un chat est venu mourir quelque part dans la chapelle, disait Greene avec dégoût, le nez froncé. Dis donc, Spelling, où est-ce qu'on va peindre ? Sur l'autel ?

— Non, répondit Spelling. Sur les murs, plutôt, et peut-être aussi par terre devant l'autel.

— Ça va. Tu fais les murs, moi je fais par terre.

— On n'a qu'une seule lampe, idiot. Faudra faire une chose à la fois.

— D'accord. Alors, on commence par le sol. (Greene se mit en devoir d'ouvrir son pot d'un quart de litre de peinture.) Hé, Clemens, tiens la lampe pendant que Spelling et moi on peint.

Spelling fourra la lampe de poche dans la main tremblante de son compagnon et se mit lui aussi à ouvrir sa boîte de peinture.

— Tu as quelle couleur, toi, Greene ? Le rouge ? chuchota-t-il vers son copain qui tenait délicatement son couvercle entre le pouce et l'index, en veillant à ne pas se tacher.

— Euh… oui, le rouge, répondit Greene.

— C'est ça, moi j'ai le noir. Maintenant, jetons un coup d'œil au bouquin. Amène la lumière, Clemens.

Tandis que l'autre feuilletait le livre à la recherche d'un dessin qui puisse convenir, Clemens regarda autour d'eux. Ses yeux étaient beaucoup mieux habitués à l'obscurité, à présent, et pourtant il se demanda s'ils lui jouaient des tours. L'espace d'une brève seconde, il avait cru voir les longues rangées de bancs remplies d'ombres noires, immobiles. Il cligna vigoureusement des yeux et regarda de nouveau : non, cela avait été son imagination. Il n'y avait rien du tout.

— Arrête de faire bouger cette lampe, Clemens ! dit brutalement Spelling. Ah ! Voilà un truc terrible, pour commencer !

Il examina avec un large sourire l'image qu'il avait trouvée – et, dans la lumière de la lampe de poche, son visage semblait méchant et gnomesque. Plissant les yeux, il déchiffra avec peine la légende qui se trouvait sous l'illustration :

— « Cercle incantatoire utilisé en goétie pour les pactes et pour l'évocation d'esprits malfaisants », lut-il à haute voix.

— Pas mal, commenta Greene. Mais le dessin a l'air assez compliqué.

— On le simplifiera.

Spelling posa le livre par terre et sortit de la poche de sa veste un large pinceau. Le trempant dans la couleur noire, il se pencha et, à reculons, se mit à tracer un cercle plus ou moins réussi sur le sol, devant l'autel.

— C'est pas très rond, remarqua Greene lorsqu'il eut fait un tour complet.

— Ça ira comme ça. Maintenant, peins le triangle à l'intérieur pendant que je fais un deuxième cercle plus grand.

Tous deux se mirent à l'œuvre avec ardeur, en pouffant chaque fois qu'ils se cognaient.

— Parfait, dit Spelling en se redressant pour admirer leur travail. Bon, maintenant qu'est-ce qu'il y a à l'intérieur du triangle ?

— Trois cercles rattachés par une croix et… ça a l'air d'une sorte de courbe… avec des flammes qui en sortent, répondit Greene en penchant la tête de côté, et en se concentrant sur le symbole.

— Bien. Les cercles et la croix en noir, et toi tu fais la courbe et les flammes en rouge.

Clemens observait leurs deux dos penchés et sentait monter son anxiété. Pourquoi donc leur avait-il donné cette idée stupide ? Il crut apercevoir quelque chose qui bougeait, au bord de son champ visuel, et il regarda vivement vers l'une des petites chapelles latérales. C'était la chapelle de Lupton, qui était séparée de la nef principale par un écran de pierre délicatement ajouré. Il lui sembla qu'une forme noire s'était prestement dissimulée derrière cet écran.

— D… dites, les gars. Je crois qu'il y a quelqu'un là-bas, murmura-t-il aussitôt à l'intention des deux autres.

Ceux-ci levèrent les yeux vers lui.

— Ne sois pas aussi poule mouillée, Clemens. Personne n'a pu entrer ici.

— Et les portes, qui n'étaient pas fermées ?

Cette fois, Spelling et Greene se regardèrent.

Greene avala bruyamment.

— Qu'est-ce que tu as vu ? demanda Spelling.

— Je ne sais pas très bien. Une ombre, je crois, là-bas.

— Eh bien, dirige la lumière par là.

Clemens s'exécuta, mais ils ne virent rien.

— Et… et s'il s'était accroupi pour se cacher ? insista Clemens, quoique à contrecœur.

— Oh, donne-moi cette lampe, dit rageusement Spelling, et il marcha vers la chapelle en question, en tenant la lampe devant lui.

Clemens et Greene virent sa silhouette disparaître derrière le panneau ornemental. Soudain, elle s'évanouit totalement, de même que la lumière. Glacés d'horreur, ils entendirent un long gémissement qui venait de la chapelle, puis, pour comble d'épouvante, une face de fantôme fit son apparition dans un des interstices de la pierre, les traits déformés par de violents contrastes d'ombre et de clarté.

— Spelling ! Espèce d'imbécile ! s'écria Greene, rassuré mais au bord des larmes.

Spelling sortit de derrière le panneau de pierre, en riant comme un fou, et retira la lampe de dessous son menton.

— Ça vous apprendra ! dit-il entre deux accès d'un rire hystérique.

Greene fit mine de lui renverser le pot de peinture sur la tête et Spelling enfila la nef au pas de course en levant très haut les genoux pour accentuer le comique de la chose.

— Imbécile ! criait Greene.

— Chhhhhut ! souffla Clemens, inquiet de les voir faire un tel vacarme.

Tout à coup, Spelling éteignit la lumière. Puis il fila dans un étroit couloir qui séparait deux bancs et, trébuchant sur une marche, il tomba de tout son long. Et il resta ainsi sur le ventre, essoufflé, tâchant de calmer son fou rire.

— Arrête ton petit jeu, Spelling ! souffla Clemens dans l'obscurité. Allume cette lampe ! Viens, Greene, si ça l'amuse tellement de faire l'imbécile, nous, on s'en va.

Mais Greene devait s'être pris au jeu. Il était introuvable, lui aussi.

— Oh, bon sang, toi aussi ! Ce n'est vraiment pas très drôle ! (La colère de Clemens s'amplifiait, renforcée encore par sa peur du noir. Un bruit, derrière lui, puis un gloussement étouffé le firent virevolter sur place.) Ça suffit, Greene. Je sais que tu es là ! (Il commençait à désespérer.) Si vous continuez, je pars !

Quelque chose de blanc, derrière les bancs, attira son attention. Avec un sursaut, il fit un pas en arrière et son talon heurta un des deux pots de peinture, qui se renversa. La couleur se répandit aussitôt sur le sol, recouvrant rapidement le symbole fraîchement tracé et continuant à se propager comme une mare visqueuse et gluante.

Le jeune garçon s'en écarta vivement, pour ne pas abîmer ses chaussures. L'arrière de ses genoux rencontra le bord d'un banc, et il tomba assis avec une secousse. Haletant, il resta là sans bouger, les yeux dirigés droit devant lui vers cette forme blanche qui était assise, immobile, au bout du banc d'en face. Une main pâle et crochue apparut derrière lui, à son insu, et s'abattit sur son épaule.

— Bouh ! cria Greene.

Clemens poussa un hurlement et tomba par terre en se débattant pour échapper à ce qui l'avait assailli.

— Tais-toi, idiot ! Tu veux vraiment que tout le monde nous entende ? (Greene en voulait, maintenant, à son copain qui pleurait bruyamment – il regrettait presque sa petite plaisanterie. Si on les trouvait dans la chapelle – surtout maintenant, avec toute cette peinture par terre –, ça allait être leur fête !) Je crois qu'on ferait mieux de s'en aller, dit-il. Où est Spelling ? Amène-toi, idiot, avant qu'on se fasse pincer !

En terminant sa phrase, il regarda de l'autre côté de la nef, vers les bancs d'en face. Et c'est alors qu'il remarqua la forme blanche.

— Spelling ? C'est toi, hein ? demanda-t-il d'une voix mal assurée.

Clemens suivit son regard, mais l'obscurité les empêchait de bien voir. Tout à coup, ils entendirent un ricanement sourd, rauque.

Clemens se fit tout petit sur son banc. Il vit qu'il y avait d'autres formes assises en face, dans les ténèbres. Des formes qui n'avaient pratiquement pas l'air de bouger, et qui pourtant ne semblaient jamais immobiles. Lentement, il tourna la tête vers Greene et il constata que de leur côté également, les bancs étaient remplis de silhouettes sombres et nébuleuses. Un murmure infiniment bas commença à monter dans la chapelle, à peine un chuchotement, mais, inexplicablement, il sembla tout à coup extrêmement fort et il remplit de vibrations la tête des deux jeunes garçons. Par-dessus les voix, ils entendaient toujours le rire – l'horrible ricanement, si cruel – de la silhouette blanche. L'air était empesté par une atroce odeur de brûlé qui montait au nez des garçons par vagues nauséabondes.

Spelling était toujours à plat ventre par terre, paralysé à présent par tout ce qu'il entendait. Les muscles de son dos étaient figés, et il allongea un bras pour essayer de se remettre debout. Sa main toucha quelque chose de sec et écailleux. En tâtonnant du bout des doigts, il reconnut la forme... d'une cheville ! Et la chair qu'il sentait était toute craquelée.

Il retira sa main avec un cri d'effroi et, levant les yeux, il vit un crâne hideux, presque complètement décharné, qui le regardait en grimaçant. À quatre pattes, il se mit à reculer dans l'étroit couloir qui séparait les deux rangées de bancs. De chaque côté, des figures atrocement déformées se penchaient vers lui en chuchotant, et des mains dépourvues de doigts se tendaient vers lui d'un air accusateur.

Il finit par atteindre l'allée centrale et ne put s'empêcher de pleurnicher bruyamment, tout en continuant à reculer, à ramper misérablement vers le fond de la chapelle. Il n'avait qu'une seule idée : s'éloigner de l'autel, s'éloigner de ses deux amis qui restaient cloués sur place, et les pleurs qui s'échappaient de ses lèvres se perdaient dans le bruit des murmures. En arrière ! En arrière ! Il était conscient de la présence de ces ombres noires qui remplissaient les bancs de bois de chaque côté de la chapelle, mais son esprit refusait de le laisser réaliser pleinement ce qui se passait, de lui en faire assumer la véritable signification.

La chapelle vibrait, toute bourdonnante du bruit des morts. Elle était imprégnée de l'odeur des corps en décomposition.

Tandis qu'il reculait toujours à quatre pattes sur le dallage dur et froid, Spelling vit tout à coup une forme blanche se lever et se diriger entre des bancs vers ses deux amis. Les larmes du jeune garçon laissaient des traces luisantes le long de l'allée et ses genoux étaient tout écorchés par le sol aux pierres inégales. Dans la pénombre, il voyait encore la sombre mare de peinture et les deux taches plus claires des pots, dont l'un était renversé sur le côté.

Les formes sombres se levèrent et convergèrent toutes vers Clemens et Greene. La silhouette étrangement vêtue de blanc se pencha vers celui qui était prostré sur le sol. À ce moment-là, Greene regarda avec effroi autour de lui, cherchant par où s'échapper – puis il se laissa tomber sur les genoux lorsqu'il réalisa qu'il était encerclé. Et Spelling ne vit plus que son visage blême, au-delà du premier banc de bois.

Ensuite, l'obscure masse de formes mouvantes se referma, cachant à sa vue ses deux amis et le personnage en blanc.

Alors, il poussa un hurlement, se remit sur ses pieds et s'enfuit à toutes jambes de la chapelle.

Les pas du directeur résonnaient sur le pavement irrégulier du péristyle et ses yeux scrutaient au passage chaque coin d'ombre qui se présentait. Il avait pris l'habitude, depuis des années, de faire une petite promenade tout à son aise, chaque soir, autour du collège. Son but n'était pas réellement de contrôler que tout allait bien : en fait, il prenait plaisir à s'accorder ainsi quelques instants de méditation solitaire. Il songeait avec nostalgie aux siècles passés, il écoutait les fantômes des Etoniens d'antan, et il se voyait chargé de l'éducation d'élèves qui portaient les noms de Walpole, Pitt, Shelley ou Gladstone. Qui, parmi ses élèves à lui, s'élèverait jusqu'à une telle célébrité ? Les maîtres de l'époque étaient-ils conscients du potentiel de certains éléments ? Était-il possible qu'ils aient pressenti le rôle que telle ou telle personnalité allait jouer dans l'avenir de l'Angleterre ? Qui serait son Shelley ? Qui, son Gladstone ?

Ce soir, sa flânerie revêtait un caractère d'urgence tout particulier, sa promenade tardive avait un but qu'il ne faisait encore que pressentir. Toute la journée, il avait eu conscience d'une tension croissante qui avait perturbé ses pensées et distrait sa concentration. Il franchit l'arche de la tour de Lupton et s'engagea d'un pas rapide sur le chemin en cailloutis qui traversait la cour du collège. Les bâtiments historiques, peu soucieux de son anxiété, veillaient imperturbablement sur le silence du vaste quadrilatère. Arrivé près du centre de la cour, qu'occupait une statue d'Henri VI impitoyablement battue par les intempéries, il s'arrêta et se retourna lentement, comme mû par une sensation plutôt que guidé par ses yeux ou son ouïe. Par deux fois, il se retourna ainsi, pressentant un problème quelconque, et chaque fois il dut faire un effort pour arracher ses regards à la chapelle dont la grise silhouette dominait le quadrilatère et les bâtiments alentour.

Griggs-Meade leva la tête vers les hauts vitraux de la chapelle : de l'extérieur, ils semblaient n'être que d'énormes trous noirs et cela même paraissait être un signe tangible de l'insécurité qu'il ressentait. Il crut percevoir un faible bruissement et plus il tendit l'oreille, moins il réussit à se persuader que ce n'était qu'un bourdonnement de ses propres tympans. À cet instant retentit un cri aigu, qui mit un terme à ses hésitations.

Immédiatement après, un nouveau cri se fit entendre, perçant, pareil à un cri de petite fille. Le directeur se mit à courir de toutes ses forces, traversa la cour par la diagonale, ses longues jambes le portant rapidement à la porte de l'avant-corps de la chapelle. Au moment où il approchait de l'entrée et où il se demandait si la lourde porte serait ouverte, il entendit des pas dégringoler l'escalier de bois à l'intérieur en un tambourinement clairement dû à la précipitation. Il poussa la porte, qui s'ouvrit toute grande. La seconde d'après, un petit personnage surgit de l'ombre et se jeta sur lui en gesticulant avec frénésie et en poussant des hurlements de terreur.

Le choc fit reculer Griggs-Meade, mais il tint bon et, agrippant le jeune garçon qui se débattait, il parvint à l'attraper par un bras, juste au-dessus du coude. Après l'avoir violemment secoué pour le calmer, il se pencha vers son visage livide, puis le traîna un peu plus loin dans la cour pour mieux distinguer ses traits, tandis que le corps du gamin se raidissait entre ses mains. Le visage lui était familier – le nom lui reviendrait plus tard –, mais de toute façon le jeune garçon était dans un état qui excluait tout interrogatoire. La bouche ouverte, il regardait fixement par-dessus l'épaule du directeur, en direction de la porte qu'il venait de franchir. Sa figure luisait, trempée, comme s'il avait pleuré abondamment et des gémissements lui échappaient par à-coups. Griggs-Meade comprit que ce qui avait provoqué une telle frayeur se trouvait toujours à l'intérieur de la chapelle. Furieux de cette entorse au règlement, il entreprit d'entraîner l'élève vers la porte, dans le but d'aller voir ce qui l'avait incité à désobéir de la sorte et de découvrir qui se trouvait encore dans la chapelle.

Dès qu'il comprit les intentions du directeur, Spelling se mit à lutter pour se dégager et ses plaintes se changèrent en cris de protestation. Il se laissa même tomber sur les genoux pour ne pas avancer plus loin.

— Debout, garnement ! gronda Griggs-Meade – mais l'élève n'était plus qu'une marionnette hystérique et vagissante.

Partagé entre le désir de ne pas abandonner le jeune garçon dans une telle panique et la nécessité d'aller voir ce qui l'avait mis dans cet état, le directeur leva les yeux vers la chapelle et finit par prendre une décision. Laissant Spelling se rouler en boule sur le sol, il se précipita sous le porche obscur et grimpa l'escalier de bois.

À peine était-il entré sous le porche de la chapelle, que le froid le surprit. Il eut l'impression d'avoir brusquement pénétré dans un gigantesque réfrigérateur. Ne prenant pas le temps de s'arrêter, il se rua vers l'entrée de la chapelle principale, malgré l'obscurité, fulminant d'avance contre quiconque avait osé violer cette chapelle qu'il aimait tant.

Arrivé à la porte, il stoppa net, incapable de comprendre la vue qui se présentait à lui.

Le vaste édifice était peuplé d'ombres noires et mouvantes, de formes qui apparaissaient et disparaissaient dans une ondulation et une évolution constantes des masses. La lumière irréelle qui descendait des immenses vitraux multicolores, au lieu de préciser les contours, ne faisait qu'ajouter à la confusion des formes. Chaque fois qu'il essayait de fixer une silhouette ou un groupe en particulier, l'image s'évanouissait pour se reformer dès qu'il avait détourné le regard. En outre, un bruit assourdissant l'assaillait, un mélange de huées, d'agitation, un bourdonnement tumultueux – et cependant, lorsqu'on écoutait chaque son séparément, on se rendait compte que ce n'étaient que des chuchotements. Des murmures rudes et desséchés. Des voix brûlées.

Dans la pénombre, devant l'autel, il discernait vaguement une forme vêtue de blanc au milieu de la foule mouvante. Cette silhouette semblait en étreindre deux autres, plus petites. À la fois fasciné et horrifié, le directeur s'avança dans l'allée centrale : la fascination l'attirait, l'horreur lui donnait envie de fuir à toutes jambes. Et s'il résista à cette envie, c'est qu'il réalisa que le personnage en blanc serrait dans ses bras deux jeunes garçons, qui étaient sans aucun doute deux de ses élèves. La prémonition qui l'avait hanté pendant toute la journée ne l'avait pas trompé. Il ignorait ce qui était en train de se produire, mais il savait que les garçons – donc, le collège – étaient en danger de mort.

Griggs-Meade n'était ni un brave ni un lâche. Simplement, il se laissait guider par un sens absolu du devoir.

À son approche, le vacarme qui résonnait dans la chapelle se tut pour faire place à un silence lourd. Les formes floues se tournèrent pour le regarder arriver, et parurent s'écarter pour lui laisser le passage, ouvrant donc devant lui tout un couloir qui lui permit de voir clairement, à l'autre bout de l'allée, le personnage en blanc et les deux garçons prisonniers de son étreinte. Une intuition l'avertit de ne pas regarder les spectres qui faisaient la haie pour lui. L'horreur de leurs traits eût été insoutenable, il le pressentait, et il n'aurait plus pu s'empêcher de faire demi-tour et de s'enfuir. Mais il ne pouvait fermer ses narines à la puanteur ambiante. C'était une odeur de chair en putréfaction.

Un ricanement méprisant et cruel attira son attention sur l'être habillé en blanc. Même à une certaine distance, cet homme lui paraissait vaguement familier. Était-ce possible ? Il ressemblait étrangement au photographe qui travaillait si souvent pour le collège depuis une dizaine d'années. Comment s'appelait-il donc ? Il avait un studio dans la grand-rue.

— Que faites-vous ici ? demanda Griggs-Meade d'une voix forte – plus assurée, en fait, qu'il ne l'était au fond de lui-même. Pourquoi retenez-vous ces enfants ?

L'homme ricana de nouveau et le directeur frémit. Ce rire n'avait rien d'humain.

— Répondez ! Pourquoi êtes-vous ici ?

Griggs-Meade s'efforçait d'avoir l'air fâché – et il y parvenait presque.

Soudain, le ricanement devint plus saccadé et l'homme ouvrit les bras en tenant toujours les deux élèves à la gorge. Figé d'effroi, le directeur vit que les yeux des deux garçons commençaient à saillir de leurs orbites et que leur langue sortait de leur bouche : les doigts monstrueux avaient commencé à serrer leurs deux cous comme des étaux.

— Arrêtez ! Arrêtez ! hurla le directeur mais, impuissant, il constata avec épouvante que l'homme levait à présent les deux mains, soulevant ainsi de terre les deux garçons qui se débattaient.

Il était occupé à les pendre à bout de bras. Le gargouillis étouffé qui sortit de leurs bouche et la soudaine bouffée violacée qui leur monta au visage eurent un effet électrisant pour le directeur, qui se lança en avant en poussant un grand cri de rage et de terreur.

À ce moment-là, il se produisit une chose stupéfiante qui le fit tomber à la renverse : l'homme en blouse blanche prit brusquement feu.

La tête, tout d'abord, fut envahie par les flammes et se transforma instantanément en une boule de feu qui riait en même temps qu'elle hurlait de douleur, et dont la bouche n'était plus qu'un gouffre noir entouré de chairs grésillantes et boursouflées. En un instant, les cheveux furent dévorés en une flambée plus claire. Bientôt, les yeux se mirent à glisser lentement le long des joues au bout de deux filaments ténus et carbonisés. Le feu se propagea vers les bras tendus et le bas du corps, transformant l'homme en une croix ardente qui hurlait d'angoisse tout en riant avec une sarcastique perversité. Les flammes atteignirent simultanément les deux malheureux garçons et engloutirent leurs deux têtes d'un seul coup. Les cris déchirants qu'ils poussaient n'avaient cependant plus le moindre effet sur le directeur, car celui-ci, littéralement figé d'horreur, en était arrivé à un stade où plus rien ne pouvait le toucher. Il rampait par terre, hébété.

L'intérieur de la vaste chapelle était à présent vivement illuminé par les flammes. Des dessins jaunes et rouges dansaient sur les murs et les quatre petites statues de l'autel qui ressemblaient à des enfants agenouillés avaient l'air de sourire dans la lumière tressautante. Les ombres qui remplissaient l'édifice se retiraient, s'écartaient des trois personnages qui flambaient et, comme Griggs-Meade regardait autour de lui d'un regard désormais incapable d'émotion, il vit que des langues de feu à peine visibles avaient commencé à lécher les corps transparents. Et les âmes, torturées, se contorsionnaient misérablement. Il vit également les panaches de fumée, bien réels ceux-là, qui commençaient à s'échapper des bancs de bois où le feu prenait au fur et à mesure que les spectres tombaient, vaporeux et diaphanes, tordus dans une muette agonie. Le bois se mit à rougir et bientôt de minuscules flammèches apparurent çà et là, qui ne tardèrent pas à se rejoindre sur toute la longueur pour former des flammes de plus en plus grandes.

L'attention du directeur fut de nouveau attirée par le trio central : un des deux enfants était tombé – la main décharnée qui le portait ayant sans doute fini par se dessécher et se briser. Le garçon, tombé sur les genoux, se releva d'un bond, le dos et les bras envahis par les flammes. Il courut vers le maître-autel comme pour y chercher refuge, s'écrasa contre la pierre et s'affaissa sur le sol. Se relevant de nouveau, Clemens contourna l'autel en titubant et en virevoltant, trébucha et s'accrocha aux tapisseries pour se retenir de tomber encore. Immédiatement, le feu passa de son corps aux tentures anciennes, qui s'enflammèrent comme du papier, livrant au feu dévastateur ces œuvres d'art qui avaient fait l'objet de tant de tendresse.

Les deux personnages qui restaient encore devant le directeur – l'homme, et le second garçon, qui avait fini par mourir – se désintégrèrent petit à petit et tombèrent par terre. Les cris de douleur de l'homme s'évanouirent à mesure que la vie quittait son corps. Mais le rire résonnait toujours, obscène et rauque, émanant du cadavre qui achevait de se consumer.

Griggs-Meade se demanda tout à coup pourquoi il avait l'impression d'être assis dans une flaque un peu gluante. Levant la main, il vit qu'elle était couverte d'un liquide rouge et poisseux qui avait l'air d'être du sang. Son esprit n'était évidemment plus à même de lui signaler qu'il ne s'agissait que de peinture rouge. Celle-ci s'était répandue et baignait maintenant le pied des bancs : lorsque les flammes descendirent le long du vieux bois, elles trouvèrent en cette substance visqueuse une alliée de choix. À peine l'eurent-elles touchée qu'elles s'y installèrent avec délices pour se propager à sa surface, rapides et pleines d'avidité, vers les jambes écartées du directeur.

Tout l'intérieur de la chapelle ne tarda pas à se transformer en une gigantesque fournaise, en un brasier furieux qui n'avait guère plus de respect pour les traditions que pour la vie humaine. Au-dehors, les petits bâtiments annexes qui avaient toujours eu l'air de baisser la tête devant la magnificence de la chapelle semblaient à présent courber l'échine devant la menace de l'incendie.

Dans la cour, un jeune garçon roulé en boule claquait des dents et pleurait.

Chapitre 21

— À gauche. Ici.

La voix d'Hobbs était faible et enrouée.

Keller suivit ses instructions et prit la route qui faisait face à la chapelle du collège. Tandis que la Stag accélérait, le médium enveloppa la chapelle d'un regard sombre. Mais il ne dit rien.

Ils arrivèrent à une bifurcation et Keller freina :

— Par où ? demanda-t-il.

Hobbs ne put que lever un doigt, avec effort, et pointer vers la droite. Le copilote s'y engagea et la voiture repartit d'un bond.

Ils n'avaient pas emmené le prêtre. Ce dernier avait d'abord essayé de les dissuader de leur projet et leur avait instamment conseillé d'aller voir la police. Mais, en même temps, tous trois savaient que cela n'aurait servi à rien. Comment expliquer ce qui s'était passé ? Qui croirait une histoire à laquelle eux-mêmes avaient tant de peine à croire ?

Finalement, le père Vincente avait aidé Keller à traverser le champ jusqu'à la voiture, en portant avec lui le médium. Anxieux, le prêtre ne quittait pas des yeux cette lueur rouge qui illuminait le ciel, ces flammes qui montaient furieusement dans la nuit. Une des boutiques de la grand-rue brûlait et on voyait que l'incendie était en train de se propager. Au moment où le copilote avait ouvert la portière de la Stag pour installer Hobbs sur le siège du passager, les sirènes des voitures de pompiers avaient fait entendre leur ululement dans le lointain.

Indécis, le prêtre s'était demandé s'il devait plutôt accompagner les deux hommes ou rester en arrière pour aider ses fidèles à affronter le danger qui les menaçait. Il pressentait que le feu n'était qu'un début. À mesure qu'il se répandrait, la pesante chape qui opprimait Eton depuis de si nombreuses semaines se manifesterait plus concrètement. C'était une force de Mal. On aurait besoin d'un prêtre.

Après une brève mais fervente prière pour les deux hommes, il était parti en courant vers la grand-rue et le magasin sinistré.

Keller l'avait suivi des yeux jusqu'à ce que sa silhouette noire ait disparu entre les bâtiments d'une ruelle qui menait à la grand-rue. Puis il avait mis le moteur en marche et était sorti du parc de stationnement en se penchant vers Hobbs pour entendre ses directives. Devant la grand-rue, il avait dû stopper pour laisser passer deux véhicules de pompiers qui s'étaient arrêtés non loin d'eux dans la rue, dans un grand crissement de freins. Des hommes en uniformes bleus en étaient sortis en toute hâte pour tâcher d'apaiser le feu qui faisait rage. Lentement, le copilote s'était éloigné, en priant intérieurement pour qu'Hobbs demeure conscient assez longtemps pour qu'ils puissent atteindre leur but. En effet, le médium n'était pas seulement grièvement brûlé : il se trouvait également en état de choc. Son cerveau, éprouvé, aspirait au repos tout comme son corps fatigué et blessé avait besoin de calme. Mais Keller voyait que le petit homme forçait son esprit à se concentrer. Par la puissance de sa volonté, il empêchait son organisme de sombrer dans l'inconscience. Mais combien de temps tiendrait-il ?

Keller accéléra en quittant la ville, et ralentit lorsqu'il approcha d'Eton Wick, la ville-sœur d'Eton. Il jeta un coup d'œil à Hobbs, attendant de nouvelles instructions.

— Plus… loin.

La voix du médium se faisait de plus en plus faible, de moins en moins cohérente.

La voiture reprit de la vitesse en sortant de l'agglomération. La route n'était plus éclairée et la nuit sembla s'abattre sur eux à la manière d'une couverture. Keller alluma ses phares de campagne et pressa l'allure. Le médium ne résisterait plus très longtemps.

De chaque côté de la route s'étendaient des champs planes et gelés que la puissante lumière des phares faisait paraître incolores. La voiture aborda une large courbe et le pinceau lumineux balaya la surface d'un étang en contrebas. Puis, un petit groupe de lumières dans le lointain apprit à Keller qu'ils approchaient de la ville suivante et il se demanda si c'était là qu'ils allaient, et qu'ils trouveraient enfin celui qu'ils cherchaient.

Mais les doigts d'Hobbs se refermèrent tout à coup sur son avant-bras, avec une force stupéfiante :

— Arrêtez ! C'est ici !

Keller freina brutalement et la Stag s'immobilisa après avoir légèrement dérapé. Automatiquement, il éteignit ses grands phares et se tourna vers le médium.

La respiration de ce dernier était devenue extrêmement haletante et il dut faire des efforts surhumains pour parler.

— La voix, David… Elle disparaît… Elle m'échappe… Mais elle m'a dit… c'est ici. L'homme… il est ici.

Keller abaissa sa vitre et scruta les ténèbres. Il ne voyait rien.

— Vous êtes sûr ? demanda-t-il à Hobbs. Il n'y a rien, ici. Rien que des champs, des arbres.

Hobbs s'affaissa sur son siège.

— M'a dit… ici… Quelque part ici… La voix, si effrayée… si amère… Partie, maintenant. (Le médium fit l'effort de lever la tête et de regarder au-dehors.) On est tout près, David… Je le sens… (Il fit une grimace et la douleur lui arracha un gémissement.) Ma tête… je n'y vois rien… Regardez bien, ce *doit* être ici…

Keller ouvrit sa portière et, au moment où il allait mettre un pied dehors, une autre voiture aborda le virage et dut faire un crochet pour éviter la Stag – ce qu'elle ponctua d'un furieux coup de klaxon.

Au moment où l'autre voiture contournait la sienne, Keller aperçut une maison, éclairée l'espace d'un instant par les phares de l'autre automobiliste.

Le faisceau avait balayé le champ d'en face en diagonale : et là se dressait, nettement en retrait par rapport à la route, une maison solitaire. La première impression, fugitive, qu'en eut Keller était qu'elle paraissait très grande, et très isolée. C'était une maison qui respirait une certaine richesse, mais elle était tellement solitaire qu'elle avait l'air vide. Refermant sa portière, mais en ne gardant que ses lanternes allumées, il avança tout doucement à la recherche de la petite route latérale qui le mènerait à la maison. Pas un instant il ne prit la peine de remettre les choses en question.

Il savait que les réponses l'attendaient à l'intérieur de cette maison.

Il ne tarda pas à trouver une étroite allée de graviers : après avoir éteint ses phares, il s'y engagea prudemment, en veillant à suivre les contours clairs du chemin, qui se détachaient des champs, plus sombres, de part et d'autre. Au bout d'une cinquantaine de mètres, il stoppa et attendit quelques instants afin de laisser à ses yeux le temps de s'habituer à l'obscurité. La respiration d'Hobbs était devenue plus profonde et plus régulière. Keller tâcha d'attirer son attention en le secouant très légèrement, mais le médium ne répondit que par un gémissement, tandis que son horrible tête défigurée roulait sur le côté.

— Hobbs, vous m'entendez ? demanda Keller d'une voix douce. (Il ressentait une grande tendresse pour ce petit homme qui avait tant souffert à cause de lui. Il ne reçut aucune réponse, mais, dans l'espoir que ses paroles pénétreraient jusqu'au cerveau du médium malgré son inconscience, il reprit :) Je vais entrer dans la maison. Je sais que la réponse s'y trouve. Dieu sait pourquoi, j'en suis convaincu. Ne bougez surtout pas, reposez-vous. Vous en avez assez fait. Le reste me regarde, à présent.

Il sortit de la voiture et ferma la portière sans bruit. Sans prendre garde au froid, il resta quelques secondes sur place, à regarder vers la maison. Elle était encore au moins à une centaine de mètres. Le copilote distinguait des lumières de l'autre côté du bâtiment, partiellement cachées par de hautes haies et par des arbres dénudés mais denses. Toutes les demeures de cet endroit étaient à quelques centaines de mètres les unes des autres, ce qui garantissait à leurs propriétaires une retraite bien à l'écart des regards indiscrets, une tranquillité sans prix. Mais cette maison-ci avait l'air de prendre ses distances d'une façon toute particulière.

Il était difficile de définir ce qui la différenciait de ses voisines. Était-ce le fait que les autres maisons avaient l'air vivant ? Les chaudes lumières que l'on apercevait entre certains rideaux mal tirés vibraient de leur vie intérieure, de leur activité cachée. Cette maison-ci avait l'air morte.

Keller s'éloigna de la Stag et se dirigea vers la maison. Ses chaussures faisaient crisser les graviers et le bruit résonnait cruellement dans son esprit anxieux.

Soudain, la bâtisse dormante parut s'ébrouer et se pénétrer d'une étrange circonspection. Les fenêtres, noires, se mirent à le regarder approcher en l'interrogeant sur les raisons de sa présence et sur ses intentions. La maison se changea en un être rusé, jaloux de son secret, qui lui interdisait d'entrer et tout à la fois le défiait de s'y risquer. Il marqua un temps devant la grille, inspectant les fenêtres pour y déceler un éventuel signe de vie. Mais le visage de pierre demeurait insondable.

Poussant la grille sans prendre garde au grincement émis par ses gonds, il s'engagea sur le chemin qui conduisait à la porte principale. La peur ne l'avait pas encore quitté, mais la curiosité commençait à dépasser en lui la nervosité.

Il sonna à la porte et tendit l'oreille.

Pas le moindre mouvement à l'intérieur. Pas le plus petit bruit.

Il sonna de nouveau – le timbre ne s'entendait que faiblement au travers de la porte.

Quittant le chemin, il s'enfonça dans un des massifs qui entouraient la maison pour aller regarder par une des fenêtres latérales. Les rideaux y étaient tirés, et l'étroite fente qui restait entre leurs lisières ne révélait que de l'ombre. Il recula de quelques pas et leva la tête vers les fenêtres de l'étage. Était-ce son imagination ou avait-il réellement vu un rideau onduler très légèrement ? Il retourna à la porte et pressa une fois encore le bouton de la sonnette.

Toujours pas de réponse.

Hobbs avait-il pu se tromper ? La fatigue et la souffrance avaient-elles finalement eu raison de son esprit ? S'était-il laissé abuser par son imagination, et cette nouvelle voix qu'il avait entendue pouvait-elle n'être due qu'à l'intensité de son désir de trouver une solution ? Non, Keller lui-même le sentait également. La réponse était ici. À l'intérieur de cette maison.

Il fit le tour de la bâtisse.

Les ténèbres l'empêcheraient de voir les autres traces de pas qui étaient imprimées dans la boue de ce jardin mal tenu. Au moment de contourner le coin, quelque chose porta un coup à sa détermination. Une étrange sensation, presque électrique, jaillit en lui et fit chanceler sa volonté pendant un instant. Son cœur se mit à battre la chamade et il dut s'appuyer d'une main au mur jusqu'à ce qu'il ait retrouvé un rythme plus raisonnable. Était-ce la peur? En partie. Mais surtout, l'anxiété. Il se sentait tout proche de la révélation finale, à présent: il allait savoir pourquoi tous ces gens étaient morts, de quelle façon la chose avait pu être accomplie. Et autre chose encore. Peut-être allait-il découvrir la raison de sa survie.

Une énergie toute neuve le traversa et chassa la faiblesse de son corps, et il s'écarta du mur. Sa démarche se fit plus précautionneuse. Il distinguait la forme sombre d'une porte et, à côté, une fenêtre. Brusquement, quelque chose remua à cette fenêtre et il se tapit aussitôt, immobile. Puis il réalisa avec soulagement que ce n'étaient que les rideaux, agités par le courant d'air froid qui passait par la fenêtre ouverte.

Mais pourquoi donc cette fenêtre était-elle ouverte?

À pas de loup, il s'approcha, et une odeur encore vague mais déjà odieuse lui monta aux narines. C'était une odeur qui lui était récemment devenue familière: l'odeur de la chair en putréfaction.

Quoiqu'elle fût encore assez faible, l'odeur ne laissait aucun doute quant à son origine: il ne s'agissait pas de la putrescence désincarnée des esprits – c'était bel et bien la puanteur qu'exhale la chair humaine corrompue. Il y avait un cadavre à l'intérieur.

Tout en se disant sans conviction qu'il ne s'agissait peut-être que d'un cadavre animal, Keller écarta prudemment les rideaux et tâcha de percer les ténèbres. Mais il ne vit rien dans l'ombre.

Il avança la tête, les nerfs tendus à se rompre, le souffle suspendu. Il ne vit toujours rien. Écartant davantage les rideaux, il passa un pied par-dessus la tablette de fenêtre et s'introduisit à demi dans la pièce. Puis, à califourchon, il s'immobilisa et tendit l'oreille, laissant en même temps à ses yeux la possibilité de s'accoutumer à l'obscurité plus épaisse. L'odeur était plus forte, sans être accablante. Il introduisit le reste de son corps et demeura un instant adossé à la fenêtre, tournant la tête de droite à gauche, lentement, à l'affût de quelque mouvement subit ou de quelque bruit. Mais le silence continuait à régner.

Presque à regret, Keller dut laisser échapper un souffle d'air vicié et inhaler. Cette fois, l'odeur l'agressa plus violemment, tout en restant supportable. Le cadavre ne devait pas être très vieux.

Avec lenteur et prudence, il se déplaça le long des parois de la pièce, les mains en avant et ne quittant jamais le contact rassurant du mur. Ses yeux commencèrent peu à peu à discerner certaines choses : deux objets blancs de forme carrée, qui ne pouvaient être qu'un réfrigérateur et une cuisinière. Un objet plus grand et plus foncé, sans doute une armoire quelconque. Au centre de la pièce, un meuble arrondi qui était sans nul doute une table. Avec quelque chose de sombre affalé en travers – il sut que c'était un corps.

Keller lutta contre l'envie de s'en aller, de fuir cette maison sinistre et effrayante. Un sentiment d'urgence, et toujours cette impression que le temps était compté, le harcelaient trop violemment, le retenaient, le suppliaient de trouver la vérité. Les yeux rivés à la table et au corps qu'elle supportait, il poursuivit son trajet autour de la pièce, un peu plus vite, mais toujours aussi silencieusement. Sa vision nocturne s'améliorait progressivement. Son genou heurta tout à coup un tabouret ou une chaise et il faillit tomber en avant, ne parvenant que de justesse à se retenir en s'appuyant d'une main contre le mur. De nouveau, il se figea dans le noir, en se demandant si le bruit avait donné l'alarme – pour autant qu'il y eût quelqu'un pour l'entendre.

Au bout de quelques secondes, il se remit en marche et, quand il eut atteint le mur suivant, il se mit à la recherche d'une porte : s'il y avait une porte, il y aurait un interrupteur à côté. Sa main toucha bientôt un chambranle ; prestement, il chercha l'interrupteur et le trouva. Dès qu'il eut identifié la plaque carrée de plastique, il pressa le bouton sans hésiter, tout en fermant les yeux. La lumière inonda la pièce, lui brûla les pupilles au travers des paupières. Après quelques secondes, il les souleva de nouveau tout en restant face au mur, pour laisser à ses yeux, papillotant de mal, le temps de s'habituer à la clarté. Alors seulement il se retourna et inspecta les lieux d'un regard circulaire : la pièce était bien vide de toute présence, à part lui – et le corps.

Ce dernier était assis sur une chaise, le dos à la fenêtre, le buste étalé en travers de la table. Une mare de sang coagulé prenant naissance sous la tête et les bras couvrait presque toute la surface de la table, pareille à un étang d'où s'échappaient, vers les bords du meuble, de minuscules rivières desséchées. Le visage du cadavre était presque tout à fait caché par un des bras, qui était placé en avant, plié au coude de sorte que les doigts touchaient pratiquement l'arrière de la tête. En dépit de cette bizarre position, le corps avait quelque chose de vaguement familier : ces cheveux brun roussâtre un peu clairsemés, dont quelques longues mèches s'étalaient sur le col, une branche de lunettes, noire, ainsi que la moitié d'un verre qui dépassait de sous un des coudes et captait le reflet de la lampe qui pendait au plafond…

Keller contourna la table. Avant même d'avoir la confirmation de ses soupçons, il se sentait submergé d'angoisse, et la colère lui faisait serrer étroitement les lèvres. Saisissant le corps par une épaule, il le tira en arrière vers le dossier de sa chaise – le sang encore mal séché poissant les doigts.

Harry Tewson leva vers lui des yeux grands ouverts. Des yeux sans vie. Et sa bouche, affaissée, pendait des deux côtés. Son visage exsangue était livide, avec seulement de pâles taches bleues et jaunes sur les joues, près des oreilles. Tout son sang s'était écoulé par la longue et profonde entaille qu'il avait à la gorge. Sa chemise et l'avant de son veston étaient teintés en un rouge brunâtre, toute sa poitrine était couverte d'un sang encore visqueux. Ses lunettes étaient perchées de travers sur son nez, et l'un des deux verres était cassé en deux, par le milieu.

Keller serra les poings et ferma les yeux, submergé par le mélange de chagrin et de fureur qui grondaient en lui. Harry. Il avait sans doute deviné de quelle façon la bombe avait été introduite à bord, parce qu'il avait découvert le rapport qu'il y avait entre Sir James Barrett et le propriétaire de cette maison. C'était certainement pour cela qu'il était venu ici. La personne qui a provoqué l'explosion doit habiter dans cette maison, et c'est sûrement elle qui a tué Harry Tewson. Harry est-il venu lui dire qu'il savait tout ? Oh, le fou, le sot vaniteux ! Pourquoi ne pas être allé à la police ? Pourquoi n'en avoir parlé à personne ?

Et où se trouvait le tueur, à présent ?

C'est alors seulement que Keller vit le sang qui maculait le sol près de la fenêtre ouverte. L'homme avait dû se trouver juste à côté au moment où Harry était entré. Est-ce ainsi que Tewson a été tué, pendant qu'il passait par la fenêtre ? Mais comment l'assassin a-t-il pu savoir qu'il avait tout deviné ? Et pourquoi ne s'est-il pas encore débarrassé du corps ? Pourquoi l'a-t-il placé en un endroit aussi apparent ?

À en juger d'après l'odeur et la rigidité du corps, Tewson devait être mort depuis une journée au moins. Le froid, en ralentissant le processus de détérioration, pourrait le conserver vingt-quatre heures encore, mais pas davantage.

Plein de dégoût, Keller remarqua le pain qui se trouvait sur la table, pareil à une île au milieu d'une mer rouge sombre. La colère lui revint, et, saisissant le pain, il le lança de toutes ses forces à travers la cuisine. Son pied heurta quelque chose par terre : c'était un long couteau à pain dont la lame avait perdu le bel éclat du métal et était souillée de sang. Il s'accroupit et le ramassa pour le poser sur la table, frémissant au contact répugnant du couteau, car il savait à quoi il avait été utilisé.

Dans un grand effort pour se calmer, il se força à réfléchir posément. Le propriétaire de cette maison devait être assez fortuné, étant donné la dimension et la situation privilégiée de sa demeure. Cela pouvait-il être un homme d'affaires concurrent de Barrett ? Keller savait que Sir James avait de nombreux intérêts ailleurs que dans la compagnie *Consul*. Il avait sans doute pas mal d'ennemis. Mais était-il pensable que quelqu'un l'ait haï suffisamment pour vouloir le tuer d'une façon aussi horrible, et en assassinant du même coup tant d'autres personnes ? Ou Sir James avait-il simplement été choisi pour introduire la bombe à bord, l'assassin sachant que le directeur profiterait sans doute du privilège qu'il avait d'embarquer avec l'équipage, pour échapper à la fouille ? Le but avait-il été de porter un coup à la compagnie ? Non, cela ne tenait pas. Il aurait pu se passer n'importe quoi, qui aurait tout fait échouer. Néanmoins, Tewson avait découvert le lien, et cela avait signifié pour lui la mort.

Une pensée subite naquit dans l'esprit du copilote : était-ce la voix de Tewson qui les avait guidés jusqu'ici, par l'intermédiaire d'Hobbs ? Mais pourquoi les autres esprits ne l'avaient-ils pas fait ? À ce moment-là, Keller se rappela qu'ils avaient essayé de le prévenir, mais que l'autre, celui qui semblait les dominer tous, les en avait empêchés. Lui voulait rester rattaché à la terre.

Une fois de plus, le copilote songea avec étonnement à la façon dont il avait admis l'existence de l'autre vie – du monde des esprits. Plus jamais il ne pourrait le renier, désormais, car trop de choses s'étaient passées pour cela.

Tout à coup, un bruit au-dessus de sa tête l'arracha à ses réflexions. L'homme qu'il cherchait se trouvait encore dans la maison. Il en était sûr, il le sentait.

À pas de loup, Keller marcha jusqu'à la porte de la cuisine et y appuya une oreille, aux aguets. Plus un bruit. Il empoigna le bouton et, après avoir éteint la lumière, il le fit tourner lentement et ouvrit la porte sans bruit. Le hall d'entrée était trop sombre pour qu'il puisse y distinguer quoi que ce fût, et il attendit, l'oreille tendue, en retenant son souffle. Un craquement se fit entendre – sans doute un de ces craquements comme en produisent toutes les vieilles maisons en se tassant –, et son pouls se mit à battre avec frénésie, tandis que ses nerfs se tendaient. Ses pupilles s'étant entre-temps dilatées, les objets commençaient à sortir de l'ombre. Le hall était long et large. Tout au bout, il distinguait le rectangle légèrement moins noir d'une fenêtre qui se détachait des ténèbres. Un demi-cercle de ce même gris, à côté de la fenêtre mais plus haut qu'elle, devait sans doute être une petite fenêtre placée au-dessus de la porte d'entrée. À ce moment-là, les phares d'une voiture qui passait sur la route, au loin, balayèrent la façade et accentuèrent les reliefs tout en projetant sur les murs opposés le dessin des deux fenêtres ; ceux-ci suivirent une trajectoire circulaire qui correspondait au virage négocié par la voiture, mais ils s'évanouirent bientôt, tandis que le véhicule continuait à filer dans la nuit. Ces brefs instants de lumière permirent à Keller de repérer la porte à sa droite et l'escalier qui montait sur la gauche. Il fit quelques pas dans le hall et essaya de distinguer le haut de l'escalier à travers la balustrade. Peine perdue – tout était de nouveau plongé dans le noir.

Combien de temps était-il resté là, il n'aurait pas pu le dire. Quelques secondes seulement? Quelques minutes? Mais ce fut un coup étouffé, à l'étage, qui le remit en mouvement. Il avait fait deux pas de plus lorsque, se souvenant du couteau qui se trouvait à la cuisine, il retourna le chercher. Il saisit cet objet d'horreur et s'arrêta un instant pour regarder la forme affaissée de Tewson. Il ne distinguait pas son visage, dans l'obscurité, mais il savait que ses deux yeux inertes étaient fixés sur lui. Une voix de plus, à présent, criait vengeance.

Keller retourna dans le hall et, tenant le couteau devant lui, il le traversa à tâtons jusqu'au pied de l'escalier. Sans se donner le temps de se poser des questions, il entreprit de monter à l'étage, en s'arrêtant toutes les trois marches pour guetter un éventuel mouvement en haut. Le temps qu'il mit pour arriver au sommet lui parut une éternité. Il y avait trop d'ombres partout, trop de creux obscurs qui pouvaient offrir une cachette. Il finit cependant par se retrouver sur le palier, tous les sens en alerte, et tâchant de scruter les ténèbres.

Pendant qu'il était tapi dans l'ombre, l'air devint plus froid. Un vent glacé sembla s'infiltrer dans la maison.

Il y avait trop de portes. Il en distinguait trois à droite et deux à gauche. Prestement, il alla se placer dans la zone d'ombre du mur d'en face et s'adossa à la paroi en posant la paume d'une main contre sa surface lisse, tandis que de l'autre main il serrait le couteau contre sa poitrine, la lame vers le haut. Dans quelle chambre? Dans quelle chambre? L'homme était là, il le savait. Son instinct – ou peut-être était-ce autre chose que de l'instinct – lui disait qu'il était tout proche. Mais où, exactement?

Il n'y avait qu'une seule façon de l'apprendre. Au défi de toute prudence, il marcha vers la première porte, actionna la poignée et poussa le battant d'un coup de pied. Vivement, il s'écarta de l'encadrement et, pliant le bras par-dessus le chambranle, il chercha un interrupteur à l'intérieur. L'ayant trouvé, il appuya sur le commutateur. La lumière l'aveugla et, furieux de ne pas avoir d'abord fermé les yeux, il dut battre des paupières jusqu'à ce que l'éblouissement soit passé. Puis, il entra dans la chambre et s'efforça de l'embrasser tout entière d'un seul regard.

Elle était déserte.

Une odeur de renfermé flottait dans la pièce. Celle-ci contenait un grand lit, deux fauteuils d'aspect moelleux et une coiffeuse. Une garde-robe occupait toute la longueur d'un des murs : l'une de ses portes étant ouverte, on voyait d'emblée qu'elle était vide. Les draps du lit étaient bien tirés et le couvre-pieds, soigneusement replié. Une très fine couche de poussière couvrait l'ensemble, et la chambre avait l'air de ne plus avoir été occupée depuis fort longtemps.

Keller ressortit dans le hall et se dirigea vers la porte suivante, sans plus prendre garde au bruit qu'il pouvait faire. Il refit les mêmes gestes que pour la première chambre et trouva une deuxième pièce à peu près identique. Le mobilier évoquait certes un occupant plus jeune – mais il y régnait la même atmosphère d'abandon.

Il passa à la porte voisine, tourna la poignée et poussa le battant. Sans résultat. La porte était fermée à clé.

Alors il comprit qu'il avait trouvé. Derrière cette porte se cachait la réponse. Toutes les réponses.

S'éloignant un peu de la porte, il leva un pied et donna un grand coup du plat de sa chaussure à l'endroit le plus proche de la serrure. La porte trembla mais tint bon. Il recommença, en y mettant cette fois davantage d'énergie, et ses efforts furent récompensés par un craquement qui annonçait que le bois commençait à se fendre. Il frappa encore deux fois, la serrure finit par céder. La porte s'ouvrit d'un seul coup. Keller se tint sur ses gardes, devant le seuil, attendant que quelque chose se passe, qu'un mouvement se produise, un quelconque signe de vie. Rien. Le silence.

À tâtons, il chercha l'interrupteur de l'autre côté du chambranle, le trouva et alluma la lumière immédiatement. Puis, tenant le couteau à la hauteur de la taille, il entra dans la chambre. Celle-ci était plus vaste que les autres. Elle contenait davantage de mobilier et paraissait plus élaborée. Un large lit en désordre occupait environ un tiers de l'espace. Dans un coin, un petit secrétaire ployait sous les monceaux de papiers et de documents qui s'y entassaient pêle-mêle ; une lampe de bureau, couchée sur le côté, semblait sur le point de tomber par terre. Le mobilier, composé de deux fauteuils et d'une chaise à dossier droit, semblait vieux et lourd. Dans le coin opposé, une immense armoire d'apparence ancienne, dont le beau bois sombre et marbré était mat et mal entretenu. L'odeur de renfermé qui flottait dans cette chambre-ci n'était pas la même que dans les autres : ici, c'était l'odeur viciée d'une pièce dans laquelle on a trop vécu. Le copilote remarqua, par terre, des déchets de nourriture, des papiers gras et déchirés, des bouteilles de lait vides. Il y avait aussi un seau, qui débordait d'urine et de pire encore. Saisi par la nausée, il faillit vomir et dut se retenir au mur pour ne pas perdre l'équilibre. Quelle sorte de créature pouvait vivre dans de telles conditions ?

Il se força à relever les yeux et inspecta de nouveau la chambre. L'homme – si c'en était un – se trouvait ici. Mais où ? Son regard fut attiré par le lit. Les couvertures, dans le plus grand désordre, pendaient jusqu'au sol et cachaient l'espace qui se trouvait sous le lit : ce qui en faisait une excellente cachette. Dominant son malaise, Keller marcha jusqu'au lit, légèrement penché pour parer à un éventuel mouvement des couvertures, et l'oreille aux aguets.

Dans l'intensité du moment, il ne remarqua pas que la température s'était abaissée et que son haleine se condensait au sortir de sa bouche.

S'agenouillant, il tendit la main vers les couvertures qui pendaient, tout en tenant le couteau pointé droit devant lui. D'un geste rapide, il arracha les couvertures en même temps qu'il se penchait pour regarder sous le lit. Mais, à cet instant, il entendit un bruit de l'autre côté de la chambre. Troublé, il perdit l'équilibre et tomba sur le côté, tandis que les couvertures tombaient sur son bras. Figé d'effroi, il attendit – mais il n'y eut plus aucun bruit, ni aucun mouvement. Plissant les yeux, il tâcha de percer l'ombre sous le lit : non, personne n'était caché là-dessous. Se retournant, il regarda en direction du bruit qu'il avait entendu. Il lui avait semblé que c'était un sanglot étouffé, mais cela aurait pu être n'importe quoi, car son esprit était trop préoccupé par ce qu'il pensait trouver sous le lit. Dégageant son bras, il se releva, toujours tremblant sous l'effet du choc. Le bruit n'avait pu venir que d'un seul endroit, car il n'y avait plus qu'une seule cachette assez grande pour abriter quelqu'un : la garde-robe.

Il s'en approcha et sentit tout à coup la présence d'autres êtres dans la chambre, qui tâchaient de faire pression sur lui, de l'atteindre. Mais l'esprit de Keller ne pouvait se concentrer que sur une seule chose : celui qui – ou *ce* qui – l'attendait à l'intérieur de cette énorme armoire de bois. La clé de la garde-robe était dans la serrure et il fut vivement tenté de prendre l'homme – cet être qui se terrait – à son propre piège, en l'enfermant. Mais il n'en fit rien. Il voulait une confrontation, il voulait obtenir les réponses à ses questions. Les doigts de sa main gauche effleurèrent la poignée de métal incurvée, glissèrent sur son pourtour, puis affermirent leur prise, prêts à ouvrir la porte. Les muscles du copilote se raidirent, semblèrent perdre toute force. Ses jambes vacillèrent, il crut qu'elles n'allaient plus pouvoir le porter… Sans se donner le temps de réfléchir davantage, il tourna le poignet et tira la porte.

Il se retrouva nez à nez avec les deux trous noirs d'un fusil à double canon.

Les deux ouvertures, pointées vers son visage, exerçaient sur lui un effet hypnotique et il lui fallut un violent effort de volonté pour arriver à en détacher les yeux, à regarder au-delà, le long du double canon, plus loin que le doigt qui tremblait sur les deux gâchettes. Et il trouva les pupilles dilatées d'un dément.

L'homme se leva avec lenteur et Keller, reculant prudemment et s'éloignant quelque peu de l'armoire, put observer sa tenue étrange et négligée. Il était emmitouflé dans un épais pardessus et une courte écharpe de laine. Un de ses bras pendait, raide, à son côté, et il avait du mal à sortir de l'armoire. Il sentait affreusement mauvais, et son odeur à lui ne faisait qu'ajouter encore à la puanteur ambiante. De toute évidence, il ne s'était plus lavé depuis des semaines. Ses joues creuses et tirées, ainsi que sa mâchoire, étaient envahies par de la barbe, et ses cheveux gris pendaient en mèches graisseuses sur son front. Et ses paupières étaient maintenues ouvertes par deux bouts de ruban adhésif crasseux.

Il sortit avec peine de l'armoire, mais cependant le fusil ne s'éloigna pas un instant du menton de Keller.

—Alors, maintenant, c'est vous qu'ils ont envoyé, hein ?

Il articulait très mal, comme s'il avait bu. Mais parmi les nombreuses odeurs qui flottaient dans la pièce, il n'y avait pas d'odeur d'alcool. D'ailleurs, on ne voyait pas de bouteilles d'alcool dans la chambre.

Keller ne répondit pas. Il continuait à reculer, tout en tenant toujours le couteau devant lui.

— Et ils s'imaginent que vous allez faire le poids, hein ? (Des larmes avaient laissé deux sillons plus clairs sur le visage de l'homme.) Comme l'autre. Vous allez y passer, comme l'autre.

Ses lippes moqueuses laissaient à découvert des dents malsaines. Le fusil trembla dans sa main.

À présent, Keller n'avait plus qu'une envie : s'enfuir. À quoi bon avoir les réponses, si c'était pour les emporter dans la tombe ? Il se força à parler, uniquement pour gagner du temps.

— Vous avez tué Tewson.

Il avait dit cela comme une affirmation, pas comme une question.

— Tewson ? Qui est-ce, Tewson ? C'est le type qui est refroidi, là en bas ?

L'homme semblait reprendre confiance en lui et retrouver son agressivité. On aurait dit qu'il était soulagé de ne se trouver confronté qu'avec un être de chair et de sang. À quoi d'autre s'était-il attendu ? Pourquoi s'était-il enfermé de la sorte ?

— Répondez ! aboya-t-il. Qui était ce type ? C'est eux qui l'avaient envoyé ?

Keller veillait à ne surtout pas hausser le ton, pour éviter d'exciter l'homme inutilement.

— Il faisait partie de l'A.I.B. et enquêtait sur les causes de l'accident d'avion à Eton. Vous avez sûrement entendu parler de cela, n'est-ce pas ?

— Si j'en ai entendu parler ! (Un éclair sournois passa au fond de ses yeux.) Et vous, qui êtes-vous ?

— Je m'appelle Keller. J'étais…

— Le copilote ! Celui qui en a réchappé. Oui, alors c'est vous qu'ils m'envoient. Ils m'avaient prévenu.

— Qui vous a prévenu ? Qui m'envoie ?

— Les morts, évidemment. Ils m'ont dit qu'ils avaient

fait survivre une personne qui viendrait me chercher. Ils ont sauvé une personne. (Il éclata de rire.) Eh bien, vous m'avez trouvé. Et après ?

—Mais qui êtes-vous? Pourquoi serais-je à votre recherche ?

Keller, qui avait continué à reculer tout doucement, risqua un coup d'œil vers la porte pour voir combien il lui restait encore à parcourir. Encore deux mètres, au moins.

—Vous savez très bien qui je suis, menteur! C'est moi qui l'ai fait! C'est moi qui les ai tous tués!

Keller s'immobilisa. Malgré le fusil braqué sur lui, la colère le reprenait.

—Oui, c'est moi! répéta l'homme en riant. Il fallait arrêter Barrett d'une façon ou d'une autre. Il voulait me ruiner! (Les larmes commencèrent à lui monter aux yeux, et il ne pouvait pas les chasser d'un battement de cils, à cause des sparadraps qui retenaient ses paupières.) Barrett était un méchant homme. Il essayait de me détruire, de démolir l'affaire pour laquelle je me suis tant battu! Vous ne savez vraiment pas qui je suis? Je suis Pendleton. Des *Pendleton Jets*!

Effectivement, Keller avait entendu parler de lui. Il avait été l'un des pionniers du moteur à réaction et avait travaillé pour Frank Whittle dans les années trente, à l'époque où Whittle avait fondé la première société anglaise de moteurs à turbo-réaction. Il n'était qu'un gamin, alors – ou un adolescent –, et il avait gravi tous les échelons jusqu'au jour où il avait acquis assez de connaissances et de savoir-faire pour créer sa propre firme. Il était pour ainsi dire passé dans la légende de l'industrie aéronautique.

—Voilà, Keller. En tant que pilote, vous connaissez certainement mon nom. Est-ce que vous comprenez, à présent, pourquoi il fallait que je le tue?

Keller secoua la tête avec raideur.

— Ce Barrett ! (Pendleton cracha de dégoût.) J'ai dû lui laisser acheter des parts dans ma société, il y a des années : on avait des problèmes à cause des pales de ventilateurs qui étaient en fibre de carbone. *Rolls-Royce* a failli y rester pour la même raison ! Évidemment, je n'étais rien à côté d'eux, c'était la faillite assurée. Mais ce cher Sir James s'est amené à ce moment-là, avec tout son argent, pour nous offrir le salut. En échange des deux tiers de la société ! (Pendleton criait à présent, fou de rage.) Que vouliez-vous que je fasse ? Je n'avais pas le choix. Il me fallait les nouvelles pales en titanium. C'était ça ou rien. Alors, j'ai accepté. J'ai accepté les propositions de ce salaud ! Vous vous demandez toujours pourquoi je l'ai tué ?

Keller se remit à reculer, précautionneusement, centimètre par centimètre, sans jamais quitter Pendleton des yeux. Il attendait que son doigt appuie sur une des gâchettes – ou sur les deux. Il attendait le coup de feu.

— Oui. Je ne comprends pas. Il a tout de même sauvé votre société, n'est-ce pas ?

— Oh ! oui, il l'a sauvée ! Pour lui-même, pour pouvoir me la voler une fois qu'elle serait remise sur pied ! Ma société ! Cette société que j'avais créée moi-même ! Toutes ces années… en vain ! Les Américains allaient arriver, s'approprier tout ce qu'ils pouvaient trouver, mettre en place des gens à eux et apporter leurs idées à eux. Nous serions devenus une minable petite filiale au milieu d'un grand trust. Tout ça pour se procurer mes moteurs à meilleur compte ! Croyez-vous que j'aurais permis une chose pareille ?

Son visage était livide, à présent, et son corps tout entier frémissait de colère. Keller pria pour que le coup ne parte pas par accident. Il gagna encore quelques centimètres.

— Il s'est moqué de moi, il a prétendu que j'étais un homme fini, saviez-vous cela ? Bien sûr, j'ai été malade, mais c'était à cause de lui. Il a dit que j'étais incapable de garder quoi que ce soit – même ma femme et ma fille m'avaient quitté ! Il m'a ri au nez. Il a dit que j'étais tellement obsédé par mes moteurs que je ne comprenais même plus ce qui se passait autour de moi. Ah bon ? Eh bien lui, je l'aurai compris, au moins. Je savais qu'il se rendait aux États-Unis pour conclure l'affaire. Il m'avait dit que si je m'interposais, il me ferait déclarer fou. Mais je ne suis pas fou, et ça il le savait. *Myasthenia gravis*. Voilà comment les médecins appellent ce que j'ai. Ce n'est pas de la démence. Vous savez ce que c'est, Keller ?

Le copilote estima qu'il lui restait moins d'un mètre avant d'arriver à la porte. Il ne savait pas très bien ce qu'il ferait. Dégringoler l'escalier ? Courir s'enfermer dans une des autres chambres ? Ses chances étaient minces, mais tout valait mieux que d'être fusillé sur place. Pendleton essaierait de le tuer, cela ne faisait pas le moindre doute pour lui. Il secoua la tête pour répondre à la question de l'aliéné.

— C'est un trouble neurochimique, Keller. Cela provoque une paralysie progressive, qui peut être fatale. Ordinairement, les muscles des yeux sont les premiers atteints : c'est pourquoi je dois les attacher pour qu'ils restent ouverts. C'est affreux, hein ? Mais ce n'est pas de la folie, Keller. Pas de la folie ! Si j'avais été en bonne santé, il n'aurait jamais essayé de me faire ça.

— Comment avez-vous introduit la bombe à bord ?

La rage de Keller n'était pas éteinte, mais à présent le problème de sa survie occupait la majeure partie de ses pensées. Il fallait continuer à le faire parler.

— Peuh ! Un jeu d'enfant ! J'ai fabriqué la bombe moi-même – ce qui n'était rien pour un homme qui possède ma formation – et je me suis procuré un attaché-case identique à celui que Barrett utilisait généralement, un de ces machins très plats. Puis je l'ai accompagné à l'aéroport. J'ai discuté avec lui jusqu'au dernier moment : il aurait encore pu sauver sa peau. Mais il s'est moqué de moi, il m'a dit que tout était pour le mieux, que je pourrais finalement me reposer, profiter de l'argent que me ferait gagner l'affaire et tâcher de retrouver ma santé. Le sale hypocrite ! J'ai interverti les mallettes et lui ai donné la mienne. Il m'a fait un grand sourire – imaginez-vous cela, Keller ! – et m'a donné une chaleureuse poignée de main.

Plus qu'un pied.

— Je suis rentré chez moi à toute vitesse et j'ai dit à mon chauffeur de me laisser. Je voulais être seul pour jouir du spectacle. Je suis monté dans cette chambre, j'ai ouvert les rideaux, je me suis assis dans un fauteuil devant la fenêtre. Et j'ai attendu.

Keller était presque sur le pas de la porte.

— J'avais réglé la minuterie, évidemment. Je connais les routes aériennes : Amber One passe par Woodley vers Daventry, et Green One, par Reading. Cela n'avait pas d'importance : pour l'une comme pour l'autre, l'avion devait survoler Eton, puis Dorney. J'avais prévu que la bombe explose au moment où ils passeraient par ici. Mais il a dû arriver quelque chose : l'avion s'est écrasé avant d'arriver jusqu'ici. Je l'ai tout de même vu, dans le lointain. Une belle explosion, une jolie lueur rouge dans le ciel...

Keller se rappela le léger retard qu'ils avaient eu au départ. Sans ce contretemps, les calculs de Pendleton eussent été parfaits. Il s'immobilisa dans l'encadrement de la porte.

— Mais tous ces innocents que vous avez assassinés en même temps que Barrett ! Pourquoi les avoir tués ?

Incrédule, Keller avait de la peine à croire que l'on pouvait être aussi fou.

— Personne n'est innocent, Keller. Vous devriez savoir ça.

— Mais il y avait des enfants, à bord. Des femmes.

— Les enfants grandissent et deviennent des êtres comme Barrett. Quant aux femmes… ma femme et ma fille elles-mêmes m'ont abandonné. Elles m'ont quitté il y a des années. Elles ne savent probablement même pas à quel point je suis malade. Elles sont parties à l'étranger. Vous voyez, Keller, tout le monde est coupable. Vous. Moi. Tout le monde détruit quelque chose, au moins une fois dans sa vie. Pas vous ?

À sa façon, Pendleton n'avait pas tort. Un jour ou l'autre, nous haïssions tous, nous brisions quelque chose. Mais son argument était trop vaste, il ne concernait que les extrêmes. Keller s'était souvent demandé comment les assassins à grande échelle justifiaient leurs actes : les terroristes, par exemple, qui tuaient et mutilaient tant d'innocents se trouvant sur le chemin de leurs bombes… Maintenant, il savait. C'est leur propre folie qui leur fournissait une justification. Pour eux, le monde entier était coupable.

Il se prépara à bondir vers les ténèbres rassurantes du hall.

Pendleton continuait à divaguer, tout en avançant vers le copilote d'un pas traînant.

— Mon usine… Tant d'êtres humains dépendaient de moi pour vivre. Je ne pouvais pas les laisser tomber. Je ne pouvais pas laisser mon nom disparaître de l'histoire de l'aviation ! Ne reculez pas plus loin, Keller, ou je vous tue tout de suite. Et alors, les voix…

Keller se figea. Pendleton n'avait pratiquement pas changé de ton pour l'avertir de ne plus bouger, mais cela n'en avait rendu la menace que plus effrayante.

— Chaque soir, elles venaient me visiter. Me harceler. En chuchotant, en se moquant de moi. Elles ne pouvaient pas me toucher, cependant. Bien qu'elles aient essayé. Elles ont voulu provoquer des accidents en me faisant peur. Mais je suis trop malin. Elles n'ont pas pu m'avoir.

Mon Dieu! songea Keller. *C'est sa propre démence qui lui a permis de leur résister. N'importe quel homme normal aurait perdu la raison de terreur. Mais Pendleton n'est pas normal.*

—… J'ai renvoyé mon chauffeur et ma bonne. Ils ont cru que c'était le chagrin qui me faisait agir de la sorte : la perte d'un collègue – d'un ami. Les gens de mon bureau n'étaient pas dupes, eux. Je leur ai écrit que je m'absentais pour un certain temps. Bien sûr, ils ont pris peur. Le seul directeur qui leur restait ne pouvait pas disparaître comme cela en pleine crise, au moment où la société était sur le point de craquer. Ils ont envoyé des gens ici, puis ils ont fini par renoncer. Ils se sont toujours dit que j'étais un excentrique. Moi, je ne pouvais pas quitter la maison. Vous comprenez, cela aurait été trop facile pour eux… pour les morts… Ils m'auraient retrouvé. Alors, je me suis caché. Mais ils m'ont dit qu'ils enverraient quelqu'un. C'est vous, hein ? Celui d'en bas était une erreur ?

—Oui, c'est moi, répondit simplement Keller.

—Eh bien, qu'est-ce que vous allez faire ? Prévenir la police ? (Sa voix était dure, puis elle redevint railleuse.) Ce sera plutôt difficile, si vous êtes mort, non ?

Le copilote vit le doigt du fou se crisper lentement sur une des gâchettes. L'articulation blanchissait sous l'effort. Il brandit son couteau – minable défense. Était-ce donc la fin ? N'avait-il survécu aussi miraculeusement à l'accident que pour être bêtement tué par un maniaque ?

Les deux hommes remarquèrent en même temps le souffle glacé qui passa tout à coup dans la chambre. Pendleton se mit à tourner la tête de droite à gauche : les voix résonnaient de tous les coins de la pièce à la fois, chuchotant, appelant Keller. La voix de Rogan était du nombre mais, chose étrange, la voix du démon – celle de Goswell – ne s'y trouvait pas. Elles se mirent à supplier, à appeler à l'aide. Keller comprenait ce qu'elles voulaient : la mort de Pendleton. Mais que pouvait-il faire ? Il était impuissant.

La main du fou tremblait violemment, à présent, et sa tête s'agitait par saccades, tandis qu'il criait aux voix de s'en aller.

Keller risqua le tout pour le tout. Il plongea vers l'avant, se baissant plus bas que le canon du fusil, et poussa Pendleton vers l'arrière – tout en s'attendant plus ou moins à recevoir une décharge en pleine tête. Mais le doigt du fou avait glissé et le coup ne partit pas. Tous deux s'écroulèrent en se débattant. Le vieil homme poussait des cris perçants, donnait des coups de pied furieux et, avec sa main raide revenue à la vie, griffait le visage du copilote. Keller appuya son coude sous la gorge du fou et pressa de toutes ses forces, mais l'épaisse écharpe de laine affaiblit sa prise.

Dans sa tête, les voix le pressaient de plus en plus, l'encourageaient à tuer cet homme, à en finir tout de suite. Il relâcha la pression de son coude sur la gorge de Pendleton et, saisissant le fusil par le canon, il le lui arracha des mains. L'haleine de Pendleton le submergea, et faillit le faire vomir. En outre, il était aspergé par les postillons qui sortaient de sa bouche hurlante. Soulevant le couteau, il le tint juste au-dessus du visage de Pendleton. Les yeux de ce dernier s'agrandirent encore sous l'effet de la terreur.

— Non ! cria-t-il.

Mais les voix, à l'intérieur de la tête du copilote, le poussaient à tuer. Brusquement, l'un des sparadraps qui retenaient les paupières de Pendleton lâcha, et l'œil se ferma d'un coup. Et ce détail pathétique retint en l'air le couteau sur le point de s'abattre.

Keller se sentait incapable de frapper. L'homme qui était étendu sous lui était faible, vieux et fou. Ce n'était plus qu'une épave, luttant encore avec la force du désespoir. Il était mauvais, certes, mais sa méchanceté était due à sa démence – à une maladie. Il jeta le couteau sur le côté et lut dans l'œil resté ouvert une ombre d'incompréhension. Dans sa tête, les voix s'élevèrent en un concert de protestations.

Mais il ne tuerait pas pour eux !

L'espace d'une seconde figée, éternelle, le combat avait cessé, quand, tout à coup, Keller se sentit repoussé par un violent coup de pied qui le fit rouler en arrière et retomber sur le dos. Pendleton avait réussi à introduire un de ses pieds entre eux deux et l'avait envoyé bouler avec la force et la fureur de sa démence. Prestement, le copilote se redressa sur un coude et il vit le vieil homme essayer d'attraper son arme. Keller se leva en même temps que lui, au prix d'un violent effort, et tous deux s'affrontèrent pendant un instant d'un côté à l'autre de la chambre. Keller scruta l'unique œil de Pendleton et vit qu'il était rempli de haine.

À ce moment-là, le fusil fut appliqué contre son estomac et il vit le doigt appuyer sur la gâchette, avec lenteur. Puis, il vit une flamme jaillir du trou noir, il se sentit tomber, basculer à la renverse sur le palier sous l'effet de la décharge.

Le monde se remplit du vacarme de la détonation, des voix angoissées des morts, du rire de l'homme fou. Tout cela tournait autour de lui en un carrousel effréné de lumière et de bruit.

Il ouvrit les yeux et examina son propre corps. Son estomac avait été déchiré par l'explosion. Comme il était adossé à la balustrade du haut de la cage d'escalier, il pouvait voir le sang couler jusqu'à ses cuisses. Sa chemise et le haut de son pantalon avaient été arrachés et il regarda ses intestins luisants se mettre à sortir par la plaie béante. Ils commencèrent à s'écouler en même temps que le sang, en laissant échapper une légère vapeur.

Il approcha une main tremblante et se mit à retenir contre lui ses organes chauds et glissants. Il tâchait de les faire rentrer à l'intérieur comme pour s'efforcer de retenir la vie en lui. Chose incroyable, il ne ressentait aucune douleur. Sans doute était-ce le choc.

Ensuite, il se remit sur ses pieds et retourna dans la chambre, tout en essayant maladroitement de couvrir le trou de son estomac d'une main. Pendleton l'observait avec une terreur renouvelée. Il tomba sur les genoux et serra le fusil contre lui.

Keller n'avait pas de haine. Rien qu'une immense tristesse. Cet homme n'était pas responsable. Il avait été acculé à agir de la sorte. Le copilote ne ressentait plus pour lui que de la pitié. Et soudain, une clarté l'environna. Une lumière blanche, éblouissante. Il se sentit monter, sortir de son propre corps, porté par une source nouvelle d'énergie. C'était une force, une puissance qu'il n'avait encore jamais possédées auparavant. La lumière pénétrait chaque atome de son être, coulait à travers lui et le transformait en une chose sans substance, une chose flottante et diaphane. Il baignait dans une douceur proche de l'extase, qui était en même temps pureté et épanouissement.

Baissant les yeux, il vit la chambre s'éloigner de lui. Et il vit Pendleton poser le canon de son arme contre son cou et presser la gâchette. Le chagrin envahit son nouvel être, puis s'évanouit : sans toutefois le quitter, mais en devenant partie intégrante de son étrange exaltation. Enfin, il vit son propre corps de chair qui gisait sur le sol, brûlé, carbonisé, n'ayant presque plus forme humaine, et il commença à comprendre.

Il n'avait pas survécu à l'accident. Il était mort avec tous les autres.

Il avait été préservé par des forces surnaturelles pour qu'il venge toutes les victimes, afin que les âmes tourmentées soient délivrées. À présent, elles avaient retrouvé leur liberté, car l'homme qui les avait tuées était mort à son tour. Quant à lui, Keller, il n'était responsable de rien. À son exaltation s'ajouta un profond soulagement – et tous ces sentiments qui lui venaient devenaient chacun une expérience nouvelle, grandiose, tellement différente des pâles sentiments de la vie terrestre.

Il prit son envol.

Tout autour de lui, les esprits des victimes de l'accident montaient à ses côtés, à l'unisson. Mais le mal n'était plus au milieu d'eux. Celui qui avait un jour porté le nom de Goswell avait disparu.

Il voulut se pencher vers l'esprit de Pendleton et juste au même moment d'autres mains invisibles se tendirent vers lui en un geste d'accueil et de soutien. Avant de quitter des yeux la chambre, puis la maison, puis les champs environnants, Keller jeta un dernier coup d'œil vers Hobbs. Le médium était debout à côté de la voiture et regardait en l'air, conscient de ce qui était en train de se produire. Il avait désormais la confirmation de ses soupçons quant à l'irréalité de l'existence du copilote. Il avait commencé dès l'abord à se poser des questions, à cause de l'étrange aura mal définie qui entourait Keller. À présent, il comprenait – pas pleinement, mais suffisamment.

Et la femme qui était morte dans la grand-rue, après avoir regardé Keller avec frayeur. Elle avait compris, *elle avait su*, au moment de mourir elle-même.

Keller sentit un courant de bienveillance monter du médium, et il sourit dans son être neuf, à peine né.

Il sentit leur présence à tous. Il sentit Cathy, toute proche. Cela n'avait rien de commun avec leur amour physique d'antan. À présent, tous ne faisaient plus qu'un. Et l'amour était beaucoup plus grand. Ils lui tendaient les bras, apaisaient ses appréhensions, l'entraînaient avec eux. Les premières étincelles de la compréhension le touchèrent – ce n'étaient que des étincelles, mais déjà elles transcendaient tout le savoir humain. C'était une connaissance de soi, c'était l'essence de l'absolu. Il savait, maintenant, pourquoi la cruauté existait. Pourquoi la folie se régénérait d'elle-même. Pourquoi il y avait la méchanceté. L'orgueil qui conduit au meurtre. Et les guerres.

Il se sentit triste, mais sans amertume. La joie existait, elle était là, il la comprenait, c'était une félicité qui se communiquait et le rendait plus proche encore des autres. Il y avait tant à apprendre, tant à découvrir ! Le savoir qu'il avait déjà acquis lui faisait comprendre que ce n'était qu'un commencement, qu'un premier pas encore timide. Il y aurait encore beaucoup d'autres stades, chacun plus significatif que le précédent.

Mais si ceci n'était qu'un début, le reste n'allait-il pas être terriblement impressionnant et effrayant ? Son émoi ne dura que quelques instants et devint bientôt une autre partie de lui-même – une autre partie d'eux tous. Il sentait leur chaleur, leurs encouragements couler à travers lui, le toucher, se fondre en lui. De toutes ses forces, il se mit à crier de joie, d'exultation.

Et il les suivit.

Épilogue

Assis sur le pont métallique, le vieil homme resserra son écharpe autour de son cou. La nuit – le petit matin – moutonnait. De nombreux nuages de fumée s'envolaient, des bouffées de cette fumée grise qui continue toujours à se dégager longtemps après la fin des incendies. C'était terminé, à présent. Quelques petits groupes se formaient et rentraient lentement chez eux à Windsor, en empruntant le pont, contents d'avoir assisté au spectacle fascinant des maisons en flammes. Ils n'étaient plus très nombreux : le moment de grande excitation était passé depuis plusieurs heures déjà.

Le vieil homme écoutait leurs voix basses commenter l'événement avec étonnement. Il y avait d'abord eu cet incendie dans la grand-rue, qui avait pris dans le studio d'un photographe et s'était propagé au point d'englober trois autres boutiques : deux d'entre elles avaient été totalement détruites et la troisième, gravement endommagée. On n'avait toujours pas retrouvé les corps. Les recherches reprendraient le lendemain matin, quand ce serait moins dangereux pour les sauveteurs. Ensuite, il y avait eu le collège : l'incendie s'était déclaré dans l'ancienne chapelle et s'était répandu tout autour de la cour : plusieurs des anciennes bâtisses avaient pris feu. Le directeur était porté disparu. Quant aux élèves, on était encore occupé à les compter. En tout cas, un garçon avait été découvert très près des bâtiments en flammes, mais on disait qu'il était toujours en état de choc et incapable de parler. Le pasteur de la ville, par ailleurs, était brusquement tombé dans une sorte de coma. Qu'était-il arrivé à Eton cette nuit-là ? La question restait posée et alimenterait les supputations pendant très longtemps. Les gens s'éloignaient dans la nuit et, finalement, le vieil homme se retrouva tout seul sur le pont.

Se retournant avec raideur sur son banc, il allongea le cou pour regarder vers le champ où l'avion s'était écrasé. Cela avait l'air de remonter à des années, à présent. Il émit un petit grognement pour lui-même. Le nuage scintillant était parti. Il l'avait remarqué plusieurs heures auparavant : au moment où le crépuscule avait commencé à tomber. Déjà, pendant la journée, il avait attendu que quelque chose se passe. Car il savait que la pénible oppression qui pesait sur Eton depuis la catastrophe avait atteint une sorte de point culminant, un stade où quelque chose doit éclater. Et il ne s'était pas trompé. Cela avait bel et bien éclaté. Au travers de ses rideaux – car il avait eu peur de sortir –, il avait vu le nuage translucide qui s'effilochait au-dessus du champ. Mais maintenant, le nuage avait disparu, et, avec lui, l'oppression.

L'atmosphère avait changé tout d'un coup, au moment où les flammes étaient le plus violentes. Et lui, il avait senti la différence : il avait ressenti comme un brusque bouleversement spirituel. Comme si on avait retiré un voile gris de son propre cœur. Et l'incendie avait commencé à décroître à cet instant-là.

Il se détourna et baissa les yeux vers les eaux noires de la rivière. Il avait attendu, dans l'obscurité de sa chambre, que le bruit et l'excitation s'apaisent. Puis, après avoir passé tant de temps confiné à l'intérieur, il s'était habillé chaudement et était sorti de chez lui, avec dans sa démarche de vieillard une légèreté retrouvée. C'était comme si le feu avait purifié la ville.

C'était fini, maintenant. Il en était certain. Il avait toujours été sensible à ce genre de chose. N'avait-il pas eu le regard attiré par l'avion juste avant qu'il s'écrase ? N'avait-il pas *senti* que quelque chose ne tournait pas rond ? Oui, tout était fini. La ville se relèverait de ses cendres et s'efforcerait d'oublier. Le collège, lui, ne retrouverait jamais sa gloire passée : on ne reconstruit pas l'histoire. Mais si c'était la fin d'une époque, c'était aussi le commencement d'une ère nouvelle.

Il y avait bien longtemps qu'il n'était venu s'asseoir là. Cela faisait du bien d'y être revenu. Il regarda le ciel. Qu'il était vaste. Qu'il était profond.

Le vieil homme frissonna au contact d'un vent glacé qui passa sur lui. Il lui sembla entendre quelqu'un chuchoter. Un son grave, un peu comme un ricanement enroué. Ses vieilles oreilles étaient sûrement encore en train de lui jouer des tours. Ce ne pouvait être que le vent froid de la nuit mis en fuite par l'arrivée de l'aube. Ses vieux os devenaient trop vulnérables aux refroidissements subits. Tiens, il est parti. Il est allé souffler plus loin dans la nuit. Qu'il aille donc refroidir les vieux os de quelqu'un d'autre.

Il se sourit à lui-même, puis se leva et, d'une démarche clopinante, repassa de l'autre côté du pont pour rentrer chez lui et retrouver son bon lit bien chaud.

BRAGELONNE – MILADY,
C'EST AUSSI LE CLUB :

Pour recevoir la lettre de Bragelonne – Milady annonçant nos parutions et participer à des rencontres exclusives avec les auteurs et les illustrateurs, rien de plus facile !

Faites-nous parvenir vos noms et coordonnées complètes, ainsi que votre date de naissance, à l'adresse suivante :

Bragelonne
35, rue de la Bienfaisance
75008 Paris

club@bragelonne.fr

Venez aussi visiter nos sites Internet :
http://www.milady.fr
http://www.bragelonne.fr

Vous y trouverez toutes les nouveautés, les couvertures, les biographies des auteurs et des illustrateurs, et même des textes inédits, des interviews, des liens vers d'autres sites de Fantasy et de SF, un forum et bien d'autres surprises !

Achevé d'imprimer en octobre 2008
Par Brodard & Taupin - La Flèche (France)
N° d'impression : 49567
Dépôt légal : novembre 2008
Imprimé en France
81120042-1